城市，也是我们的

农民工励志自传

Chengshi,yeshiwomende

城市，
也是我们的

The city,
is also our

一个农民工在广东 18 年的奋斗史

何真宗 著

黄河出版传媒集团
宁夏人民出版社

图书在版编目（CIP）数据

城市，也是我们的／何真宗著. —银川：宁夏人民出版社，2010.9
ISBN 978-7-227-04559-5

Ⅰ. ①城…　Ⅱ. ①何…　Ⅲ. ①长篇小说-中国-当代　Ⅳ. ①I247.5

中国版本图书馆 CIP 数据核字（2010）第 187214 号

城市，也是我们的

何真宗　著

责任编辑　唐　晴　刘建英
内文插图　阿　焦
封面设计　陈冰融　张　宁
责任印制　李宗妮

黄河出版传媒集团
宁夏人民出版社　出版发行

地　　　址　银川市北京东路 139 号出版大厦 （750001）
网　　　址　www.nxcbn.com
网上书店　www.hh-book.com
电子信箱　nxhhsz@yahoo.cn
邮购电话　0951-5044614
经　　　销　全国新华书店
印刷装订　宁夏华地彩色印刷厂

开本　787mm×1092mm　1/16　印张　16　字数　260 千
印刷委托书号(宁)0003730　印数　6000 册
版次　2010 年 9 月第 1 版　印次　2010 年 9 月第 1 次印刷
书号　ISBN 978-7-227-04559-5/I·1188

定价　26.00 元

序

城市化进程中的阵痛

杨宏峰

　　人口学把城市化定义为农村人口转化为城镇人口的过程。《城市，也是我们的》与其说是农民工的人生梦想，倒不如说是对命运的抗争。一个"也"字就说明了问题，潜台词就是城市还不是我们的。这个选题从本质而言，是在深刻探究着一代人和一座城市、一个国家前途的关系问题。

　　《城市，也是我们的》是中国式农民工发展历程的写照，是浓缩了中国三亿农民工和三代打工人生存状况和精神状态的纪实性佳作。作者把目光投向生活在社会底层的民工们，以正直、刚毅、深广的情怀和优秀的才华，关注他们，贴近他们，融入他们，代表他们发出既微弱又铿锵的声音。文学需要生活，而本书的作者是来自重庆的一个有理想、有追求的亲身经历了 18 年打工生活的农民工。他出身贫穷，1992 年高考落榜后就随打工潮涌入广东，因一次毕业证和身份证的丢失而沦落为盲流，曾三次被当做"三无"人员收容。后几经挣扎和磨炼，不断从工厂普通员工，到跻身当地交警部门文书、报刊总编辑、文化活动总策划……历尽了千辛万苦。这不仅是一部纯粹的个人自传，也是一本作者挑战苦难人生的励志图书。书中的语言是朴素的，甚至是不经雕琢的，质朴的语言加上真挚的情感，读起来倍觉亲切自然之余，极力呈现出生活的原生状态，很真实很真诚，有真血肉有真感情，有真痛苦有真追求，不是无病呻吟，而是血泪之作。本书真实地反映了进城务工青年的呐喊和祈求，既看到了苦难，也展示了希望；既描写了血泪人生，也表现了人间温暖；既关注农民工自身的命运，也关注了国家经济发展的前途。"比起中国三亿多的农民工，我只是沧海一粟。农民工现象，是所有国家由农业社会向工业社会转变的必然产物，但农民工问题是我国所独有。从改革开放那天起，我国就有了农民工，就产生了农民工问题。日复一日，年复一年，农民工问题没有得到解决,已经制约着我国经济发展和社会进步,影响着社会的和谐与稳定。"这是作者对18年打工生涯的深层次反思,是值得我们关注的核心问题。

城市化程度是衡量一个国家和地区经济、社会、文化、科技水平的重要标志,也是衡量国家和地区社会组织程度和管理水平的重要标志。城市化是人类进步必然要经历的过程。提起英国的圈地运动,大家并不陌生。英国用长达600年的时间才完成了资本主义大农场经营方式,而我国农村人口基数如此巨大,工业和城市都不够发达,还不能完全承担农村劳动力转移和劳动力的社会保障的需要,虽然在我国现在已经有了三代打工人,他们渴望融入城市,但是,目前农民工在城市中户籍问题得不到解决、享受不到公共服务、更买不起房子,因而无法真正融入城市。农民与土地的分离必然是一个漫长的过程,农民工问题也就成为了政府和社会各界长期关注的焦点。

据了解,国内的经济学家曾经做过计算,在中国过去20年9%以上的年均经济增长率中,人口流动的贡献率为16%左右,也就是1.5个百分点。而在农村,由于人口增加、土地资源有限以及现代生产方式的日益应用,将富余出越来越多的劳动力,如果人口不能及时地向城市转移,农业的比较收益就会越来越低。然而,解放的富余劳动力如果得不到合理的安置和疏导,形成的人口流动潮流必将会给社会治安造成相当大的压力。同时,没有相应的措施解决农民工的后顾之忧,城市也不会有充足的、高素质的劳动力。但是,在实际中农民工进城却承受着诸多的限制和难言的痛苦,这些不仅影响农民工的生活、工作和思想,也对城市的持久发展产生了许多不利的影响。

《城市,也是我们的》记述了20世纪90年代到广东的打工人员,被广东人带有歧视意味地称为"捞仔、捞妹"。同时,由于一些法律法规的不健全,一些企业对农民工的权益没有基本的保障,更不要说"三险一金"了。在《中华人民共和国劳动法》实施以前,员工辞职或被老板找借口"炒鱿鱼",拿不到应得的工资和进厂时交给厂里的押金,这些是常有的现象,打工的兄弟姐妹们眼睁睁地看着自己的血汗钱付诸东流。在秋天的时候,作者打工住的宿舍那张冰冷的铁架床上,没铺盖、没有蚊帐、没有保暖的棉衣服,就是那个烂铁架床,都是作者流浪了两个月后才找到的。而且,一无所有的打工人员进厂要押一个月工资。作者在寒冷的深秋,在只有一张铁架子床的异乡,虽然穿着一件廉价的牛仔衣,听着久违的乡音,竟然有一股暖流流进心里。"一找到乡音/就找到了一条回家的路啊"。在那个年代，打工是辛酸的，家是那么的温暖，然而身在异乡，他们很多时候，只能是想家，却不能回家。因为工作两个多月，所有的工资加起来只够路费。而且有的工厂春节只放三天假，如果回家了，工作都会丢掉的。低工资，没有医疗保险，看不起病，吃不起药，住不起院，农民工生病更是成为他们最惧怕的事情。由于农民工的户口、住房等问题，孩子带在身边，上学是一大难题；孩子留在老家让父母带，缺少父母之爱又产生了留守儿童的问题，这些都引起了作者的高度重视。近年来，一再出现的"民工荒"应该说与这些对农民工的不平等待遇有相当大的关系。

英国历史上制定的《定居法》(禁止农业个人任意离开受雇地区，阻止了农民走向劳动力市场，也阻止了资本家对合格工人的雇佣)，这应该是我们的前车之鉴。广东城市拥有全国最多的农民工，有人估计总数达到 2600 万以上。但在 20世纪 80 年代末到 21 世纪初，确切地说，从改革开放初期，到 2003 年夏天"孙志刚事件"之前，整个社会上都流传着这样一个流行语：没有被查过暂住证，就没有到过广东；没有进过收容所，就不叫出门打工。作者在《城市，也是我们的》第四章"亲历：疯狂的暂住证"，记录了我国农民工被查暂住证的辛酸历史。广东省委、省政府 2010 年 6 月，出台了《关于开展农民工积分制入户城镇工作的指导意见(试行)》，在全省范围内实行农民工积分制入户城镇政策。按该意见，持居住证的在粤农民工，积满 60 分即可在就业所在地申请入户，其配偶和未成年子女可以随迁。广东省委书记汪洋说，能够入户城镇的农民工，是新客家人，他们敢闯、敢干，有才华，是各行各业的尖子，他们的加入可以改变广东的人才构成。据不完全统计，2010 年 7 月底，广东省已有 1.7 万名农民工入户城镇。但城市梦对大部分农民工还很遥远，很多政策只是针对少数有成就的农民工，一般打工者是很难达到的。而且正如该书作者所说："广东昂贵的房价，我们的城市梦无法实现，即使我们拿到了户口但没有自己的房子，还是一个无根的人。"

其实，入户不是大多农民工想要的，他们想要的是怎么解决他们的尊严、住房、社保、福利、医疗、教育和心理健康等问题，同样，另外一个问题即外来工子女入学难的问题也成为诸多媒体所关注的另一个热点。"富士康跳楼事件"就是这些问题没有解决好的一个集中体现。"政府应把为企业为农民工提供公共服务纳入城市的总体规划，与经济社会发展相适应，让农民工获得和城市居民一样的平等待遇,让他们能够融入城市,与城市发展步调一致,建设好配套设施,提供与市民无差别服务。"

东莞市政府关注外来员工权益,提出"新莞人"是非常有远见和鼓舞打工者人心的举措。这一提法,为东莞800万外来工成为"新莞人",融入这座城市的建设,发挥主人翁精神,安定城市社会秩序等有不可低估的作用。但是,农民工叫"新莞人"也好,叫"农民工"或者"外来工""新生代农民工"也好,任何一种称呼都不是关键,关键的是政府对改善他们待遇的做法。

一个人只有通过自己不断奋斗才能彻底改变自己的命运。对农民工问题的关注,不单只是社会的关注,解决他们的现实问题,同时,还要树立他们自己的追求和人生目标,激发起他们远大的追求。诚如汪洋勉励大家的那样:"只要有梦想,并且努力为自己的梦想不懈追求,相信你们一定会在各自的领域有所成就!""希望外来工兄弟姐妹们都能自尊、自立、自信、自强,拥有梦想,积极奋斗。"广东省委宣传部组织开展了"怀抱理想,快乐打工"全省农民工文学大赛,东莞市将"东莞市优秀青年"称号授予打工人员等活动已经显现出了良好的作用,同时,广大的西部地区作为农民工输出的主要地区,在组织劳务输出的时候,除了承诺保障农民工的工资等经济利益之外,有没有对他们进行必需的心理和思想的辅导教育呢?

西部打工人来到中国东部这个全球制造业基地,成长为中国的新工人,他们未来的宿命就是反哺西部和中国的经济发展,他们在东部的生活变迁,所思所想,就是未来中国产业工人共鸣曲中的华丽音符,这是时代大音。为了农民工最终成为城市的主人,为中国经济发展作出更大的贡献,为加快我国的城市化进程,一方面,我们对农民工应该有明确的政策取向和制度安排,正如主人公所希望的——城市,也是我们的。另一方面,农民工也应该不断提升自身素质,以适应城市化的需要。

是为序。

二〇一〇年九月二十日于银川

(本文作者为黄河出版传媒集团公司党委书记、总经理)

目录 CONTENTS

0123456789……

我的少年时代

> 这段时间,我跟所有的高考落榜生一样,不敢面对现实,郁闷和焦虑,担心和难过像魔鬼一样,缠绕在身边,彷徨和迷惘捆绑在我年轻的心头,使得我终日萎靡不振。

等待的日子,度日如年。

在看学习成绩那天,我和王志春相约一起来到学校,一块鲜艳的大红纸贴在学校的公告栏上,红纸上公布的正是考生的学习成绩单。在武陵中学录取上线榜上,我和王志春名字赫然于榜上,而我却排在第一名,考试成绩比录取分数还整整超出了 10 分。我和王志春顿时傻了一样,惊呼自己仿佛梦境一般。随后,我们对视一眼,伸出手掌同时朝对方一击,"叭"的一声脆响,这段时间以来心头上的石头总算落了地。

■ 出生地,读书耕田一般苦

朝阳村。我的出生地。

沿着四川省万县市武陵镇鹿井乡郭村方向 1 公里处,在这个拥有人口 3540 人,总面积为 21886 亩的村庄里,我的家,就"藏"在一个丘陵一样的土山包下,一层层的农田和绿油油的庄稼地像八卦图一样长在家的屋前屋后,家四周竹林摇摆,灌木丛生,呼啦啦的山风中这个家显得低矮和贫瘠,但却充满质朴雄浑和朝气蓬勃。

朝阳村是一个充满传奇色彩的村庄,20世纪70年代初我在家里出生后,自打混沌初开就从大人的谈话中知道,朝阳村因村头一座名叫朝阳寺的寺庙得名。这座朝阳寺,就在我家屋后头约2公里的一个两面都是崖的山脊上。整个朝阳寺通径长300米至500米,前庙后寺,顺势而建,覆盖整个山脊,当时至少有两条道路可以进入朝阳寺。这里曾经香火鼎盛,往来人流不息,而且有精美的木雕、石雕,加之建设的地势险要和朝阳寺之大与壮观,是当时万州最大的寺庙,足以与现在的石宝寨相媲美。可惜朝阳寺在"文化大革命"中没有保留下来,也就剩下这座山头残存的废墟。自打小屁孩儿时起,我就跟在大人后面,屁颠屁颠地经过这里赶鹿井场,然后上学读书,从这里走出家门,背井离乡,远走高飞了。

随着改革开放,几经行政变革,出生地如今归属重庆市直辖了,我也从四川人变成重庆人。这样一来,原来的鹿井乡政府没有了,朝阳村却依然存在。而且,一条崭新的水泥板路从武郭公路蜿蜒而下,把新农村建设中别墅一样的农舍珍珠般串起来,使整个村落焕然一新。2010年3月,当我从广州回到这块生我养我的故土时,看到眼前熟悉却又陌生的家乡,激动得泪流满面,儿时的记忆,潮水般滚滚而来——

我的祖父那一代是个大户人家,爷爷何兴国在家里男性中排行第三。旧时曾任县城某中学的校长,解放后,为分得几亩农田而弃教从农,带着一家老小回到朝阳村耕田种地。我的父亲何少竹,在家中排行第二,跟母亲谭详珍结婚后,就跟外公一起学做木工活。父亲天生聪明能干,不出一年就出师了。父亲是外公的女婿也是他的得意门生,所以经常被外公带在身边一起走家串户给人做家具,由于手艺好很快就赢得良好的口碑,因此活计应接不暇。父亲秉性善良仁慈、勤劳爱学,虽说因家庭贫困连高小都没读完,但在我的印象中父亲却是学上的少,书读得很多。谈古论今,吟诗作对是他在农闲时消遣的乐趣,偶尔也来几首原创诗歌,咏物抒怀,其乐无穷。因此在当地十几里地范围内,父亲被戏称为没有学历的"文化人"。后来,积极追求上进的父亲加入了中国共产党,当上了朝阳村五队的会计、队长。

在父亲心目中,读书人就跟农民种田一样苦一样的累。他说:"你们这些学生娃儿每天天还没亮就起床,先在家里朗读课本,吃了早饭就匆匆忙忙地背上书包去上学。等到了学校,老师们又叫你们背课文,然后才上课……晚上放学后又给你们布置作业,做完后又是背当天教的课文。小小年纪都这样了,我们当大人的还怎么忍心给你们安排农活啊!"

可是,我小时候读书成绩总也赶不上前几名,直到读小学三年级了才戴上红领巾,这也让父亲高兴了一阵子。那时候,戴红领巾就是品学兼优的标志。

在我家的抽屉里,摆满了一大堆诸如《毛泽东选集》《岳飞全传》《闯王李自成》《七侠五义》《金刚经》等书籍。这时已认得不少文字的我对这些书如获至宝,每天放学一做完作业就悄悄拿出来阅读,每次都读得津津有味,爱不释手。

有一年夏天,正是农忙时节。傍晚时分,夜幕降临,外面的鸟儿早已归巢,忙碌一天的大黄牛也被哥哥牵进猪牛圈里拴绑在石墩上,母亲在灶屋里亮灯煮饭了,我坐在屋外水泥抹平的地坝边一个石碓上阅读着《岳飞全传》这本小说。突然,一只大手把我手中的书抢了过去;我正想发火,一抬头看见是父亲,顿时吓得连大气都不敢出。我知道,这么晚看的不是课本而是小说,肯定会招来父亲的一顿臭骂。

"哦,你看的是这本书啊,天色晚了,要看就进屋里点着灯看吧!"父亲一边说一边把书还给了我。待放下手中的锄头后,他把我叫到身边,语重心长地说:"幺儿,你看课外书,我不反对,但你一定要先读好你们学校发的学习课本,放学回家也要先做完老师布置的作业。"我点了点头,他又说:"这些书都是我保存下来的,你爷爷家里穷,负担重,我跟你妈妈结婚后与你爷爷分家时,啥也没要,就要了这些书!"听到这里,我的眼泪不知怎的一下子就涌了出来。父亲见我哭了,赶忙劝慰我说:"幺儿,别哭哦!记住一句话,以后无论是看小说还是看电影,我们不仅要去欣赏里面的故事情节,更重要的是看完了要去多思考,从中寻找一些答案和受到一些启发!"这时,我抬头看见,父亲的眼神很亲切,也很刚毅,很有力量。

这件事后,我似乎懂事了许多,也从那天起,才知道父亲不但允许我读一些课外书,而且非常支持我看他抽屉里的任何一本书。因为,那些书,正是他要求我读有用的书,读书以后要学以致用。

■ 跟着武侠电影学武德

中国最早的一部武打电影是《少林寺》,接着就是《武林志》,然后就有了《武当》等等，一部比一部好看，一部比一部精彩。

我印象最深的，是看过这些武术电影后，不仅喜欢这几部电影的精彩故事，更在乎影片中的逼真武戏。特别是《少林寺》这部影片，20世纪在80年代曾在中国乃至世界影坛掀起一股新风格武打电影热潮，并使李连杰一举成为国际影星。在现实生活中，大江南北、长城内外，到处掀起了武术热。我也不例外，成了其中的一员。

我家房子周围栽种了大片的竹林和桉树、柑橘等果树，这些后来都成了我和大哥、二哥以及邻家伯父何少柏、幺爸何少怀等几家男儿的"练武"之地。尽管没条件去拜师学艺，为了学到一些跟《少林寺》里觉远和尚一样的真功夫，我在父亲的支持下订了一份《武术》杂志。有了这本杂志，我们看着书上的武术套路勤奋摸索自学自练，可以说那段时光，是我们自学武术时最冲动也最纯真的年月。为了练习少林寺里的铁砂掌和轻功，我们用麻袋自制了沙袋，每天一早和放学后就跑到树林里拍打桉树、破砖和断瓦片，每次都是打得手掌皮开肉绽，但是我们从不叫疼。为练臂力，大哥何永祥、二哥何永胜就砍来木棒，用细软的竹篾再把木棒绑在两棵树中间，一副臂力器就做成了。只要一有空，我们就把双手握住木棒，做引体向上，做前后翻滚动作，真是乐此不疲。时间长了，效果还真出来了，我可以用手掌力劈几片瓦片，用手掌可以砍断一块泥砖，用拳头可以把桉树皮打掉。

有了点功夫，总爱在同学面前大显身手。打群架和"打仗"，是我们那时最爱玩的游戏。敌我两派，各自占领山头，用泥巴和树枝条当武器。每打一仗，都打得天昏地暗，鬼哭狼嚎。跟我这边的同学，经常都是赢家。然而，每一仗打完后，田地里的庄稼都遭了殃，被打仗的孩子们踩得乱七八糟，害得农民伯伯和阿姨们呼天抢地，骂得我们人鬼不是。

有一次，我和我大哥、二哥一起，跟许多同村的人打完"仗"收兵回家不久。住我家屋后的邻居跑到我家，找到我们父母告状：我们三兄弟把她家的秧苗踩烂了。刚从田里回来的父母听了，非常生气，叫我们三兄弟一起跪在地上作自我反省。大约跪了半个小时，父亲才跟我们说："我们都是农民，庄稼是我们的粮食，而种庄稼，更讲究时令！季节一过，种的庄稼收成就不好。这样吧，你们马上跟我一起，去把你们踩坏的秧苗重新插上！"父亲的话不多，却让人心疼。这一晚，我们一家人忙了很久才把那家的秧苗重新插好。

　　回到家中，一家大小都累得精疲力竭，我们三个娃娃更是苦不堪言。这时母亲忙着去做晚饭，父亲却把我们三兄弟叫到身边给我们讲起《少林寺》《武林志》以及《武当》电影里的故事。他说，这几部影片，都有一个共同点，就是强中更有强中手，天外有天，山外有山，有武德者，最后才是真正的强者。最后，他说："娃儿们，吃得苦中苦，方为人上人，你们把书读好了，考上了大学，跨出了农门，这才是我们的期望啊。"父亲一席话，才让我们几兄弟发现，以前没把这几部武术电影看懂过，没想到里面蕴藏着这么多的启迪。

　　这件事后，我不再把自学的武术用在"战场"上，而是用在自己的心里——那就是武德，用德来鼓舞和激励自己的人生。

■ 骑在父亲肩膀上学背古诗

朝辞白帝彩云间，千里江陵一日还。

两岸猿声啼不住，轻舟已过万重山。

　　这是李白的名诗《早发白帝城》。自我上小学那会儿，父亲就开始教我背古诗，所谓教我背诗，并不是刻意为之。由于农村活计繁重和他做木工活经常外出的原因，大多数时间是我跟着赶路后，赖着不想走路而"搭马架"那样骑在父亲肩膀上学背诗的。

　　父亲上学不多，书却读的不少。在家里一个老式且破烂的抽屉里，放满了他常阅读的《唐诗三百首》《新编幼学琼林》《三字经》《毛泽东诗词选》等。不管是做农活还是做木工活，无论是在山坡上还是走在回家的路上，父亲总喜欢仰天长吟，有时背的是唐诗宋词，有时是他自己写的律诗绝句。那时在我眼里，父亲不是在背诗，而是在唱歌，那种发自他内心的豪放，总让我激情满怀，站在他身旁也手舞足蹈，对山狂吼，望水放歌，尽管我说的话父亲一句也没听懂，但我的举止让他对我充满了信心。

有一次父亲在武陵镇粮站做木工活，每到星期天放假且不逢赶场日，我都跟父亲一起去他做工的地方，然后在下午六点多赶回家。印象中粮站刚刚新建了一栋大楼，所有的门窗都让父亲和我家对面的谭木匠、周木匠等几个师兄弟一起做。武陵镇离家的距离约有 15 公里路，那时公路刚通，很难遇上一次过往车辆，所以，父亲和他的几个师兄师弟及他们的徒弟们每次来回都是走山路，仅单程路就要走上大约两个小时。也就在这个时间里，我走不了几步路，就吵闹着要父亲给我"搭马架"（就是骑在他的肩膀上他托着我）。这时，十分乐观的父亲就开始教我背诗了。李白、杜甫、白居易、王昌龄，再到李清照、陆游等诗人的佳句，父亲每教我一句，我就背一句，可是一回到家里或到了粮站，在他肩膀上学的诗词就全给忘掉了。好长一段时间，我就只记得"床前明月光，疑是地上霜。举头望明月，低头思故乡"等朗朗上口的句子。

父亲见我记性不好，就开始给我讲每首诗的出处，每教我一首诗，都耐心地给我讲诗的内容。他说，诗词不是死记硬背出来的，是要读者用心去读懂作者的心。比如他叫我读李白的名诗《早发白帝城》时，他说："唐肃宗乾元二年（759 年）春天，李白因永王李璘一案流放夜郎，取道四川赴贬谪地。行至白帝城，忽闻赦书，惊喜交加，旋即放舟东下江陵，故诗题一作'下江陵'。此诗抒写了李白当时喜悦畅快的心情。"接着他又说，《早发白帝城》是一首好诗。首先好在第一句里面用"彩云间"描写白帝城的地势之高，这样就为全篇描写船快打下伏笔，积蓄势能。拿到做人来说，每个人的一生都应是光明的，是自由的，但也有不平坦的人生，就像蓝天白云，他不可能永远挂在天上自由飞翔，但也不可能跌倒不起。"朝"说的是早晨，早晨的"彩云间"，也就是黑暗过后的黎明，前途一片光明，好比长江之水，沉寂之后是高涨。其次好在第二句里的"千里"和"一日"的对比。千里说明空间遥远，一日说明时间短暂，两个对比，非常悬殊。"一日"之妙还妙在"还"字，"还"是归来的意思。最好的地方就是第四句里的"轻舟已过万重山"，舟原本是不轻的，只是诗人的心情愉快爽朗而已。

听着父亲的解读,我似懂非懂,总觉得我听的是一段故事,是那么引人入胜,又是那么"海市蜃楼"。那一年,我学会了背诗,也学会了写几句打油诗;那一年,我正好小学毕业。

■ 考上重点中学

走进鹿井乡小学五年级二班的教室,虽然一个同学也不认识,但并不觉得很陌生。因为,这里的同学大都来自乡下,为了备考,他们跟我一样,都是住读生,一个礼拜才回家一次。因此这些同学,平时都从一个校门进进出出的,尽管没打过招呼,但面孔有点熟。当我来到座位上正准备放下书包时,却发现跟我一起转过来的,还有一班的王志春。

王志春本名王全春,也是这次转读过来后改的名字。在一班的时候,我跟他是玩得来的一个朋友,因为还没认识他前,我早就从爷爷何兴国那里知道,王志春的妈妈也姓何,在一次赶场过程中,王志春的父母到郭村买春联与我爷爷相熟后,便认爷爷做干爹。这样一来,我跟王志春多少也有点沾亲带故了。这天,我和他居然同一天转班读书了,是巧合还是缘分?我们俩不禁在对视中笑了起来。

从这一天起,我们在一起更加亲密无间,彼此之间互相鼓励,互相督促学习,力求共同进步,一起考上重点中学。也许是苍天有眼,毕业考试考完后,我们相约来到学校操场边的一个篮球架下,拿刚才考试的答案一对,居然出乎意料地吻合。

考完试后,我装作若无其事地回到家中,不论父母怎么问话,我都一言不发或直接说考得还行吧。其实,在这关键时候,谁有把握自己会梦想成真呢?我表面显得十分平静,而内心却翻江倒海,恨不得马上就能知道考试结果。

等待的日子,度日如年。

在看学习成绩那天,我和王志春相约一起来到学校,一块鲜艳的大红纸贴在学校的公告栏上,红纸上公布的正是考生的学习成绩单。在武陵中学录取上线榜上,我和王志春名字赫然于榜上,而我却排在第一名,考试成绩比录取分数还整整超出了10分。我和王志春顿时傻了一样,惊呼自己仿佛梦境一般。随后,我们对视一眼,伸出手掌同时朝对方一击,"叭"的一声脆响,这段时间以来心头上的石头才总算落了地。

"何永志,你可真了不起啊!"身边的同学们为我欢呼。

"何永志,你是我们学校第一批考上重点中学的学生,你为学校争了光啊!"以前的彭老师伸出慈爱的手,轻轻地拍着我的肩膀替我高兴……

这时,作为班主任老师的幺爸也为我高兴不已,把我叫到他的寝室里,一边说些鼓舞人心的话,一边语重心长地说:"回家好好过暑假,同时也准备一下,武陵中学是重点中学,去那里读书的学生都是各个学校的尖子,你将面临的是一个新的学习环境,也是一个新的挑战。所以,暑假除了玩得开心,也不要放弃重温课本,只有这样,你才会保持目前最佳状态……"我感激地点了点头,然后走出他的寝室来到教室,看了最后一眼后就随王志春相伴回到了家。

拿着武陵中学的录取通知书,高高兴兴地回到家里,还不等父亲问我成绩,我就把录取通知书举到他的面前,佯装平静地说:"我考上重点中学了。"

父亲一听,顿时高兴地连忙放下手中的农活,接过我手中的录取通知书看了看,然后笑着对我说:"幺儿,只要工夫深,铁棒磨成针。看来,你做到这一步了,今晚叫你妈煮两个鸡蛋给你庆贺一下!"

晚上,妈妈去奶奶家借了一块腊肉炖了一大锅肉汤,炒了半升胡豆,炒了两碗青菜,到里间的一个陶缸里抓了一碗酸咸菜,再到另一口陶罐里舀了一碗辣椒酱,然后一起摆到餐桌上,就这样,一顿丰盛的晚餐做成了。

这时,父亲高兴地对我说:"何永志,快去叫你爷爷奶奶一起到家里来吃饭!"爷爷家就住在我们家的旁边,只有几十步的距离,也算是邻居。于是我立即跑到门外,站在地坝边朝着爷爷家喊了几声爷爷和奶奶到我家吃饭啊。不一会,爷爷和奶奶就来到了我们家,并围坐在四方餐桌前。

爷爷知道我考上了重点中学,是天黑之前就知道的,是父亲告诉我母亲,然后我母亲跟我奶奶说的,奶奶又转告了爷爷。所以,他们一到了我家,一开口就对我说:"可喜可贺啊,何永志,爷爷奶奶都祝贺你!"看爷爷那个高兴的样子,怎么都不像七十高龄的老人,跟年轻人似的,笑眯眯的,可爱极了。

这时,妈妈从灶屋里拿出两个鸡蛋放到我的面前,说:"幺儿,你吃吧!"这时真有点忘乎所以了,接过鸡蛋就三下五除二地全吞下肚了。在那个年代,鸡蛋在农村是值钱的补品,大人们舍不得吃,娃儿们平时也难吃到。换句话说,鸡蛋是农村人用来赚钱的,一个鸡蛋能卖几分钱,算是农民最容易换来油盐酱醋的东西。吃完鸡蛋后,我举起一个酒碗,向爷爷和父亲敬了一下,说:"谢谢爷爷和爸爸,我会继续努力的!"接着我又对爷爷说:"爷爷,您的字写得好,我想您明天有空了帮我写一幅做留念吧,最好写一句鼓励我的话!"

第二天,爷爷真的给我写了一幅字,内容是"锲而不舍,金石可镂"。爷爷指着这幅字,给我念了一遍,然后裹起来放到我的手中,表情严肃地说:"人生的路很长,只要是对的,希望你坚持不懈地走下去,胜利就属于你!"我接过爷爷的字画,眼里突然泪水充盈。事隔多年以后,爷爷与世长辞了,这幅字却成了爷爷留给我的最后的纪念,也成为我一生的鼓励。

暑假,很快就结束了。

1986 年 8 月 30 日,我背着书包和衣服,在父亲的护送下,踏进了武陵中学的大门。进入武陵中学后,我将姓名何永志,改为了何真宗。

■ 辛酸的书学费

1986 年 9 月到 1992 年 7 月,6 年里,美好的东西往往在记忆中渐渐地淡去,而令我难忘的,总是那些百转千回的带着苦涩的青春味道与艰难的校园生活,在岁月中飘舞着亲情的大爱与无限的悲壮。

我来自农村,父亲除了跟母亲一起承担了繁重的农活,还精通木匠手艺活。那年外公去世后,年老体弱的外婆被父母接到我们家一起生活了。我在家排行老幺,前面有两个哥哥和两个姐姐,除了大哥何永祥、大姐何永凤、二姐何小凤自愿退学在家务农外,还有二哥何永胜,1985 年从六井乡初中高考落榜后,为了实现"跳出农门"的梦想不畏千辛万苦跑到石柱县西沱中学求学复读,而我也于 1986 年 9 月考上县重点中学——万县武陵中学上初中和高中。这六年里,哥哥何永祥结婚建房,生子喝满月酒,大姐、二姐分别出嫁、建房、生儿育女等等,完全靠父亲外出做木匠活拿工钱和卖粮食换钱来开支。那时,一年的大米和小麦,挑到市场上卖了后,加上每月还要给我和读书的二哥何永胜留好足够的粮食,每年的大米和小麦都所剩无几。全家人就吃红薯稀饭、玉米羹、麦面等粗粮,每顿饭就和着母亲亲手做的腌菜和辣椒下饭。那年月,父亲的木匠工资每天才 1 元 5 角,就是做满整个月也才 45 元,可想而知,我们一家人的生活是多么捉襟见肘。尽管如此,在父亲的精心经营下和母亲带着大哥大姐二姐一起日夜操劳中,我们一家人过上了平淡和谐,没有卑微只有自信与骄傲的生活。

在 20 世纪 80 年代中期,乡政府墙上和农村靠近路边的房屋墙壁上,都流行书写这样的口号式标语——"要想富,栽果树""要想富,栽桑树"……父亲当时担任队里会计,后来又当队长,在村里的致富政策号召下,他带头在家周围的农田和自留地里,种植了成片的柑橘树。后来又养了二十多只长毛兔和二百多只鸡,还养了一头猪。这样一来,全家人的日子过得不算很好也不算很差。

然而好景不长,有一年,家里圈养的二百多只母鸡突然起瘟疫,父亲和二哥当时想尽了一切办法还是死掉了近 50 只,当时父亲就跟我和二哥说:"你们也长大了,好多事情要学会独自处理。明天你们俩挑着这些鸡,跟做鸡蛋和鸭蛋生意的大伯何少柏一起到万县城里去,把这些病鸡全部卖掉,也好凑一些学费给你们。"父亲嘴里说得轻松,但是我们却分明听出了他那心中的无奈与苦楚。我和二哥此时都想说点什么,但话到嘴边却一句话也没有。

第二天,天还没亮。我和二哥用竹笼和背篼,将一百多只鸡带到了离家七十多公里外的万县城里,在二马路的三鸟市场卖了一天,最后以最低价才把所有的鸡卖完。那时,我们到县城只有水路,乘船顺流直下,而回武陵镇是逆水,约三个多小时才能赶回镇上,然后再步行十五里路才能到家。而当时,出行的交通工具只有轮船,每天在规定的时间里才有一次航运。所以,去县城里做鸡鸭蛋生意的人,如果当天下午不赶在轮船离开之前把鸡卖完,他们每次大都只能在第二天才能回家。当晚,我们一起住进一家简陋的旅店里,因手头有刚卖完鸡换来的一百多元钱,生怕被扒手偷盗,二哥用母亲事先准备好装钱的袋子将钱装好,放进内裤里头,用针线缝好。这一夜,我们没有感到第一次到县城的兴奋,甚至连二马路有多长,有哪些店铺,在我的眼里都是一片模糊,一点印象也没有,唯有恐惧感整整让我们失眠了一夜。

这 6 年里,我和二哥的书学费总是含着这样或那样的辛酸和艰辛,更多的是含着父母和家人正在消逝的青春和生命。然而每学期开学,父亲却一分不少地把准备好的书学费交到我的手里,每次这样,我的心里总会难过一阵子,并在内心狠狠发誓,一定要好好读书。只有在这时,我才突然发现,我能跳出农门的理想并不属于我何真宗个人的,而是属于父亲母亲的梦想和希望,属于哥哥姐姐的期盼和等待。

■ 一个文学社三个文学梦

"莅芳文学社",是我与大我一辈儿的同乡何映村和一个来自八羊村的校友李学军共同发起主办的。然而正当我们筹备得紧锣密鼓,万事俱备,只等出社刊的时候,却在武陵中学夭折了。

1989 年 9 月,读高中时,我与何映村同时爱上了文学。何映村虽然辈分比我大,但我们的年龄相差无几,最大的共同点就是爱阅读课外读物和爱好写作。因此在我们之间,没有辈分之分,却有兄弟般的情谊。

何映村的父亲叫何欣筷,在农村也算是有点知识的人,自学中西医,当时不仅是农村的赤脚医生,也是村里的一名会计,而他的业余爱好,也喜欢读书吟诗。这些,跟我那时任生产队里会计的父亲一样,他们常在开展农村工作期间,忙里偷闲一起吟诗作对,咏物抒怀。在我印象中,父亲在农活与生活双重压力下,写的旧体诗词足足写满了两本会计账本。

也许受父辈的感染,我和何映村的心里滋生了一个共同的梦想——追求文学梦。当时,我家虽穷,但是父亲总是省吃俭用积攒点钱来给我们订一些书刊。在我上小学,二哥何永胜读初中时,父亲给我们邮订了诸如《全国优秀作文选》《少年作文通讯》《少年文艺》和《万县日报》《家庭科技报》之类的书报刊。

读初中后,我和何映村最爱去的地方就是阅览室,那里书报刊种类繁多,我最爱看的期刊杂志有《诗刊》《人民文学》《雨花》《黄金时代》《金色年华》等等。从这时起,我们不仅爱看书,而且爱写诗写作文,我每写好一篇(首),就拿给何映村和身边的朋友看,相互指出其中的优劣,日子一长,也其乐无穷。到 1989 年底,何映村当上了校文学社社长,同时我也在一个叫野平诗人主编的《三峡文学》报上发表了处女诗,随后又在《三峡工运》《万县日报》等报刊发了几篇"豆腐块"。

20 世纪 80 年代末 90 年代初,在文学界被称为神圣的时代,而学校的文学社社刊只出刊了两期就停刊了,文学社也形同虚设。我、何映村和初中三年级一个叫李学军的同学,3 个"纯爷们儿"聚在一起,带着同样的热情和对文学的崇拜,经过认真讨论和筹备,一个名叫"苤芳文学社"的民间社团酝酿成熟。

办文学社,也要办文学刊物。当时,我们3人有个共同的理念,就是要办就要办最好的民间社团文学社,要把社刊办成一份既是武陵镇的文学刊物,也是武陵镇的一个信息窗口。其办刊宗旨,我们当时在约稿信函中写道:立足武陵,面向全国。

随后的日子里,我负责起草征稿函,并和何映村一起向万县的作家发函邀请其担当文学社顾问,何映村负责发动学校作文基础好的同学加入文学社。李学军就负责印文学社的信封和便签本。与此同时,我们3人又跑到武陵镇文化站找钟玲站长批文和雕刻文学社公章。

有一天下午放学后,在武陵镇文化站,我们见到了站长钟玲,她中等身材,圆圆的脸蛋,笑起来如一朵盛开的牡丹,娇艳不娇气,爽朗的笑声总令人豁然开朗。在她简陋的办公室里,钟玲站长听完我们豪情满怀的一阵陈述后,望着我们说:"你们3个娃儿硬是有抱负哦,你们办文学社出文学报,是件好事啊,我们一定支持你们!"随后,她又说:"你们3个明天再来我这里一趟吧,我给你们出个证明,同意你们办文学社!"就这样,我们带着万分感激,回到了学校。

第二天下午一放学,我们就赶到钟玲站长的办公室,本来早已到了下班时间,可她念及我们学生娃娃要上课,肯定是放学了才来,所以还在那里等我们。钟玲一见我们,马上拿出一个盖有文化站公章的证明给我们并语重心长地说:"武陵镇还没有一份对外发行的报纸,你们要办,就要好好办,要树立政府良好形象,切莫毁了武陵镇的名誉哟!"我们点了点头,也自信地回答说:"请站长放心,我们一定会努力做到最好!"钟铃站长又说:"你们搞文学是好的,但千万莫把学习成绩搞垮了哈!"我们说:"要得,要得!"就这样,我们没吃饭,拿着钟玲站长的批文,一溜烟地跑到街上一个专刻公章的店里,找那个刻章的老头帮我们刻了一枚"苤芳文学社"的公章。

我们拿到崭新的公章后,第一件事就是把早已打印好的约稿函盖好章全部派发出去。没想到一张约稿函发到张校长正在读高一的女儿张敏手中,张敏放学拿回家放在桌子上无意中被她老爸看到了,他爸感到十分吃惊——武陵中学怎么有个苤芳文学社呢?由他做顾问的源阳文学社难道改名了吗?更让他疑惑的是,这个在他眼里没见过的文学社竟然有公章,且社址留的是武陵中学!带着这些疑问,张校长马上赶到教导处,找来时任学校源阳文学社主要负责人,也是我初中时的班主任陆仁斌老师。而陆老师看过后,也大吃一惊,立即按照我们发出的约稿函地址和姓名找到了我们 3 个人。

"你们几个知不知道,私刻公章是违法的?"陆仁斌见到我们三人后,气得暴跳如雷,指着我们的鼻子就是一阵大骂。

"我们是经过文化站批准了的……"李学军正想辩驳。可是,还没等他说完,就被陆仁斌给打断了话,对着我们狠狠地说:"你们知道不?刻公章是要经过公安部门批准的,你们未经他们许可,私刻公章是要坐牢的!"后来,陆仁斌还说了许多许多,我们顿时感到是对是错也弄不清了,只是如他说的一样,立即停止文学社的一切活动,公章由学校没收。

就这样,莅芳文学社夭折了。而我们的文学梦,却在心中,燃烧了起来。

■ 高考落榜,我选择了另一种坚强

得知高考落榜了,是我意料之中也是我意料之外的事。正如后来我的大姐夫付克均甩出的一句话:"雷声大,雨点小!"

这段时间,我跟所有的高考落榜生一样,不敢面对现实,郁闷和焦虑、担心和难过像魔鬼一样,缠绕在身边,彷徨和迷惘捆绑在我年轻的心头,使得我终日萎靡不振。

然而,父亲的出行让我再一次感到了父爱的力量。1992 年 7 月某天晚上,当我从学校回家把我高考落榜的消息告诉他时,他一下子变得沉默不语,只顾自己不停地抽自家种的大叶子烟,那翻滚的烟雾呛得他不停地咳嗽。此刻,我把头压得低低的,也跟着一言不发,我想哭,但更觉得没有资格在父亲面前说一些失败的理由。我在内心说,赢就是赢,输就是输,自己没有考上,总不能说些理由去改变父亲对我的看法吧。我的心是恐惧的,因为愧疚,不光是对父亲一个人,而是全家。

直到有一天晚上,母亲正在帮助父亲收拾他的木活工具,而父亲却把我叫到他跟前,说:"真宗,你没考上大学也别难过了,现在考个大学都不容易,希望你重新振作精神,明年复读一年再考吧!"我真想说我不去读了,但没敢做声,这时只听父亲又说："你大伯何少柏的幺儿何发明也要去复读，你姑爷谭宜顺的儿子谭其全也要去复读，你们三个，你的成绩还不算差啊。"事实上，当时的高考分数，按政策我完全具备复读的资格。但是我想了，家里穷，如果再去复读，会给家里带来更重的经济负担。再说，如果考不上，我就更没脸面了，如果考上了，早已负债累累的家庭将如何承担得起大学的所有费用？所以，听着父亲的话，我口头没说，心里却想着这些。"真宗，我明天要去万县地委做木匠活了，这是我托你二姨爹文启毫找他的弟弟帮忙找的活儿，你在家没事，帮我代理一下我那生产队长的职务吧，过两天你带着队里的几个干部一起收提留款，你没干过这些，就算是锻炼吧！"我赶忙连声说"好，好，好。"心里不禁一酸，眼泪刷地一下流了出来。我知道，父亲这次远行，又准是为我挣复读的费用去了。此时，我真想拦住他，但我还是没有说出口。因为，父亲的这次远行，让我再一次看到了父爱的力量和伟大，那是一种责任，那是一种坚强！

我知道，此时的父亲，是最苦的，不是在脸上，而是苦在心里。他表面上从来没有责怪过我。他也常说，皇帝爱长子，百姓爱幺儿，而我就是他的最爱。已经长大的我，深知父亲的良苦用心，但我决定选择另一种坚强——1992年9月开学后，我没再听从父亲要我去复读高三的话，而是决定外出打工，用另一种生活方式来实现自己的梦想，回报父母亲的大爱。

102 3456789……

漂亮女友带我闯广东

我的故乡在慢慢地隐退,我的心也在游离中多了无尽的伤感,也就在这时,我才发现我们在出门打工的路上,带走的不仅是青春与梦想,也带走了一份越远越浓的乡愁。

夜夜想起妈妈的话

闪闪的泪光鲁冰花

天上的星星不说话

地上的娃娃想妈妈

……

深圳,一个改革开放的城市。

深圳,一个让我梦寐以求的城市。

在高考落榜的日子里,我在脑海里无数遍地幻想着:我要背井离乡,去深圳,去打工,去挣钱,去实现自己的理想,去改变贫穷的家。

■ 那个最漂亮的女孩成了我的女友

深圳,一个改革开放的城市。

深圳,一个让我魂牵梦绕的城市。

在高考落榜的日子里,我在脑海里无数遍地幻想着:我要背井离乡,去深圳,去打工,去挣钱,去实现自己的理想,去改变贫穷的家。

万事开头难。谁能带我出去呢？我只有个小小的愿望，谁能把我带到深圳，把我随便丢放在一个地方，我想，天下之大，就一定有我容身之地。可是，能出远门的都早已出去了，留在家的，都是老人和小孩。但我相信，机会一定会垂青有思想准备的人。

正当我感到万般无奈时，父亲的徒弟周德良的老婆方小菊跑到我家里，神秘地对我说："真宗，我给你介绍个女朋友吧，她是郭村的，今年才17岁，15岁就到深圳打工，前两天刚从深圳回来，人聪明能干又漂亮，她现在就在我妈屋（四川方言，指娘家），要不你跟我去看看吧！"

我一听说这女孩在深圳打工，我的精神就振奋起来，心想不管怎样，先认识她让她带我一起去深圳打工再说。我跟着方小菊一前一后地来到她的娘家。在一个宽敞的地坝边上，我看见一个十分可爱，身高比我还高的女孩在女人堆里有说有笑，十分扎眼。这一看我顿时傻了眼，倒不是因为她是我所见过女人中最漂亮的一个，而是上午我在六井场上某理发店里见过。

那天恰逢赶场日。上午十来点钟，我与何迎春在六井场上瞎逛，走到一家发廊门口时，突然看到里面有一位身材高挑、面容俊俏的女孩站在一位大姐旁边，上身穿着一件白色的羽绒披肩，下身穿一条白色的牛仔裤，站在那里显得格外与众不同。见此，我连忙拉住何迎春的手说："快看，理发店里面那个妹娃好漂亮哦！"何迎春回头一看，顿时也惊呆了，停下脚步一边目不转睛地看着那个女娃儿，一边口中不停地连连称赞。

想到这些，我心里不仅多了份好奇，对方小菊说："呵呵，真是心想事成哇！"

我走到她面前，脸却刷地一下子红到了耳根，一句话也说不出来了，我知道我不会相亲，也是第一次以谈恋爱的直接方式站在一个似曾相识的女孩面前。

这时，方小菊走过来说："真宗，这位妹娃叫秦葱芬，刚从深圳回来。"随后她又赶忙转身对这个女孩说："葱芬，这是何真宗，高中刚刚毕业，也爱好文学，在校时就有文章发表，你们好好谈谈吧，我知道你的假期不多，都抓紧时间多了解一下吧！"方小菊一说完，就各自走到在场的其他女人堆里聊天去了。

这里只剩下我和秦葱芬两个人了，我一个大男人，不敢开口说话，也不知道该说啥子好。气氛有点冷了起来。

"葱芬，我见过你的！"我鼓起勇气说出了第一句话。

"见过我？不会吧？"秦葱芬听我这么一说，感到一阵好奇。

"真的见过你，而且我还专门跑过去看过你撒。"我边说边卖些关子，慢慢调动起她的兴趣。

"是嘛，你可能认错人了！不过……"她故意拖长了语气，停顿了几秒钟后说，"不过像我这样漂亮的女人，是好多男人的梦中情人啊，我想你就是其中之一吧。"这时我看到她酒窝里溢出了清澈的可爱和一种淡雅的风韵。

我们开始变得自然多了，说起话来不再像开始那么拘谨。

"你有高中毕业证书吗？"秦葱芬问我。

"有！我还有记者证和许多获奖证书。"

"那你愿意跟我到深圳打工吗？"

"我愿意！"

"像你这么高的文凭，可以到我们公司做文员。"

"真的吗？高中文凭还算高文凭啊？"

"是的，出门打工的好多都是小学文化，初中毕业的人都还不多。我小学都还没毕业呢。"

"哦，看来我还是人才啊！哈哈！"……

聊着聊着，我发现我已喜欢上秦葱芬了，秦葱芬也喜欢上我了。可是我不想隐瞒自己家庭的贫穷，也不想隐瞒这次到深圳打工的路费都没有了。

"秦葱芬，说真的，我家里好穷，要不你现在就到我家里去看看好吗？你认为能接受，我就跟你去深圳打工，如果不接受，我们就到此为止，只能做个朋友。"

"哈哈，你真好笑哟。我找的是男朋友又不是钱。一个家庭贫穷并不可怕，重要的是你是否有能力有决心去改变这种贫穷的现状！"秦葱芬认真地对我说。

"好哇，难得你有高度认识啊，知我心者非你莫属哈！"我高兴地半开玩笑地对她说："那这就到我家去看看吧。"

说去就去了，我带着刚刚才见面还不到一个小时的"女朋友"来到了我家。此时正在房间里纳鞋底的妈妈还没转过神来，秦葱芬就清脆地叫了一声"妈"。我妈顿时惊得目瞪口呆，老花镜一下子从鼻梁上掉在了地上。

妈见来了幺儿"媳妇"，连连说你们耍你们耍，我去弄点菜回来做饭了。妈边说边放好纳鞋的针头麻线，换上一双胶鞋就要往菜地里去。这时秦葱芬拉着我走到妈面前说："妈，要弄啥菜，菜地在哪里？我和真宗一起去就行了。"

不善言辞的妈妈高兴得乱了手脚，赶忙摆摆手说："你们各自耍，我很快就弄回来了。"可秦葱芬硬是从我母亲手中抢过提篮，要我与她一起到菜地里摘菜。按照妈的吩咐，我与秦葱芬一起来到屋后面的菜地里，掐了一把空心菜，再到另一块地里掐了一把青菜和儿菜。

当我们赶回家里时，母亲早已从灶屋顶上取下一块腊肉在烧烤，锅里也下了米在做饭了。

秦葱芬连忙对母亲说："妈，你去灶塘帮我烧火吧，我来洗菜炒菜。"母亲已看出自己的"幺儿媳妇"是个说到做到的女孩，便不再争执就去烧火了。

真的看不出来，秦葱芬干起活来手脚麻利，菜和肉都洗得干干净净的，等我们吃饭时，母亲却发现了一个新问题，就是炒空心菜时没有切断，整个儿被秦葱芬一根一根地摆放在菜盘子里。母亲就问："怎么炒菜不切断呢？"秦葱芬笑着回答："妈，这是广东炒法，这样保证青菜的原色和营养，你幺儿过几天就要跟我到深圳了，现在让他先适应一下那边的口味嘛。"

母亲听了，开心地笑得合不拢嘴，转过身来对我说："真宗啊，你的女朋友很细心哟！我开始看她小还以为你要照顾她呢，看来你倒要女朋友照顾了啊！"说罢，我们三个人哈哈大笑起来。

■ 妈妈的心肝在天涯

夜色。沉醉。

月光穿过房屋周围的竹林，再洒满柑橘园林，稀稀落落的，和着草丛里虫子的叫声，摇来晃去。这时一颗流星划过，秦葱芬趁势靠着我的肩膀，深情地望了我一眼，像是有很多话要说，但欲言又止，随即唱起了《鲁冰花》这首歌：

> 夜夜想起妈妈的话
>
> 闪闪的泪光鲁冰花
>
> 天上的星星不说话
>
> 地上的娃娃想妈妈
>
> ……

伤感的味道,仿佛天籁之音,清脆没有杂质,悦耳没有干扰。唱着唱着,满轮的秋月突然像被神话中的天狗狠狠地咬缺了一口,只剩下一个弯弯的月牙儿,夜色也变得黯淡了下来,把本来就朦胧的山村泼了一层墨,使村庄多了几分昏沉和神秘,草丛的虫子也不知怎么了,一点叫声都没有,越发的沉默让这片柑橘林越发的寂静,越发的寂静使秦葱芬的歌声越发的凄美。唱完之后,我发现她明亮的眼睛里渗出了泪水,像要把一段凄美的故事流出来。

原来,秦葱芬也出生在一个贫困家庭,家里有奶奶、爸爸和远嫁了的姐姐,因为家里穷,在她三岁的时候她亲生妈妈忍受不了贫寒,就悄悄地离开了家,至今杳无音信,每当看到别人的妈妈带着孩子一起玩耍,秦葱芬的心里总有一种莫名的酸楚,却又总盼望着丢弃她们的妈妈突然回到家里,过着一家团圆的幸福生活。可是,这种愿望却永远成为她一生的遗憾。也在每次想妈妈的时候,秦葱芬都会唱起《鲁冰花》这首歌,在伤感中寻找一种满足和一种郁闷中的宣泄。秦葱芬说着说着,突然猛地转身搂住我的腰坚定地说:"真宗,我以后一定会做一个很孝敬父母的儿媳妇的。"

我说:"我看得出来,凭我的感觉,你会做一个很善良很贤惠的媳妇。"

时间过得真快,已到凌晨一点多钟了。我说:"我们该回家去睡了,你今晚就与我妈睡吧。"

第二天,妈对我说,秦葱芬一晚上都是抱着妈的脚睡觉的。秦葱芬说她回去睡觉时发现妈的脚好冷,抱着妈的脚是给妈一些温暖。妈还说,真宗,你以后要好好对待秦葱芬哦,这是个不错的女孩。

吃过早饭后,秦葱芬说要带我回她家看看,也好让我放一百个心。我想也是,过几天就要跟她去广东了,见见岳丈也是应该的。

■ 为凑足百元路费,我把心爱的课本卖了

来到秦葱芬家,他爸赶忙放下手中的农活从田里赶回来。

农村就是人多嘴快,还没等我们坐下,秦葱芬的三姑六婆就跑到她家里来看我了,一听说我是高中毕业生,都说秦葱芬好福气哇,真是上辈子修来的福。

这些亲戚,个个口若悬河,讲起道理来真是有板有眼的,把我和秦葱芬逗弄

得不好意思了，只顾跑到灶屋端起凳子来喊着阿姨请坐。

远村的人一听说秦葱芬从广东打工回来了，老远就跑过来找秦葱芬一定帮忙带着她们的女儿一起去广东打工，秦葱芬心肠好，经不住她们的恳求，就爽快地答应了。

晚上，我没怎么经过秦葱芬爸爸的考验就顺利过关，他也就同意了这门亲事。在她家，我们确定了出门到广东打工的时间，第二天也让要随她一起出门打工的老乡做好准备。

要出远门了，我心里有说不出的兴奋，此刻真想把此事告诉还在县委做木工的爸爸。说真的，那时村里没电话，我与秦葱芬好上了爸爸还不知道，谈情说爱的事我自己就做了主。

出门要路费，家里当时穷得叮当响，我读书欠的几千块钱债务都还没还清呢，找谁借呢？实在是想不出办法来了，我只好忍痛割爱，把我从读小学到高中的课本和学习资料清理出来，背到几公里外的一家爆竹厂卖了二十多元钱。可这只是杯水车薪啊。

当我焦头烂额时，妈妈却对我说："堂屋里的桐子已晒干了，明天刚好赶场，我们一起把它背到朝阳二队公路边的收购点卖了，这些桐子可能要卖七八十块哦。"

"妈，这些桐子卖的钱，不是说要拿来买肥料的吗！我可不敢拿哦，没肥料庄稼没收成这可划不来撒！"我急忙劝阻说。

"这有啥的，如果不够我明天再去找亲戚借点，听秦葱芬说你进了她们厂一个月最少就有五六百块钱的工资，等你发了工资就寄回来还了吧！"

听妈这一说，我心想也是，发了工资就还吧。

第二天，桐子卖了 86 元，妈又找亲戚借了 50 元，加上我卖书的 20 元钱，一共有 156 元，这就是我第一次出门的全部路费，来之不易啊。想起这些，我的心里突然感到很不是滋味。

过了几天，秦葱芬像一只欢快的喜鹊，从郭村飞到朝阳村，然后落在我家门前。这次尽管已经到了秋季，天气变得越来越冷，她还是穿了一件迷你裙，一件宽松的男装式花格子上衣套在上身，把本来就很青春漂亮的她衬托得锦上添花。我情不自禁地跑过去双手捧起她鸡蛋清一样柔嫩的脸，轻轻地吻了一下，羞得她灿烂出一片绯红。

晚饭后,我带着秦葱芬到我的房间一起收拾好行李。她说:"这次到深圳的有幺姑、幺妈,你们村的张龙惠,加上你和我一共是五个人。"然后她又说:"我们后天上午就出发,先到郭村坐汽车到万县十七码头,改坐万县到湖南岳阳的大轮船,转坐火车直达广州,我们再坐汽车经东莞到深圳的龙岗镇。"

"妈吔,这么远啊?!"我问。

"是的,不但有两千多公里的路程,而且出门打工的人还很多,十分拥挤,你可要做好思想准备哦。"

"呵呵,红军不怕远征难,万水千山只等闲!我带着红军过草地的精神去打工,我就不信闯不出一片天地来!"我自信地答道。

■ 打工路上,带走的不仅是青春与梦想

太阳温暖地照着大地,路两旁的庄稼在风中摇头晃脑地欢送着我们。

从郭村到万县县城,汽车慢吞吞地走了两个多小时。在车站下了车,我们一行五个人,提着大包小包的行李,急匆匆的朝着长江码头赶去,像是掉队的士兵拼命的去追已远去的大部队。

万县轮船码头上、公路边、候船室,熙熙攘攘的到处都是出门打工的农村青年,每开走一艘轮船,都还要有一条长长的民工队伍,顺着码头边长长的石级阶梯,蜿蜒直达比五层楼还要高大的"江渝"号客船上。这种队伍,这种架势,可以用当年红军长征来形容,清一色的农民工,清一色的蛇皮口袋,清一色的四川方言,浩浩荡荡,随汽笛远逝,随潮流而来。

我们顺着这股潮流,从汽车站挤到长江边的候船室。在这里,我们在人堆里把所有的行李放成一堆小丘,我跟在秦葱芬的后面默默地站在买票的队列中。站在这里,移动的人群却像蚯蚓一样慢慢爬行,好不容易才轮到我们把票买到了手中。

下午四点多钟,候船室里的广播响了:"各位旅客,从重庆开往岳阳的 XXX 次轮船马上就要开了,请上船的旅客到十七码头排队上船!"

播音还没结束,候船的人群突然像开了闸门的长江浪涛汹涌而至。等我们走出候船室时,从轮船剪票口到候船室这几十米的距离早已排起了长龙,拥挤的人群就像这条龙在蜿蜒盘旋。我们夹在中间,与其说是脚在一步一步地往前挪动,

倒不如说是我的整个身子被拥挤不堪的人群抬着在走。

这时我看见前方有一群人被另一群人从队列中挤了出来,正准备往前冲去的时候,几名维持秩序的工作人员每人手持一根好几米长的竹竿,雨点般狠狠地打在他们身上,被挤出来的人群在一阵号哭声中又赶忙退回队列,把一个本来已不堪重负的队形搞得人仰马翻,骂声和哭声不断。我不禁想起父亲在给猪圈里的猪喂食时,一些不听话把脚伸进猪槽的猪,就被我父亲拿起竹竿打得嗷嗷地叫的情景,心里升起一股酸楚。

好不容易,我们5人终于挤进了轮船的五等舱(轮船一般分1~5个等级舱位收费,五等是在轮船的最底层,就只摆放一张张长板凳),为了节约钱,大多打工人跟我们一样都买了五等舱的票。从万县到岳阳,听说要走两天两晚。可是,在我们这个五等船舱里,显然出现了超载,不仅所有的长凳都坐满了人,而其过道里、甲板上、船前船尾所有能待人的地方,都挤满了人。有过出门经验的民工,一走进船舱,就随便找一个空位,三下五除二地把装在化肥编织袋里的被子铺垫在空地上,不管过往的行人怎么喧闹,只顾躺下呼呼地睡着了。一些后进来的人眼看就没立足之地了,就在轮船的夹板上拣了一块空地,将牛仔包或同样用肥料编织袋放在地上当做枕头睡了,来来往往的人似乎都与他们无关。

下午四点三十分的时候,一声汽笛划破长空,轮船起锚的铁链声让我突然心如船尾江水卷起的千堆雪浪一样,心潮澎湃激荡,并不停地反复自问:"何真宗,你这就是去闯世界了吗? 世界是个啥样子? "我的心中没有底,只是在迷惘中有一种美好的向往:外面的世界肯定很精彩! 轮船从万县城十七码头徐徐离开了,我的故乡在慢慢地隐退,我的心也在游离中多了无尽的伤感,也就在这时,我才发现我们在出门打工的路上,带走的不仅是青春与梦想,也在带走一份越远越浓的乡愁。

■ 船行长江三峡,我们的梦在水上漂

轮船吃力地走了好几个小时,在天色已尽的时候就到了长江三峡。

世界最著名的风景旅游区长江三峡、云阳的张飞庙、奉节的白帝城、巫山的神女峰此时也在夜色中悄然离我而去。当轮船上的广播播放着李白的诗句"朝辞白帝彩云间,千里江陵一日还;两岸猿声啼不住,轻舟已过万重山"时,这曾经令

我从小就充满了无尽的遐想和神往的长江三峡哟，我此刻的心里却装满了无尽的失落和迷惘。我和秦葱芬及其他的老乡默默地坐在船舱里，一边想着心事，一边担心着所带的衣物会被扒手偷走，没有一个人敢闭上眼睛，因为我们这几个老乡中，除了秦葱芬到过深圳外，我和她的几个亲戚都是第一次出远门，心里总是对秦充满了依赖和期望。快到下半夜了，我看大家都这样耗下去不是个办法，因为第二天还要在船上住一宿，第三天还要在从湖南岳阳到广州的火车上过一夜。于是，我对秦葱芬和老乡们说，路程还很远，为了保证行李安全和我们的精神状态良好，我们五个人轮流休息吧，每次留一个人看好我们 5 个人的行李就行了。

当轮船驶入湖北宜昌的时候，天就亮了。整个轮船上的人们又开始骚动起来，有的人去洗漱，有的拿着五毛钱一包的康师傅方便面到开水处接水泡面，有的走到轮船前方的甲板上看风景，有的有说有笑，有的因晚上没有地方睡觉这时刚好趁机找个空地进入梦乡。我和秦葱芬等老乡也轮流去洗了把脸，却谁也不愿去吃早餐。我们彼此之间互相劝着对方：去吃早餐吧，可都说：不饿，就不去吃了。这时我们心里都明白"在家千日好，出门事事难！"不吃早餐还不都是为了节省点钱。

一路上，秦葱芬给我讲起了她在深圳打工的经历。她说她亲妈妈在她出生三岁多时就嫌家里穷负担过重而逃离家乡去远方。而秦葱芬她自己后来也因家穷，连小学都没有读完就辍学回家帮爸爸干农活，渐渐长大的她也曾幻想着帮爸爸再找个妻子，可哪个女人又愿受穷呢，所以至今都没有女人愿嫁给她爸爸，于是她就发誓自己长大了一定赚钱建一栋洋房，帮爸爸找个老婆。15 岁那年，她就与同乡的一个女友一起出门到深圳龙岗南约村七星玩具厂打工了。她说，其实出门打工好辛苦，几乎每天都要加班到晚上十一点多，有时到凌晨两三点钟，吃不好睡不好，一天都像机器一样机械转动着，不知何时是个出头日子。当她讲到这里时，我才发觉，眼前长江三峡的景色总是一片模模糊糊的，一点好感都没有走进我的心里，我只感到船在江中行走，而我的梦却在水上漂……

轮船穿过长江葛洲坝，过湖北城陵矶后就很快到岳阳码头了。下了轮船，上了长江码头，走在路上的人，顿时陌生起来，语言开始杂乱了。我们刚一上岸，眼前又是潮水般的人流，浩如烟海。到了岳阳街上，有人来喊坐大巴车的，有人来喊坐摩托车，也有人力三轮车，都说："老乡，坐我的车啊，直达岳阳火车站！"我们哪里敢去坐他们的车啊。因为听说路上的骗子多，抢劫的多，所以我们使劲地往前冲。在奔跑的路上，我心里突然感到慌乱起来，这么多人都去广东"发财"，难道他们都跟我一样，都有人带着，都已找到了工作？看来，这些奔跑的人群，心中的梦都是美好的，都有一个奋斗的目标和追求才让他们奋勇直前啊！

这时的我虽然有女朋友带着去，可我的心中还是没有底啊。但我敢相信自己的是：只要把我带到了广东，我就不信东风唤不回！

■ 岳阳火车站，教训诈骗女

岳阳火车站。一个字：乱。

乱的车流，乱的人群，乱的街道，乱的噪音，乱的秩序。我们拥挤在这里，扎堆似的，等待下一趟行程——湖南岳阳到广州。

1992年火车是打工潮中唯一远行的交通工具。这时的车票，可以说是一票难求。从岳阳轮渡码头，到岳阳汽车站再到岳阳火车站，一批又一批专业团队般的"黄牛党"和"地头蛇"们，总在游来荡去，在蠕动不安的外来人群中，在屈指可数的警察面前肆无忌惮地插队、扒钱、倒票、打人、欺诈……

我们好不容易在火车站的候车室外的广场里，找了一个很脏但不潮湿的地方放下所有的行李。一切都陌生起来，就这样的地方，也早已围得水泄不通。形形色色的打工人流，说着东西南北的方言，只有自己这一堆的人才能听懂，只有满头的汗水和疲惫不堪的身影才会给对方留下深刻印象。

此行我是唯一的"男子汉"，我主动提出我去排队买票。在排队等候时，一位中年妇女提着一个黑色塑料袋走到我身旁后，突然把手中的黑色塑料袋往我脚下一丢，"叭、叭……"几声脆响，袋中的东西碎了！我正要关切地问她怎么啦，可还没等我开口，她却指着我的鼻子破口大骂："你这个人怎么搞的啊，把我的鸡蛋碰到地上给摔坏了，赶快赔钱给我！"

"我说大姐，这袋子明明是你自己丢下去的哦，你想敲诈啊？！"我本来一片好心，却被她的行为弄得十分的厌恶起来，于是很反感地把声音回答得比她的声音还高。出门前大人早就提醒过了，说外面的骗子五花八门，我想，这就是骗子了吧。不然，这又不是集市，一个女人提着生鸡蛋来做啥呢？出门的人，带在路上的鸡蛋都是煮熟了的，饿了就可直接剥了吃。

"你赔钱，快点赔钱！"这女人看来越来越凶了，一手扯着我的衣服大声地叫着。

"你说这个袋是我撞坏的,那我们去车站派出所找警察评评理吧!"我毫不示弱,心想遇到了坏人警察不可能不管。

正在这时,几个凶神恶煞般的男人围了过来,两眼直逼我大声地吼道:"是哪个碰了别人的鸡蛋不赔钱的?是你吗?好你个臭小子,真是吃了豹子胆了!"这几个家伙边说边摆出打架的动作,其中一个已伸出双手冲了过来直扑向我。我想我这下遇到他们的同伙了,很可能就是合伙诈骗。

眼看我就要被他抓到了,于是顺势一躲让了过去,同时我手疾眼快,一把抓住旁边那个女人的头发,另一只手迅速用力卡住女人的脖子,然后大声地说:"你们几个谁不怕死的就上来?老子今天就先发制人。"我这一举动,令这几个骗子根本无法想到,也许是他们行骗以来,还第一次碰到有人反抗,使他们几个顿时傻了眼,个个目瞪口呆。也正在这个时间,我马上向身边的人群大声地喊道:"各位出门的兄弟姐妹们,这些都是火车站的骗子,他们人多但是坏人,中国有句古话,就是邪不压正。如今我身处危难,请好心人赶快找车站的警察报个警吧。再说,同是天涯打工人,一方有难八方帮,如果这次让他们得逞了,也许下一个受骗的就是你们其中任何一人哦!"我的话音刚落,跟我们一起随行的万州老乡一齐大喝:"好哈,打死这帮混蛋,把女骗子扭送到派出所!"

这几个骗子明知理亏,就悄悄地跑了,我手中的女骗子低声下气地说:"这位大哥,饶了我吧,我也是被他们逼的啊。"听了她的话,我想我该见好就收,因为我还要排队买票,于是就放了她。

望着这几个家伙灰溜溜的背影,我的内心涌起一种自信与力量。如今十多年过去了,当我再次想起这件事时,仍为我们这些出门打工的农民工感到难过。因为,在他们许多人生活当中,遇到一些惹是生非的坏人,不是勇敢地自卫和反抗,也不敢挺身而出见义勇为。他们那一刻内心想到的是多一事不如少一事。这看似是出门人明哲保身的求生之道,也恰好是他们的弱点。也正因为这样,胆小如鼠的坏人,也能在光天化日之下横行霸道地坑蒙拐骗,伤天害理。

■ 在拥挤的火车上,我救人一命

售票窗口。

湖南到广州,每张火车票价是 38 元,我小心翼翼地从上衣口袋里拿出事先准备好的车票钱,买好车票,然后又排队一步一步地挪进了候车室。

下午四点多钟,火车终于来了。这时只听工作人员拿着扩音器对着我们大声地喊叫:"从湖南到广州的×××次列车已经到站了,请本次列车的旅客从这边的入口处检票进站,进站时请携带好随身行李。"

还没等工作人员把话讲完,候车厅里的或坐着或躺着的民工齐刷刷地全都站了起来,提着行李一窝蜂地朝进站的检票口涌了过去。这时我的整个身子和行李都被挤抬了起来,我们几个怕被这股洪流冲散,于是手牵着手,像一根长链,紧紧地扣在一起,向着检票口的方向随波逐流而去。

在一阵紧似一阵的慌乱中,我们被"抬"上火车。此刻出现在我眼前的是车厢里面黑压压的一片,全是奔流不息的人群。不一会儿,座位上、过道里、洗漱间、厕所里到处是人,到处是行李,人与人之间,行李和行李之间,人与行李之间,没有一点缝隙。正当我们的目光在搜寻立足之地时,旁边的窗户突然被外面的人打开了,一个又一个的行李被扔了进来,紧接着一个紧接一个的人从窗外爬进车厢,踩着车里人的头硬是把自己的身体塞了下来。很快,车厢里的人与人之间,犹如一个整体,彼此之间紧紧地粘贴在一起,动弹不得。尽管这里的气候已是深秋,外面寒风刺骨,车厢里却热浪逼人,乱哄哄的人群里散发出难闻的臭味,简直让人窒息。

火车徐徐开动了,有的人爬到了车厢货架上或椅子下面,我和秦葱芬挤在一块,面对面地望着,笑容里充满了无奈和鼓励。一路上,我突然想起一首歌是这样唱的:"外面的世界很精彩,外面的世界很无奈!"

尽管如此,火车上的人们却有说有笑,饿了的民工们照样吃着家里带来的鸡蛋和干粮,照样说些笑话来打发时间。因为在他们心里,装着这样一句话:"东西南北中,发财到广东。"此时我的心中也跟他们一个样,怀揣着到广东发财、脱贫致富回家的梦想。所以这时就是有再大的困难,再拥挤的人流,也冲不垮梦想筑起来的堡垒。

天色在火车摇摇晃晃中很快就黑了下来,我们越来越感到困倦不堪。从走出家门到现在,一路上本来就没有怎么休息,现在又一直站着,还不时被过往的行人挤来挤去,根本没有一个地方可以让我们蹲下来打一会瞌睡。即便是有,可是我们这一起出门的五个人,说啥也不能睡,眼巴巴地望着自己的行李,生怕哪个小偷把几件不值钱的衣物拿走了。因为就是这几件旧衣物,都是父母辛辛苦苦赚

来的血汗钱买的,当时在我们眼里,十分珍贵。就说我穿的这身西装吧,还是我母亲卖了桐子果换来的钱给我买的,加上我身上穿的这条裤子,一共是 30 元钱。要知道,这 30 元,用母亲的话说,可以让我们买来菜籽油供我们全家 8 口人吃上一年。所以,行李里面的每一件土布衣服,都是我们只有上学或走亲戚时才能穿上的"脸面"衣服,谁也舍不得被人偷了。车窗外的夜色越来越浓,早已疲惫不堪的人们再也经不住煎熬,大都人叠人地坐着,有的人跟我一样站着就睡着了。

最令人讨厌的是,火车上那些乘务员们来回推着卖零食卖盒饭的小车,哐哐地从这节车厢挤到那节车厢,还不停地叫卖,本来人都无法立足的车厢,被他们这样一折腾,坐在过道上的民工们又要站起来让路,使整节车厢里的人群从疲倦中惊醒和引起骚动,这样来来回回,不知要重复多少次。列车在夜色里走走停停,每到一站,都有无数奔跑着的民工,拥挤着上到这趟列车……

列车经过湖南汨罗站时,突然有人在车厢里大声地叫了起来:"快来人啊,有人晕倒了!快来人啊,有人晕倒啦!"

可叫了半天,全车厢的人都醒了过来,就是没有一个人上前去救命。"快叫列车员啊,列车员在哪里呢?"有好心的人提醒着。

"列车员在哪里？"周围的人嗓子都叫哑了，可是人影都没有一个。

"我去帮他看看吧！我以前跟我爸爸学过简单的急救方法。"我对秦葱芬说。

"好，你过去看看，不行就算了哦！"秦葱芬说。

我吃力地挤到晕倒在地的人身边，一边叫人挪出一块空地，一边抱起倒在地上的人的身子平放在地上，左手托住这人的头部，右手大拇指使劲地按住他上嘴唇的人中穴。很快，这个男子醒过来了。旁边的人顿时大叫起来："这位兄弟真神啊，看不出小小年纪还是个医生啊。"他这么一叫，整个车厢的人都伸出大拇指对着我说："好样的，小兄弟！好样的。"听得人们由衷的赞美，我心里美极了。

然而，令我意想不到的是，我在急救人的过程中，一个扒手却把我身上的钱给扒光了，一共是 96 元，是我现在所有的路费和生活费。我急得大声询问车厢里所有的民工。刚刚还赞美我的民工们，此时都低下了头，沉默不语。我喊了几次，都没人理我。站在我身边的秦葱芬低声地对我说："算了，真宗，天无绝人之路！我们农村有句名谚语：树挪死，人挪活，到站了再说吧。"

■ 遭遇"卖猪仔"，我们被甩进了黑夜

1992 年 9 月某天。从岳阳到广州的火车，在经历了漫长的 18 个小时后，我们这群农民工，终于像开闸的潮水，拥挤着从广州火场站的出口处冲了出来，流向沿海地区的每一个角落。

此时，我提着笨重的蛇皮口袋，从洪峰一样的人流中挤了出来，站在火车站前的广场上，抬起疲惫不堪的双眼，看到川流不息的车辆和匆匆忙忙的人流，我情不自禁地从心底里喊了几声："广州，我来了，深圳，我离你更近了！"

还没等我把心情调节过来，秦葱芬对我们说："此刻不要停留啊。从广州到深圳还要走好几个小时呢。我们现在就去找到深圳的大巴车，不然晚了就麻烦了。"正在这时，旁边过来了好几个人，他们举着写有"深圳、龙岗、东莞、虎门"的纸牌子，十分热情地问我们："老乡，去哪里？""老乡，到东莞 20 元坐吗？""老乡，到深圳龙岗 15 元坐不坐啊？"

这时，秦葱芬马上用身子背对着他们说："我们自己会坐车，不用麻烦你们了！"随后，她又转过身来对我们提醒说："不要理这些人，他们都是骗子，也是这

里的拉客仔。"

在秦葱芬的带领下，我们挤出火车站广场，越过车来车往的宽阔的柏油公路，径直小跑似的赶到广场对面的流花车站，与一辆中巴车司机讲好到深圳龙岗的价钱后就坐了上去。

我们刚一坐上车，车上一个梳着广东仔发型的瘦高男子走过来，吆喝着要我们快点买票，车马上就要离站了。因为我的钱在火车上被扒手扒了，已是身无分文。秦葱芬说："真宗，别担心，这里还有我呢！"我惭愧万分，羞涩地情不自禁用手摸了摸后脑勺，说："谢谢你，等我进了工厂发第一个月工资了就还给你！"秦葱芬说："说那些，我们是啥关系啊？我心爱的人有困难了，难道我却袖手旁观？！""就是嘛，真宗，你看你老婆对你多好！你以后可不许亏待她哦！"这时，坐在我后座的老乡张龙惠听见我和秦葱芬的谈话后，赶紧把头凑过来对着我们打趣。而坐在旁边的秦葱芬的姨妈和幺妈也凑热闹似的对我俩半开玩笑的说道："就是嘛，真宗以后可要对葱芬好些哟！"此刻，我内心虽然害羞，但嘴里却马上说："要得，要得！"

当我们几个把车票钱全部交给那个售票员后，这辆中巴车却没想离开广州的意思，载着十好几个民工在流花车站周围转来转去，不知转了多久，天很快就被这辆车给转黑了下来。我们终于忍无可忍，大声对司机喊快开车走啊。司机了听后开始装着没听见一样只顾开车。后来听到民工声音越来越大了，他就很不耐烦地说："你们有谁不坐的就赶快下车。"这时，不知从哪里又上来几个虎背熊腰的流氓汉子，挥舞着尺来长的铁棒对着车里的人说："你们有谁再敢吵嚷的，就打死谁。"说着说着，他们用铁棒使劲在车的座椅上敲了几下，座椅的扶把上顿时发出刺耳的"哐、哐……"撞击声。这种架势，对于从没出过远门的农民工来说，哪里见过呢？一个个被吓得像老鼠见了猫似的，低着头屁都不敢放一声。而我也想留得青山在，不怕没柴烧，我们是来挣钱的，不要跟命过不去。就这样，我们一车人被他们在流花车站路段兜来兜去，直到晚上八点，我们才被拖到东莞一个叫中堂镇的地方，然后把我们放在公路边，说全部下车，全都到站了。我们被司机和拿铁棒的几个男子撵下了车。这时看见沿路都是农民工，他们背着或提着蛇皮口袋和早就在路上被挤破了的牛仔包，漫无目标地四处奔走。秦葱芬说，我们被"卖猪仔"了。

我们站在公路边,尽管公路边的灯光把车辆和行人照得一清二楚,而我们和一同被赶下车的民工们却迷惘起来,我们互相询问,谁也叫不出这个位置是哪里。我们的心突然变得害怕起来,这里人生地不熟的,怎么办啊?怎么办呢?我们互相问着,又互相鼓励说不怕不怕。

秦葱芬对我们几个人说:"天虽黑了,但是它还会亮的啊!与其苦等来车,不如我们先找个地方坐下来休息一下,今天走不成,明天再走啊。"秦葱芬指着前面工业区一样的厂房说,"前面有工厂,干脆我们就在这里找工作算了!"

"好啊,走到哪里都是一样,说不定因祸得福,好运就在眼前呢!"我也跟着应和着。于是,我们一行人来到一个离厂很近的树林下,稍作整理后,连饭也不吃,我就和秦葱芬先到厂里探听是否招人。此时已是晚上九点多了,车间里的工人还在与机器一起不停地忙碌着。

■ 夜里寻梦,我们在黑夜里逃亡

黑夜,被工厂的白炽灯光给照亮了。我们这群被无良"司机"卖掉的"猪仔",心却在明亮的灯光中迷路了。

无奈之下,我们走进了附近的一个不是很大的工业区。顺着工业区闪亮的路灯望去,沿着厂铁门望去,我看见的是流水线,一排排、一行行的流水线,在生活的漩涡中不停地挣扎、不停地运转着。此刻我突然发现,我身处的异乡,是一块梯田里长出来的现代化机器。这机器是铁,这机器是产品,这机器是我们背井离乡的农民工兄弟姐妹。而我,和我们这几个被卖了"猪仔"的老乡,此刻巴不得马上就把自己装进这个机器里,把自己放在流水线上。因为,此时的我,需要吃饭睡觉、需要钱、需要一双温暖的手……

正当我们呆呆地望着眼前的一切发愣时,一位中年妇女从工厂里面走过来上下打量着我们,然后用广东式的普通话对我们没好气地吆喝道:"你们要找谁啊?你们没看到还是没文化啊,工厂铁门栅栏处明明写着'上班时间,谢绝探访'啊!"

秦葱芬忙解释说我们不是来找人的……我不等她把话说完,连忙从上衣口袋里掏出一本《南疆诗刊》社特约记者证递到这位中年妇女眼前,说:"你好,大姐，我是记者来的，请问你们厂里还要不要招工，我和几个老乡刚从家里来这里找工作。"

"哦，是这样啊，我们要人啊，不过只要女孩！"这个中年妇女走出几步，探出头来往外张望了一下，转身对我说，"这几个年龄太大了，我们厂只要18岁左右的女孩。"

"为啥呢？同样是女人，为啥还分年龄大小呢？"我问。

"小女孩好管理！"这个女人答。

"哦，是这样啊！"我心中虽有些失落，但见天已太黑，便斗胆继续对这位中年女人说："你看，我们刚从家里出来，人生地不熟的，现在天色也这么晚了！我们今晚想在你们工厂借住一晚行吗？"

"绝对不行，我们厂里规定不准留宿非本厂员工。"这位女人回答得斩钉截铁。

"我看大姐慈眉善目的，一看就是菩萨心肠，你就让我们借宿一晚吧！"我没有放弃自己的请求。

"不行就不行嘛！你们怎么这么啰哩啰唆的，再不走我就叫治安队的人把你们都抓起来了哦！"这位女人见我还不听她的话，脸色一下子就由晴变成雷雨天气了，露出狰狞的面孔对我们近乎咆哮如雷地吼道。

我说："你不让住就不让住嘛，干吗发这么大的火呢？再说，我们没犯法，治安队员又能把我们怎么样？"

秦葱芬见状，赶忙上前用手拖住我的衣袖低声说："算了，不借宿我们就走吧。"于是我们几个人转身离开工厂，朝放行李的大树下走回去。一路上，秦葱芬说："广东的治安队很野蛮，抓人打人不分青红皂白的。我们赶快离开这个地方吧。"听秦葱芬这么一说，我们几个人的心情突然变得沉重起来，个个都不由自主地拖着疲惫不堪的双腿，借着远处工厂和工业区路灯昏沉地光线，跑步似的赶回行李处拿起地上的行李后，又慌张地朝工业区外数百米处的一片甘蔗林里跑去。

刚把行李放下，还没等我们喘上一口气，就看见几辆闪着红灯的摩托车从远处开到那家工厂门口，停留片刻后，又掉转车头，迅速开到我们放过行李的大树下，见四处无人后，才折回来路慢悠悠地走远了。

"狗日的，这个女人真狠心啊，去借个宿就要置我们于死地啊！"我对身边的几个老乡说，"这样做至于吗？"

秦葱芬说，这样的事，在广东见怪不怪的，广东这里的治安队员最爱做的工作就是天天去查打工仔打工妹的暂住证，一旦你拿不出那个证，就要你拿几百元钱给他们，给了就放人。如果你当时没钱给，他们就把这些外来工送进惠州市惠东县或东莞樟木头的收容站，送进去后，再由收容站里的管教人员叫其亲人或老乡拿钱来领人。在抓人过程中，广东的治安人员素质非常低劣，他们只管完成上级每月规定的抓人指标和罚款，而没有法律可言；他们眼里只有钱而对我们外来打工人没有感情，根本没把我们外来工当人看，甚至连猪狗都不如……

我越听越害怕，但心中不禁有许多疑问：这样做不就是没有国法了嘛？深圳是个改革开放的城市，全世界的人都盯着这里，他们这样对我们，这不是有意践踏法律的权威与尊严吗？我想，我们是良民，来自贫困地区的老实巴交的农民，而我又是刚刚高中毕业的应届毕业生。我们一不偷二不抢，就不信他们还敢草菅人命！但还是对大家说，我们以后小心就是了。

这时，坐在秦葱芬幺妈旁边的张龙惠突然惊叫了起来，说："水，水，脚下全是水！"原来，我们坐在甘蔗地上，两边的水沟虽被农人放干了，甚至有些地方出现了干裂。但也有些低洼处仍然蓄积了一些水，浅浅的，可全是淤泥。甘蔗叶上全是露水，滴在身上把我们的衣服全都浸湿了，只因刚刚忙于"逃命"，竟然对此浑然不觉。现在，经张龙惠这么一叫，才发现我们几个人的脸上被甘蔗叶划出来的口子火辣辣的痛，加上这两天在列车上一直站了 18 个小时，两天都没有吃过一粒米，饥饿和寒冷此刻也一起袭来，让我们实在难以忍受。"看来这里是不能过夜了！"秦葱芬说，"甘蔗林旁边有个破烂的土木砖屋，可能是广东人用来养猪的。我们去那边坐一晚吧。"

我们几个又提起行李，悄悄地来到了这个破屋紧靠水沟的一边，沿着屋檐下的泥地坐了下来。突然，屋内传来一阵猪的哼哈声。我们心里一惊，果然这里是养猪的哦，墙内的猪可能听到我们的脚步声了，知道有人来，在里面叫了几声，就不再吵闹了。等一切都安静下来后，一阵阵冷风吹过来，我们才感到这里真是臭气熏天，猪舍里还不时流出一些猪的粪便，让我们真想作呕。

也许是大家都被饿坏了的缘故，我们没有呕吐出来，反而很快进入了梦乡，直到第二天天色朦胧，我们才互相叫醒，狼狈不堪地提着行李赶到公路边，拦了一辆从东莞开往深圳龙岗的大巴汽车。

12**03**456789……

深圳,我流浪我悲伤

不要问我从哪里来　我的故乡在远方

为什么流浪　流浪远方

……

齐豫演唱的《橄榄树》这首歌,这些忧伤的歌词和凄美的情怀,让我们唱完了又重复地唱着、喊着,我们越唱越伤感,越伤感越感到痛快,唱着唱着,我们满脸挂的全是泪水,却没有一个人哭出声来,这沉默不语的场面,在异乡显得是多么的悲壮与无力。我知道,我们的眼泪,不是因为软弱,而是因为没有一个地方,没有一次机会,让我们的智慧与力气得以施展。

■ 广东人叫我们是"捞仔"

大巴车在宽阔的公路上一路飞奔,又一路停下来载客。我们几个人并排或紧邻地挨坐在一起,熬不住几天几夜没吃没睡的困倦,抱住行李就睡着了。

"到站了,到站了,请睡觉的几个'捞仔'快下车啦!"车到深圳市宝安县龙岗镇(现为深圳市龙岗区)车站,我们被司机和售票员喊着'捞仔'叫下了车。

"'捞仔'是啥意思啊?"我问秦葱芬。她说:"'捞仔'就是广东人对外省打工人的称呼。广东人称呼外省人'捞仔、捞妹',是带有歧视味道的。"听了秦葱芬的话,我的心里开始拔凉拔凉的,难道我们外省民工在广东人眼里是这样差啊?劳动光荣! 这是中华民族的优良传统美德,为啥在广东,靠劳动挣钱的外省民工就受歧视呢! 我心里很不是滋味,也很不服气,决定自己在深圳好好地工作,堂堂正正地做人,让他们知道,我们外省来的打工仔,是最优秀的。

不容我多想,秦葱芬催促我们几个说,我们现在的终点站是龙岗镇南约村。现在这里还没有公交车,所以我们赶紧走路到南约村的路口处坐摩托车进村。

还好,南约村口车站不是很远,没走多久就到了。这时路边十多辆摩托车响着喇叭跑过来团团围住我们,喊着:"捞仔,你们去冰斗啊(广东话,去哪里的意思)? "一些精明的司机,把车开过来,说到南约村只要 3 元。而我们几个,为了赶路,想都不想就随便找了两辆摩托车坐了上去,张龙惠和秦葱芬的幺妈、幺姨坐一辆,我和秦葱芬坐一辆。一路上到处都是挖土机和运输车辆在挖山平地,到处都是尘土飞扬。摩托车穿过龙岗繁忙的主街道后,经过几个工业区又转入一条新修的村级水泥公路,左弯右拐,终于来到一个叫南约村的地方。

我们在一个士多店门前的凳子上坐了下来。秦葱芬就到店里称了两斤饼干,每个人买来一瓶豆奶。她说:"我们先吃点东西吧,把肚子填饱了再去找出租房,不然今晚我们又要风餐露宿了。"

我们几个人也不多说,拿起豆奶和饼干吃了起来。我吃得差不多时,抬头往四处望了望,眼前看到最近和最远处的地方, 是一块块的农田和新建起来的厂房。这里的住房不高,大都两三层楼,沿着水泥硬化了的乡村公路,一排排的农村旧房住满了外省来的打工仔和打工妹,有的旧房本地人用来养鸡和作为仓库。附近的几家工厂还在上班,路上几乎见不到行人。

等我们吃完了饼干喝干了豆奶,秦葱芬说:"我和真宗一起去村里找出租屋,你们就在这士多店门口等我们吧,千万要记住,哪里也不要去哦!"

■ 南约村出租屋

离开这家士多店,我和秦葱芬手牵着手,沿着工业区大道一边走一边仔细地在电线杆上、商店门口和理发店墙上寻找房屋出租信息。秦葱芬对这里的地形较熟,很快就在离工业区不远处找到了一栋旧民宅。

我俩进去一看,房子很大,有大厅,有两间卧室,有厨房和厕所,厕所很大,里面还隔了一间杂草屋。经讨价还价,秦葱芬用 150 元租下了这栋旧的土墙民房。

就这样,我们几个人才算真正到了秦葱芬说的招工的地方,也才算真正找到了落脚的地方。尽管一路经历了许多不尽如人意的事,我们每个人却更加开心起来,因为,梦想离我们越来越近了,我们很快就可以进厂当工人了。说真的,我和随行的几个老乡,都是农民,从没进过工厂。如果在家里,进工厂要让村里人知道了不羡慕死才怪。带着这份自豪感,我们几个人忘却了疲劳,只是简单洗了把脸,梳了一下头发,就走出出租屋到外面转转。原来,这出租屋周围,除门前是一条刚刚铺好并已通车的水泥路外,房屋左右和后面三面都是竹林和杂草,穿过这片竹林和杂草,便是一大片菜园。在房屋右边的菜园旁,越过一条水沟就有一块香蕉林,穿过林中一条十来米长的青石板小路,尽头就有两口深水井,种菜的民工有的在这里提水,有的在这里洗衣,有的在洗菜,好一派和谐的乡村风景图。

到了晚上,这屋里没有电灯,我们点燃刚从士多店里买来的蜡烛,微弱的烛光一晃一晃的,摇晃着我们几个刚出门打工人的心事,因为我们都知道,这里将是我们梦想诞生的地方,我们 5 个人的梦,要在这里点燃。要用自己的梦,去慢慢地照亮我们贫穷的家。尽管我们个个踌躇满志,可一到夜里,我们却沉默起来,因为,梦在哪里呢? 哪一家工厂能收留我们呢?

晚饭后,我们围坐在木板搭起来的饭桌旁。秦葱芬说:"幺妈、幺姨、龙惠,从明天开始,我就带你们去找工作,真宗有文化,他找工作应该没问题的,等你们都进厂了，我再带他一起找。"接着她又说："幺妈、幺姨、龙惠，这里工厂少，找工作的人却很多，你们没有文凭和技术，先随便找个厂做着，先解决吃住再慢慢找工资高的工厂。"

"要得，我们都听你的！"幺妈、幺姨、龙惠异口同声地答道。

"另外，我带的钱也用得差不多了，你看路上吃的用的，加上这房租和押金，我一共就花费好几百元了。真宗的钱包又被扒手扒走了。所以，请大家以后要相互帮助，并要注意节约！"秦葱芬说完，起身在房间里转了转，又说："我们快把房间清扫一下吧，然后把带的草席和毛毯拿出来铺两张地铺早点睡觉，大家都累了！"

在往后的日子里，我们都把只有 17 岁的秦葱芬当做了大人一样，不论是在生活上还是寻找工作的那段日子，一切都听她的安排。而她说的每一句话，做的每一件事，总让我们心安。也正因为这样，我开始沉浸在爱情的幸福里，默默地享受着爱情。

■ 找工难，难于上青天

到深圳龙岗镇的第二天，我们就开始去找工作了。我们把脱贫致富的希望，寄托在这个小镇上。

一大早，天刚蒙蒙亮，我和秦葱芬、她幺妈、她幺姨，还有张龙惠，不约而同地醒了过来，尽管满身的疲惫尚在，我们几个却已兴奋地起床、洗脸、刷牙、做早餐吃，然后，我们就急匆匆地来到南约村的工业区里，走到每家工厂门口，看那里的招工广告。我记得最常见的一个广告，就是：

招聘启事

本厂是一家港资企业，专门生产各类雨伞配件。因业务需要，诚聘下列员工：

1. 打磨熟手工 10 名；

2. 装配熟手工 10 名；

3. 包装熟手工 20 名；

4. 电车熟手工 10 名；

以上员工，要求初中以上文化，限女性，未婚，年龄在 18 岁至 23 岁，有意者请与门卫联系。

×××厂人事部示

1992 年 9 月 13 日

看到这个广告，我们一行 5 人除了秦葱芬外，个个不够条件。一是没有文凭，我的文凭和身份证来时在从湖南岳阳到广州的列车上被扒手给偷走了，而秦葱芬她幺妈、她幺姨，还有张龙惠，都因家穷，根本没读几年书就辍学回家种田了，斗大的字不识几个。二是年龄不符合条件，这年我刚刚才 19 岁，但我是男的，厂里只要女性。而随行的几个女人，她们 3 个都超龄了，张龙惠二十好几岁，而秦葱芬她幺妈、她幺姨早已为人母，年龄都在 30 岁出头了。因此，一天下来，大都是竹篮子打水——一场空。

在 20 世纪 80 年代末到 90 年代初期的龙岗镇，正得改革开放之先，处处都在开山辟地、挖土修路、建厂房、筑巢引凤。而真正开工的工厂还是零零星星，运作较好的主要是伞配件、玩具加工、塑料工艺加工等"三来一补"企业，这种现象在整个龙岗镇都是如此，更何况这里只是一个南约村。

一天、两天、三天……我们天天早出晚归。我们从南约村找到龙岗镇，再从龙岗镇走到邻镇横岗镇，每一条街道，每一个工业区，每一条招工信息，我们都像筛豆粒一样，一粒一粒地选，却又一粒一粒地从我们身边擦肩而过。

有一次，我们几个好不容易找到一家玩具厂招聘清洁工和杂工。招工广告上明明白白写的是，男女不限，年龄要求 30 岁以下。心想，这下我可以够条件了吧。于是，我一大早就跑到这家工厂门口，满怀信心地等待人事部的小姐来招人。

"请把你的身份证拿出来给我看看？"人事小姐走到我的跟前，问我要身份证。我说，我的身份证被扒手扒掉了。"奇星（广东人骂人的话，意思是说有神经病。）啊，你没身份证你来打工！真的奇星啊！"人事小姐边骂边笑，我就装着没听懂，近乎央求地说："小姐，我是农村娃娃，能吃苦耐劳，我有的是力气，我做杂工肯定行的啊！……"人事小姐说："你奇星啊，还不快离开！"我只好退出厂门，然而，当我回头往后面一看，身后全是前来找工作的外省民工，黑压压的一片，大约有 600 人吧,他们手里拿着文凭证书,把这家工厂的大门挤得水泄不通。在经历这件事后,我感到恐惧起来,我是一个没有身份证、没有毕业证、没有暂住证的"三无人员",每看一家工厂,每家工厂都把我拒之门外。

把押金和身份证一起交上来……

有时我试着用《南疆诗刊》社特约记者证去应聘,可是每个人事部小姐看完证后都很礼貌地婉言谢绝说:"对不起先生,我们这里养不起你这样的高才生,我们只要生产员工,只要给我们老老实实做事的员工!"还不等我解释,就把证递回给我,让我让开一步,别挡着后面的人来见工。此刻我真想大哭一场,绝望一次又一次地袭击着我的信心和意志,犹如冬天里被泼了一身冷水,把我们当初出来时的兴奋与激情、理想和抱负淋得烟消云散。

尽管如此,生活还要继续,人生的道路还没开始。每当挫折来临时,我总是对自己坚定地说:"真宗,不能垮掉啊,坚持就是胜利!"也每当这个时候,我就默念出著名诗人汪国真的那首名诗《热爱生命》来给自己打气。

> 我不去想明天是否成功,
> 既然选择了远方,
> 便只顾风雨兼程。
> 我不去想能否赢得爱情,
> 既然钟情于玫瑰,
> 便勇敢地吐露真诚。
>
> 我不去想身后会不会袭来寒风冷雨,

既然目标是地平线,

留给世界的只能是背影。

我不去想未来的路是平坦还是泥泞,

只要热爱生命,

一切尽在意料之中。

■5个人3元钱,流浪路上患难与共

第六天,我们一起来的5个老乡,没有一个人找到工作。

我没有身份证和毕业证,没有一个工厂愿意收留我。秦葱芬的幺妈幺姨和张龙惠,她们3个女的,要不没初中毕业证,要不就是超年龄了。秦葱芬说人是她带来的,她要对我们几个负责到底,她说要等我们几个都进工厂了,她才回原先打工的玩具厂工作。

秦葱芬说的那家她打过工的玩具厂叫南约恒星玩具厂,是一家港资"三来一补"企业。有天晚上我悄悄跑到那家工厂问了门卫和一些员工认不认识秦葱芬这个来自四川的女孩,他们不是说不认识就是说没见过。后来有四川邻水的一个女老乡告诉我,秦葱芬早就辞工回家了。这时我才明白,秦葱芬为了我们几个亲戚和老乡,她放弃了很多次进工厂工作的机会。用她的话来说,她进厂了我该怎么办?她进厂了她带来的几个老乡怎么办?想到这些,我不禁对她多了一份崇敬。

第六天的时候,我们5个人所带的钱也快用完了。为了省吃俭用,我们每顿吃着盐水青菜,就着廉价的辣椒酱过日子。

第七天,第八天,我们的工作仍然没有着落。而我们的生活费就连买青菜的钱也没有了。第九天的早上,秦葱芬告诉我和其他几个老乡说:"我们所有的钱,现在总共只有3元钱了!这3元,是我们全部的财产!如果再不想办法自救,可能我们会饿死在这里了!"

话虽如此,可我们没有一个人站出来说打电话回老家找家里人寄钱过来。这不是因为爱面子,而是谁也不愿把自己的不幸告诉家里人知道,免得让家里人跟着着急;就算是打电话回家里,即便是让家里人知道了我们身处危难之中,那又能怎么样呢?家里也穷得叮当响,而且每个人出来打工时都借了一屁股债,家里已没有地方去借钱了。所以，我们必须另寻出路！而我，只是一个刚从学校毕业的高中生，单纯得不懂世道险恶，不懂人情冷暖，不懂随机应变，这时也跟随来的几个老乡把期盼的目光投向了秦葱芬。

秦葱芬沉默了，一句话也没有说。我想，她真的想尽一切办法了，只是没把她内心的脆弱表现出来。如果我再不想个法子，她会瞧不起我的，她会在心里说我真是白读了十多年的书，成了书呆子了。于是，我把我心中的想法对大家说了出来："各位，看来我们现在一时半儿会是找不到工作了，从明天开始我们去捡废品卖钱来用！幺妈、幺姨、龙惠，你们3个分头到附近的工业区的路边、垃圾场等地方，捡纸皮、易拉罐等废旧物料，秦葱芬就去附近找废品收购站，每天中午12点和每天下午5点钟准时回出租屋。这是没办法的办法了，我们要先解决吃住问题！"

接着，我又说："我们五个人总共只有三元钱了，可我们现在没有米了，甚至连蔬菜都买不起。但是，我们不要悲观失望，明天一早，秦葱芬你拿这三元钱去买一斤米和一包盐，我到深圳的坪山镇找我的一个老表谭其全借钱。听说他在坪山镇裕发玩具厂打工，他比我们先来两个多月了，我想他应该有钱借给我们的。"

第十天一大早，秦葱芬和老乡们把我送到了南约村路口。秦葱芬说："真宗，你把这3元钱带在身上吧，龙岗镇到坪山镇的单程车费是两元钱。等你借到钱了我们就有得用了撒！"我赶忙用手推回秦葱芬递钱过来的手，说："这3元钱给我了，你们今天吃什么？"秦葱芬担心地说："真宗，你初来乍到，人生地不熟的，况且坪山镇你从来没有去过，有点钱我放心些！"这时，其他的老乡也应和着说："就是，就是，带上这3元钱好些……"

秦葱芬见我不拿钱，急得几乎要哭了。从老家到深圳，我们经历的苦难太多，秦葱芬没说过一句气馁的话，没有见她掉过一次眼泪，而这次，这是我见到她唯一一次在我面前表现出来的脆弱。她说："真宗，从龙岗镇到坪山镇，全程差不多有十多公里，你老表那个工厂，不知离镇区还有多远呢？再说，我们几个人在一起，起码能想办法，而你一个人去那么远又从没去过的地方，我们放心不下啊！要不，你就不去了，我们都来捡拾废品去卖，今天捡了明天一早就可以去换回钱了啊！"

我说："你们就别担心了，俗话说得好：'出门人，脚是路，嘴巴也是路'，所以我不会迷失方向的,我会完好无损地回到你们身边的。再说,我坚持要去见老表谭其全,一是找他借点钱解燃眉之急,二是去看看老表那个工厂招不招工,也好让他帮我们几个一起弄进厂。"

但我内心却说,如果我们这5个人没到饥寒交迫的地步,我还真不愿去呢!因为去找谭其全,我心里根本就没有底,自来到深圳后,我也从来没跟谭其全联系过,知道他打工工厂的地址,还是我去他家找他爸爸拿给我的。何况,我们这几天走的路还少吗?吃的苦头还不够吗?我们的鞋都穿烂了,我们的脚都磨破了,我们每个人都瘦了,每个人看起来都人不人鬼不鬼的。

这时不管她们怎么劝我,我还是把这3元钱留给了秦葱芬,并顺着龙岗镇到坪山镇的公交车行走的方向,徒步往坪山镇走去。

■ 徒步坪山镇,路遇天涯沦落人

一路上,我边走边看公路上来往的中巴车和大巴车。这些车头的挡风玻璃上和车门旁的玻璃里,都夹着或贴着一块写有"龙岗—坪山"字样的标志牌。它们,就是我的行走指南,也是我不走错路的唯一参照物。

从龙岗镇到坪山镇的这条路,是深圳通往惠州的主干公路,是双向两车道,路的两边正进行拆迁和扩建。而公路两旁是街道和厂房。来来往往的车流掀起路上的尘土,在火辣辣的阳光里,铺天盖地地漫天飞舞,飘落在我的头发上、脸上、衣服上、鞋子上,直扑进我的鼻孔里。我没走出几里路,瘦小的身子变得灰不溜秋、土头土脑的,连我也认不出自己是谁了。这时,我的耳边突然传来一首歌——

阳光照耀我的破衣裳

我站在街头东张西望

没有人知道我来自何方

没有人问我姓李还是张

我也不去管那个儿女情长

我一心只想把那英雄当

我也不去管那个儿女情长

我一心只想把那英雄当

阳光照耀我的破衣裳
我站在街头有些慌张
好想每天早起上学堂
好想无忧无虑把歌唱
孤单中我好像又在想爹娘
不知不觉我又是泪汪汪
孤单中我好像又在想爹娘
不知不觉我又是泪汪汪

这歌好像此刻是专门唱给我听的,我一路走着一路跟着哼着,想起这几天的遭遇,眼泪就真的不知不觉流了下来,并很快已是泪流满面了。大约在两个多小时后,我来到了离坪山镇不远的同禾镇,在这里,我看到一个塑料花厂的招工广告,写着不论男女、不论年龄、不论地域、不论生熟手,只要交 50 元押金就可进厂上班,而且薪资高,出粮准。我想,等我借到钱后一定去面试一下。

上午十点多钟,在过了同禾镇快到坪山镇主城区的路段时,突然看见一个面容枯瘦,与我年龄相仿的男子从公路旁的臭水沟里爬起来,一只手里提着装过盒饭的塑料袋,一只手抓着沾着泥沙的饭粒不停地狼吞虎咽着。见此,我还以为这人是个乞丐,正准备快步躲避他时,这个人大声地对我喊道:"老乡,你要到哪里啊?"我说我要到坪山镇去。他说:"哦,真巧哦,我也是到坪山镇去,我们一起去吧,路上好有个伴。"我停下脚步,上下打量着这个看起来像是乞丐的男子,还没等我说话,他又主动对我说:"老乡,我是正常人来的,我叫阿牛,来深圳快一个月了,一直没找到工作,钱也用完了,他妈的身份证和毕业证也弄丢了……"阿牛抬起头,看见我在认真听他说话,于是又说道:"狗日的深圳,好厂我们进不了,差点的厂又不招四川人和湖南人!他娘的,人们都说广东遍地是黄金,可我们这些打工人把黄金全都给了广东了!"

听了阿牛的话,发觉他跟我的遭遇是一样的,心里不免有些同病相怜起来。他说他是四川邻水县的。我问:"你老乡呢,你怎么一个人? 怎么落魄到这种地步啊?"

阿牛说:"老乡啊,你不晓得,这里查暂住证很严啊,他娘的,简直是乱来,我前晚住在老乡租用的出租屋里,刚睡到半夜,治安队的人就来查房了,他们这群土匪,要我们拿暂住证给他看,我老乡就拿给他看。这时其中一个治安队员拿过老乡递过去的暂住证,看都不看一下,啪啪两下就给撕毁了,说是假的;另一位治安队员问我要暂住证,我说我刚从四川过来找工作,还没办,可他们一听,二话没说就把我和我老乡一起用手铐给铐上,然后又把我们塞进一辆严封的双排座汽车里,连夜送到了同禾派出所。"阿牛说到这里,声音变得十分颤抖,眼泪也跟着飞了出来。

路上,阿牛还告诉我说,这里的治安员抓人的目的就是要你给他们350元所谓的罚款,然后就把你给放了。可是他们哪里知道,我们刚从家里来广东找工,连吃饭都成问题,哪有钱去给他们啊。第二天,阿牛的老乡在交了350元赎金出来后,又回到工厂里找工友借了350元钱后,也把阿牛给赎了出来。回来后,阿牛怕再连累他老乡,于是就独自离开了,准备到坪山镇找同乡的亲戚找份工。由于身无分文,他已有好几顿没吃饭了,实在是饿得受不了了,才去捡了路人丢下来的剩饭来吃。

我说:"老乡,我跟你的遭遇也差不多啦,我来这里好多天了,钱没有了,所有的证件也被扒手给扒了,现在是想回老家却回不去,想找工作却找不到!我现在去坪山镇找我的老表借钱,不知还能不能找到他呢。"

就这样,我俩边走边聊,才发现我们都经历了被扒手偷过,找工作被无数次地拒绝过,没钱没工作就饿着肚子流浪的共同经历。我们讲着彼此之间的人生遭遇,又互相说些鼓励的话。一路上,我们不再那么寂寞和伤感了。后来我们又彼此道别,说:"同是天涯沦落人,相逢何必曾相识!"

中午12点的时候,我几经周折,终于在坪山镇某工业区内找到了老表打工的工厂,正当我喜不自胜时,门卫室里的保安对我说,"谭其全?哦,有这个人,不过前几天辞工离厂了。"

听到门卫的话,我简直不敢相信这是真的,仍然站在厂门口,一个一个的问刚刚下班走出厂门的员工,而每次回答,都肯定了谭其全确实已离厂了,去向不明。"妈呀,我该怎么办啊?我那些老乡又该怎么办啊?"我心往下沉,却又期盼一种奇迹出现在眼前……

■ 唯一能求助的那个人却寄人篱下

中国有句古话,那就是"天无绝人之路"。正当我在坪山镇裕发玩具厂门口徘徊不定时,奇迹真的出现了。

"你是谭其全的老表何真宗吗?"不知从哪里来的声音,把我从沉甸甸的思绪中叫醒。

"是的。"我低垂着脑袋回答。可我的话刚一答完,却又发觉很奇怪,我刚到这里怎么会有人认识我呢?这个人怎么一见我就知道我是谭其全的老表呢?于是抬头一看,眼前这个人差点令我惊叫起来,这不是我读小学时的同学,周家坝的周华吗?我像找到了救命草一样,赶紧打听其全的下落。

周华说:"真宗同学,我还真怕认错人了呢?看你又黑又瘦,还真认不出来了哇!"我说我这几天太疲倦了,找了近半个月的工厂,一个也没进成。周华说:"我知道谭其全在哪里,我现在就带你去找他哈。"

原来,刚在前几天,谭其全被他的老板炒了"鱿鱼"("炒鱿鱼"是形容工作被辞退、解雇,甚至开除),到现在还没找到新的工作,如今寄宿在坪山镇一个做蔬菜生意的老乡那里。这个老乡叫涂绳权,是我们万县鹿井乡朝阳村的,离我家只有几里路的距离,而他父亲是我们朝阳村小学的老师,我也在他父亲那里读过书。涂绳权在家中是长子,早听说他带着他的小妹涂绳秀在深圳做蔬菜生意赚了钱,想不到在这里碰到了他,真是出乎意料。

我跟在周华的后面,一阵穿街走巷,来到一个低矮的出租屋小区,这就是后来被称为"城中村"的地方。在靠近一片荒地的出租屋外面,穿过几棵芭蕉树,我终于看见了站在一排竹竿上,正在帮涂绳权修搭厕所竹架的谭其全。还没等他看见我的到来,我就情不自禁地大声喊道:"老表,我来了哈!"

谭其全一下子就听出是我的声音,赶忙停下手中的活从竹梯上跳了下来,快步走到我的身边,紧紧地抓住我的双手激动地说:"老表,你来的太好了,真的是太好了!"也许是他比我先来深圳,也吃过不少苦头的缘故,谭其全一见到我就开心得不得了,更多的是激动不已,他望着我说:"老表,老乡见老乡,两眼泪汪汪。"我说:"我哭不出来。"可我的双手,此刻更加用力紧紧地握住他的双手,半天再说不出一句话来。

正在这时,涂绳权从厕所里走了出来,过来跟我问声好后又独自做事去了。我转过身子本想多跟他说几句话的,看他走开了,也就算了。于是又转回身子对谭其全说:"老表,你怎么辞工了啊?"

谭其全马上接过话说:"哎,老表,别提那个鸟厂了,简直不是人干的活。"我正想问清是怎么回事,他说:"我这几天真他妈的够倒霉的啦,从那个鸟厂出来一分钱也没给我,就来这里找涂绳权借了 10 元钱做起了卖菜的小本生意,前天买来茄子到菜市场去卖,赚回来的钱刚好够吃一顿饭,昨天又买菜去卖,刚好赚回本钱! 现在身上,我只有 10 元钱了。"

我说:"哎,看来你也在落难啊,老表! "

谭其全说:"这不是落难是做啥子嘛! "

说着说着,在这低矮的工棚似的出租屋外,我们只顾沉浸在彼此见面时的喜悦之中,而同时都很明白,我们埋藏在心底的忧伤和乡愁,正裸露在火辣辣的太阳底下,熊熊燃烧着,谁也不愿那滴代表男人坚强的眼泪,先流出来,因为,我们这几天即将被流浪的日子击毁的梦想, 此刻也在相见握手中重新找到了方向和力量……

■ 雪上加霜也要握紧手足情

此时是正午,火辣辣的太阳把我们挤到了出租屋的屋檐下,汗水从我们的身上、脸上、头上流了下来。

此刻我真想喝水,但我不好意思向涂绳权说。我跟他虽然是离家很近的同乡,但都不是很熟。何况我从小走亲戚家都很害羞,摆在桌子上的好吃的看得自己流口水了但也不敢主动去夹菜。

过了一会儿,涂绳权的妹妹涂绳秀从他们租住的屋里走了出来,叫我们一起吃饭。我跟着其全一起走了进去。这时我才看见,涂绳权租住的房子其实很简陋,房间里摆放了两张铁架子床,床上都挂了白色的旧蚊帐,房中间摆了一张可以折叠起来的小四方桌,此时方桌上正摆放了几碗青菜稀饭和几样小菜。我随其全找了个位置坐了下来,端起饭碗就狼吞虎咽起来。吃着吃着,我的心里突然十分难过,泪珠在眼眶里直打转,这一顿饭,此刻是多么的珍贵。这几天来,我和秦葱芬等几个老乡,难得吃上一口米饭,每顿饭都是辣椒拌青菜,一滴油水都没吃过。加上今天四个多小时的长途奔波,浑身早已疲惫不堪,特别是双脚,在刚进屋坐下来的这一瞬间,才觉得脚板已是疼痛难忍。此时,吃着香喷喷的青菜稀饭,心里舒服多了,只是,他们这饭碗太小了,他们煮的饭太少了,我只喝了两小碗,锅里却没有了。

吃完饭后,谭其全对我说:"老表,坪山这里查房查得很厉害哦,这里的治安队员只要看你不顺眼,就把你给抓了。而他们抓了人后,就要你马上拿350元钱给他们才会放人,而当场没钱给他们,他们就把你送到惠东收容所或东莞樟木头收容站做苦力。前晚查房,我跑到厕所边上的香蕉林里蹲了一晚上,把我冷够了还不说,被蚊子咬得到处都是伤疤。"其全边说边指着脸和手臂让我看。

听谭其全这么一说,我想,看来他这里钱不但借不到一分,而且住也不能住了,此刻只有马上赶回龙岗镇南约村。在那里,至少我还没有经历过或听说过治安队查房抓人的事。于是就对其全说:"老表,我谈恋爱了,媳妇很漂亮哟,是郭村乡街边的,要不你现在跟我去看看她嘛?我们在那边租有一套民房,你就搬过去一起住,工作的事我们再想办法慢慢找吧!"

"要得,要得撒,这样最好,最亲还是老表亲嘛,涂绳权早就想让我走了",谭其全站起身,再次伸出双手握住我的手说:"那我们现在就走吧,不然天色太晚了,麻烦!"谭其全走到墙角处拿起自己的行李,与我一起告别了涂绳权和他的妹妹后,急匆匆地赶到坪山镇通往龙岗镇的公路边,拦下一辆开往龙岗的中巴车。上车后,谭其全用他身上仅有的10元钱,给我们每人花2元钱买了车票。

在中巴车上,我对其全说:"老表,我太困了,先在车上休息一会,到站了你再叫我吧。"其实,我哪里睡得着啊?此刻我却在想:我这次从龙岗镇到坪山镇,是专门找谭其全借钱解燃眉之急的,然而这下可好,我不但没借到钱,倒还带了一个人跟我回去,这对秦葱芬和几个老乡来说,无疑是雪上加霜啊!可谁叫谭其全是我的兄弟呢?他可是我亲姑爷谭宜顺的独儿啊!可不管怎样,我那几个老乡也等我回去拿钱吃饭、交房租呢?再则,我跟秦葱芬刚刚谈恋爱,这十多天来,都是我在用她的钱,都是她在想办法找出路,而我一个大男人,却一点也没有为她排忧解难。这次去找老表,满以为可以寻找回做男人的尊严,然而,却带回了被老板炒了"鱿鱼"的老表。

事已至此,该面对的总要面对。我想,等回到出租屋后,我们再一起想办法,尽早走出生存的困境。因为,有一种信仰是无法让我改变的,那就是我和谭其全之间,有着不可分割的血缘关系,而这种关系,不是用金钱和任何东西可以代替的。也正因为这种关系,我庆幸自己在危机四伏的时刻,找到了正在跟我一样流落他乡的兄弟。

■ 走投无路,漂亮女友捡废品谋生

从坪山镇回到龙岗镇南约村租住的出租屋已是下午四点多钟,太阳还挂在天空,火辣辣地照着我们的出租屋。我用手拍了拍门板,出来开门的是秦葱芬。

"你回来了啊?这就是你说的谭其全老表吗?"秦葱芬见我带着谭其全回来了,还没等我开口,她就先指着谭其全问起我来了。

我马上回答说:"是的,葱芬。老表听我说你很漂亮,就跑来看你了。"秦葱芬一听,脸羞涩得像天边的云霞,不好意思地低了一下头。我马上指着她对谭其全说:"老表,这就是我的乖媳妇秦葱芬,也可以叫她嫂子啦!"谭其全立即对着秦葱芬喊了声:"嫂子,你好!"秦葱芬羞涩地赶忙对我说:"你们还不赶快进来,难道就这样站着说话吗?"于是,我们进得屋来,各自找了个座位坐了下来。

"葱芬,跟你说件事吧,老表这次跟我来,是来跟我们一起找工作的。前不久,他就出了厂,一分工资也没有领到,现在他身上,也只剩下六元钱了。"我说。

秦葱芬一听,并不是我想象中那样脆弱或对我生气,她说:"好啊,多一个人多个伴!"说这话时,她脸上的笑容还在,但她的眼神里,分明多了一丝无奈和忧愁。她又说:"真宗,你跟其全聊一下天,我出去找找幺妈她们,她们一早都出去了,现在还没回来!"

秦葱芬走了。我站起身,走到大厅里,发现墙角处堆放着一大堆废纸皮和空矿泉水瓶。我的眼睛一热,两行清泪冲了出来,沉甸甸地敲打着我的心。我知道,今天,秦葱芬和她的幺妈幺姨,以及张龙惠她们几个,真的去捡废品了。我连忙跑出屋去,追上还没有走远的秦葱芬说:"葱芬,我对不起你,我真的对不起你!我让你们受苦了!"

秦葱芬说："你跑出来做啥哟，不在家好好陪谭其全耍！"

我说："葱芬，我真的好惭愧啊，一个大男人，却让你们女人去受苦受累的！"

秦葱芬说："别瞎说了，你这次能平安回来，我就放心了！说真的，今天一天我都在担心你，生怕你有个三长两短的。现在你回来了，我就开心多了！"

我说："我们这么困难，还把谭其全带回来了，让我们的压力增大了，你有啥想法吗？可是，其全是我的亲老表，他现在跟我们一样，正在落难，我们不能不帮啊！"

秦葱芬说："你别想太多了，我是你老婆，他是你的老表也就是我的老表。一家人不说两家人的话！你快回去吧，今天我买了米和青菜，你回去煮晚饭吧，我去找幺妈她们回来。"

此刻我还想说些什么，可话到嘴边却咽了下去。望着她远去的背影，我心里十分难过，她是一个天生的美女，聪明能干，从小就没有妈妈，受了不少的苦，15岁就出来打工，现在又因为我们进不了工厂工作，放下女孩的矜持去捡废品卖钱过日子……想到这些，我羞愧万分，下定决心明天就是上刀山下火海，随便找家只供我吃住的工厂也行。

等我和谭其全把晚饭做好的时候，秦葱芬她们还没有回来，夜色却很快就降临了，工业区厂房里明亮的灯光从窗口射出来，明晃晃地照在墙脚下的水泥地板上，这时我与老表坐在出租屋的门槛上，望着这簇白炽灯光幻想着哪里才是实现我们理想的地方。

想着想着，家的影子突然出现在眼前，乡村袅袅升起的炊烟和鸡鸣犬吠，父母亲的关爱，兄弟姐妹在一起戏耍的情景，一一浮现。此刻我才感到，工业区明亮的灯光却没有家里那盏煤油灯温暖。

我和谭其全坐在出租屋的门口，一边等秦葱芬他们回来，一边聊起自己的遭遇，聊到深处，心中不免生出些许愁绪和伤感，情不自禁地唱起《橄榄树》这首歌。

不要问我从哪里来

我的故乡在远方

为什么流浪

流浪远方

流浪

……

唱了一遍又一遍,忧伤的歌词,联想到最近的遭遇,我们越唱越伤感,越伤感越感到痛快,唱着唱着,我们的眼泪如雨飞溅,心中却又豪情满怀……

也不知过了多久,当我们擦干眼泪,站起身来时,才看到秦葱芬与她的幺妈、幺姨和张龙惠,不知何时,她们每人背着或提着一捆捆纸皮之类的废品静静地站在我们身边,每个人脸上也都挂满了泪水,却没有一个人哭出声来,这沉默不语的场面,在异乡显得是多么的凄凉与无力。我知道,我们的眼泪,不是因为软弱,而是因为没有一个地方,没有一次机会,让我们的智慧与力气得以施展。

也许,命运真的是一种折腾,命运真的是一种磨炼!为了梦中的橄榄树,来到这里却在这间出租屋里,我们的梦还没开始,一个叫做暂住证的东西,竟然让我们最纯净最朴实且手无寸铁的流浪者被扣上一个"三无"人员的帽子,一次又一次地走进装满人生耻辱的收容所……

123**04**56789……

20 余年来,"樟木头收容中转站"遣送了近 100 万"三无"人员,在为社会治安作出突出贡献的同时,也被一次次"偶尔的不人道",叠加成外来工眼中的"人间地狱"。

亲历:疯狂的暂住证

1992 年深秋。深圳市宝安县龙岗镇南约村。

在不到两个月的时间里,因一张所谓的"暂住证",使我三次被抓,两次被关进收容所长达 14 天,而这短暂却又度日如年的 14 天,却是我人生中最黑暗的 14 天。

十多年来,我从来不愿再去想起这段痛心疾首的时光,我差不多快将它忘记了。我也一直寄望于我们的政府有朝一日能发现情况,及时废除某些不公正的"恶法",扫除那些滥用职权、知法犯法之恶徒。直到"孙志刚案件"发生后,我才鼓起勇气,重新拾起这段惨痛的回忆,幸运的是——

2003 年 6 月 20 日,国务院总理温家宝签署国务院第 381 号令,公布施行《城市生活无着落流浪乞讨人员救助管理办法》。2003 年 8 月 1 日起,《城市生活无着落流浪乞讨人员救助管理办法》施行,同时也从这天起,1982 年 5 月国务院发布的《城市流浪乞讨人员收容遣送办法》废止。从此,我们这些外省民工,才算有了真正的自由与平等,才算有了公平的竞争,共享社会之和谐……

■ 夜查暂住证,一个晚上我被连抓了两次

吃过晚饭,我们六个人围坐在一起,透过蜡烛昏暗的光线,彼此聊起出门打

工的辛苦,回想起在家的穷快活,这时才深深地体会到"在家千日好,出门事事难"这句话,是多么的深刻和在理。也许是心情都有些伤感,没聊多久,秦葱芬她们就喊着睡觉去了。

她们走进里屋去后,我跟谭其全睡在客厅的地板上,脑海里都在想着同一个问题:明天去哪里找厂呢?再不进厂,我们真的是走投无路了哦!想着想着,又不知过了多久,我和谭其全也迷迷糊糊地睡着了。

"砰,砰,砰,砰……"大约在深夜两点多钟的时候,我们被一阵急促的拍门声和吼叫声惊醒。谭其全赶紧拉着我站起身来说:"糟了,不好了,治安队来查房了,赶快叫你媳妇她们起床躲起来!"

我马上跑到里面那间房子,一边拉起秦葱芬、她幺妈、幺姨和张龙惠,一边紧张的对她们说:"不好了,治安队的人来查房了,快分头到厨房、杂屋房、楼上躲起来吧!"睡眼蒙眬的几个人,哪里遇到过这种事,慌乱中外套衣服也不穿,像无头苍蝇似的到处乱跑。可还没等我们藏好,出租房大门就被那些治安队员给砸开了,治安队员人手一把手电筒在房间里东张西望,有些治安队员手握一根铁棒在这里敲一下,那里打一下,"乒乒乓乓"的声音吓得我们胆战心惊,大气都不敢出一口。然而,我们很快就被他们发现了,被他们喊叫到客厅里站成一排。其中一位治安队员手执手电筒,把明晃晃的电光直射向我们,而另一位治安队员大声地喝问道:"快点把暂住证和身份证拿出来检查!快点,都给我老实点,否则有你们好看的!"我们没有

一个人能拿出暂住证,因为我们刚到深圳龙岗,连饭都没得吃了,哪有钱去办暂住证呢?我说:"我们刚从家里来到这里才十多天,一直忙着找工作,还没来得及去办暂住证?"

"没有暂住证就跟我们回治安队去吧！"一位治安队员说着，就从裤腰里取下一只手铐，把我和谭其全的左右手铐在一起，然后用力一推，就要把我们推出出租屋。

见此，我的内心一下子就恐惧起来，连忙说："你们为啥抓人啊，我们又没犯法，凭啥抓我们啊？再说，我们刚到这里，即便是要办暂住证，政府规定也要在 15 个工作日才去办的。"

"丢你老母，你再说话我打死你们！"这时，一个治安队员走过来，举起比大拇指还要粗的空心钢管，粗暴地对我骂道，"快点，都给我滚出去！"

我们两个男孩和四个女人，从没见过执法人员如此藐视法律和粗暴，顿时吓得不敢再说话，只好乖乖地被他们赶离出租屋。

走到门外，我看见出租屋门口，早已停放了一辆双排座五十铃货车，货车车厢是全封闭的，左右两侧只留了两个比巴掌大不了多少的小窗口。我们刚走到车后面，几个治安队员赶过来举起手中的空心钢管大声吼道："捞仔捞妹，不想挨打的就快点上车！"就这样，我们六个人一起被赶上了这部小货车。在这辆车里，我看见里面有好几个人也被手铐铐着站在里面，有几个女的吓得哭了起来，有个比我小两岁的湖南男孩早已吓得浑身打冷战。

车门被锁后，车厢里黑漆漆的，伸手不见五指，只有两边巴掌大一点的小窗口处，不时从外面射进来几丝昏暗的光线，车厢内显得更加黑暗和恐怖。谭其全对我们说："妈的，这次糟了，我们被抓了，可能要把我们送到惠东收容所去啦！"

我轻声对他说："老表，不要说话，小心被他们发现了挨打哦！"谭其全一听，就再也不做声了。秦葱芬拉着我的手腕也轻声地对我说："别急，我们没做坏事，量他们不敢把我们怎么样！"

过了半个多小时，载着我们的这辆车突然在一个地方停了下来，他们打开后车门大声地对我们吼道："捞仔捞妹们，赶快下车！"

我们一车人顺从地一个接着一个走下车来，然后被他们赶进一个屋子里面，被喝令着站成好几排。趁着他们撵我们下车的时候，我看清这栋房子门旁挂着的单位牌子上写着"深圳市宝安县公安局龙岗镇派出所南约村治安队"。

我们在房间里排好队后，一群治安队员走了进来，有的队员手里拿着笔记本和笔，有的队员手里拿着比大拇指还粗的空心钢管，像一群野兽站在我们面前，那虎视眈眈的样子,简直把自己当做天王老子似的,在这里对着我们手无寸铁的打工仔打工妹们耀武扬威。这时,一个队员拿着一个扩音器,放到嘴边大声地对我们喊道:"捞仔们,你们身上有钱吗?有的,每人交出350元做无暂住证的罚款,我们就放你们回去。如果没有钱或有钱不交出来的,统统送收容所关起来!"

我们这群被无辜抓进来的打工仔打工妹们,平时连饭都吃不起,身上哪里有钱给他们啊!这群治安队员见我们没有一个人前去交钱。于是又说道:"你们再不给钱,我们不但把你们送去收容所里,而且……"话说了一半,这时几个挥着铁棒的治安队员,举起手中的铁棒,往我们身上一个一个地挨着敲打起来。

站在后面的一些打工仔,眼看就要打到他们了,赶忙对治安队员说:"别打了,我们给钱!"于是,有钱的赶忙走上前去,把身上仅有的几百元都交到治安员准备好的纸箱里后,就飞奔着回去了。这些"有钱"的打工仔,显然是在工厂里上班的,听说是今天刚发工资,还没来得及寄回家,就这样被广东人给"收回去啦"。一会儿工夫,装钱的纸箱里便装了满满一箱钱。而那些治安队员们则望着轻而易举截取过来的钞票,个个乐得眉开眼笑。

又过了大约半个小时,有几个治安队员走到秦葱芬面前,不知说了些啥,就把她和她幺妈、幺姨和张龙惠放了出去。看着她们四个人走出了治安队,我以为这群野兽要把他们带到哪里去。然而不到几分钟,有个治安队员走进来,大声地喊道:"四川省万县籍的何真宗,请站出来!"他见我站出队列后,又大声地对我吆喝道:"何真宗,你可以回去了!"

听了这个治安队员的话,我不敢相信自己的耳朵,以为是我听错了——我没给他们一分钱就把我放了。我不敢相信地转身看了看谭其全,他此刻也正看着我,但都没有说也不敢说一句话。正在我迟疑不决时,喊我的那名治安队员又对我近乎于吼道:"丢你老母,还舍不得走哇!再不走就把你送收容所去!"

我一听是真的是要放我回去,于是转身又看了谭其全一眼,就逃也似的跑出治安队。一路上,我一直在想,是不是他们见我戴着眼镜,又黑又瘦的,肯定不是坏人就把我放了吧。想到这里,我突然又感到,好人是不会被抓起来的。只是谭其全被抓了起来,现在已是深秋了,天气冷得很,如果他真的被送到了惠东收容所,这可怎么办啊?听人说,送进去如果没钱去取人,一关就是十五天,十五天后收容所里的公安干警就放人了,因为每天都有人被抓,每天就有人被放,不然收容所里是装不了这么多流浪人的。在回出租屋的路上,我每向回走一步,就多一些对谭其全的牵挂,不为别的,真的担心这个深秋会冷死人的。我飞步赶回出租屋,这时也见秦葱芬她们几个都回来了,我的心才踏实了好多。我走进里屋,拿起谭其全的中山装衣服,对秦葱芬说:"葱芬,天冷了,我现在去给谭其全送衣服去,送了就回来!可能他这次会被送到收容所了。"秦葱芬走过来,盯着我的眼睛想说些什么,可是没有说出口。我说:"葱芬、幺妈、幺姨、龙惠,我去了哈!"她们说:"要得,路上小心些哈!"我应了声"嗯哪",就快步朝南约村治安队走去。

走到半路上,一群巡逻的治安队员看到我后,立即把我包围起来,其中一位喝道:"站住捞仔,你是干什么的!"

我说:"我刚从你们那里出来,现在拿衣服去送给关在你们队里的老表穿!"

"丢你老母,走,别啰唆,快跟我们走一趟!"另一位拖着铁棒的队员赶到我面前,马上举起铁棒挥舞着说:"赶快跟我们走,到治安队去!"

我说:"走就走,反正我要去那里送衣服去的!"

然而,当我把衣服送到治安队后,他们再也没放我出来。当晚,我和谭其全等打工仔、打工妹们连夜被送进了惠东收容所。路上,谭其全问我:"你出都出去了,怎么又进来了啊?"我说:"我怕你冷,回去了给你带衣服来了,没想到刚到半路上,就被另一群治安队员给抓了进来!"谭其全说:"老表,你好傻!"我说:"老表,到了收容所后,我好跟你做伴撒!再说,谁叫你是兄弟呢!"

汽车在路上颠簸了好几个小时,终于把我们送进了惠东收容所,关了起来。第二天一早, 我们被收容所里的公安干警叫了起来, 一排一排地叫我们蹲在地上,然后大声地对我们说:"你们身上谁带了钱的,每人交出 350 元后就可以回去了,如果不交出来,就关在这里!"我们蹲在地上,没有一个人吱声,我想,没有谁再有钱了吧,如果真有钱,也不会等到被送进来了才给他们啊。

过了一会儿,他们改口喊道:"你们如果真的没有钱交罚金,你们老乡与老乡之间,你们亲戚朋友之间,可以最多三个人一起,其中一个人担保另外两个人后,就回去筹钱来领回担保你的人。如果出去后不拿钱来领人,我们就加倍关押被担保的人在这里!"

这可是出去的唯一机会了。我马上对谭其全说:"老表,我担保你出去吧,你来深圳时间比我长,认识的人比我多,借钱比我容易!"

　　谭其全说:"要得,我出去借钱来领你回去!"就这样,谭其全就被收容所里的干警给放了出去,而我,继续留在收容所里等他借钱来把我领出去。

　　让我意想不到的是,谭其全出去后……

■ 走出收容所,原来是女友卖身赎我

　　直到第十二天的下午四点半钟,又是收容所点名放人的时间。这里每天都有人被关进来,也有人交了350元钱后就被放出去。每当这个时候,我都在认真听我的名字,期盼着被他们叫到我,而每一次的倾听只徒增失望。

　　"何真宗,快点出列!"这是管教在叫我吗?我以为我听错了,不敢站起身来,两眼却望着在前面念名字的管教,极度渴望自己被叫到。"何真宗,快点出列!"这是第二次叫我的名字了,这下我可听得一清二楚,连忙大声说了声"到",蹲在地上的双脚却用力一蹦,就跳出了队列,跑到门口在另一位管教面前验明身份后,飞一样地溜出了惠东收容所那扇乌黑、沉重的铁门。

　　站在铁门外,一道火辣辣的阳光射过来,我的眼睛本能地闭了几下,又深深地吸了几口气,现在发觉回到外面的世界真好!尽管我知道,以后的路还有更多的无奈,而此刻的我,成了最幸福的一个人,因为,我自由了!我伸开双手,做拥抱状,真想对着苍天大声地喊叫起来——我自由了!——我自由了!可是我没有叫,只有眼泪,再次证明了我的脆弱与无奈!

　　也只有眼泪,才能让流浪人的心,多一些宽慰和鞭策。

　　"真宗,何真宗。"站在门外的秦葱芬和谭其全看到我从收容所里的铁门里走了出来,就立即大声地喊着向我跑过来。这时葱芬拉着我的手,心疼地说:"真宗,我想你了!"

　　我想说,可我一句话都说不出来!我知道,我的自由,是用350元钱加上被关了11天半换来的。我更知道,我又欠了她350元钱,更欠了她一份自信与骄傲!我一点也不爷们儿!

　　我赶忙擦干脸上的泪痕,望着葱芬,又望了望其全,强装着笑容,点了点头。这时,葱芬却哭了,这哭声谁也听不到,只有我才知道,她在为我暗自垂泪。

　　从惠东到龙岗镇。

在中巴车上，谭其全告诉我，他在 12 天前被我担保出收容站后，他一直都在借钱，但一分钱都没借到。今天交给收容所里的 700 元赎金是秦葱芬找来的，这 700 元里，也有谭其全的赎金 350 元。

一路上，秦葱芬一直坐在我的旁边，一句话也没跟我说。我想她肯定是很难过，更多的是对我的牵挂。要不，在我最需要她的时候，怎能出现在我的眼前呢！我十分感激地搂住秦葱芬的肩膀说："葱芬，你对我的好，我会记住的！"这时，秦葱芬哭出了声，我想安慰她，她越哭得厉害，直到她在摇来摆去的车上，躺在我的怀里睡着了。

回到南约村出租屋时，已是当天下午三四点钟了，我走进久违了的土墙房子里，发现屋里空无一人。秦葱芬见我满脸惊愕，马上说她幺妈、幺姨，还有张龙惠她们，上个礼拜去南约村一家伞厂上班了，现在还没回来。我说"哦，哦"，就来到出租屋的里间，和衣躺在木板搭架的床上，就想睡觉。这时秦葱芬也跟进来说："真宗，我出去接幺妈她们回来了啊，你跟其全在家休息一会吧！"我说："要得，辛苦你了葱芬，记得要早去早回哈！"

秦葱芬走后，谭其全才告诉我，秦葱芬这几天在南约村一家发廊里上班了，在里面做洗头妹。

在深圳这段时间以来，发廊给我们的印象是跟色情有关。但我还是坚信，葱芬身正不怕影邪，更重要的是她已经爱上我了。所以，听谭其全这么一说，我一点反应都没有，只是觉得葱芬在我心中的地位，越来越重要了。从老家到深圳，我一直都在靠葱芬过日子，一次又一次地麻烦她，然而她从没对我说过厌烦和伤害我自尊的话，反倒不停地跟我说的最多的是安慰的话和鼓励的话。一个比我小两岁的女孩，能做到这些，真的不容易，就连我和她的两个亲戚，都没办法做到最好。这次我们进收容所后，她又拿钱来把我和谭其全赎出来，说明她对我的爱是真的，我相信她的人品，也敬重她的为人！

坐了一会儿，我看见出租屋里比较零乱，地上到处是灰尘和揉成一团的纸张。于是我对谭其全说："葱芬为我操了不少心，每天都很累，趁她去接她幺妈的时间，我们一起来把房间打扫一下，把床铺收拾整理一下，然后我们再睡一会儿。"谭其全说："要得。"

在打扫房间的时候，不知怎么，我突然对撒落在地上的被揉成一团团的废纸感到十分好奇,于是就随手捡起来展开看了起来。没想到这一看不要紧,里面的内容却让我爱恨交织,气得差点昏倒在地上。

原来,在印有"深圳经济特区稿笺"字样的通信本纸页上,是秦葱芬写给南约村治安队一个姓刘的治安队队长的信,信的内容大意是这样的——

尊敬的刘队长:

您好! 我是一个来自四川万县,家境十分贫穷的农村打工妹。自从9月底来到南约村后,就一直在努力地找工作,但是没有进到厂。现在已是身无分文,可以说是走投无路了。而就在前几天晚上,跟我一起来的几个老乡也被你们的治安员给抓去了,至今还不知道他们在哪里,真的是难过极了,希望您能帮帮我!

刘队长,我今年刚刚高中毕业就出来打工了,如果你这次能帮我,我可以答应你的要求,用我的身体来报答你……

看到这里,我心如刀绞,慌忙捡起地上的所有纸团,一张张的打开,一张张的看了一遍又一遍,眼泪大颗大颗地流了出来。我大声地吼叫了一下:"天啦,我的妈啊! 这是啥世道哦!"我拿着这封被秦葱芬用笔涂改了多次的信,难过地对自己说:"葱芬啊葱芬,你好糊涂啊! 我知道你是爱我,但你为了找钱来把我从收容所里赎出来,竟然做出这样有辱人格的事!"可是,对这样的质问,我突然觉得一点都不配。作为一个男人,不但没有好好去保护自己的女朋友,没有给她一个好的生活环境,现在却一直是她在帮我,何况她今年才17岁呢? 我一边在心里难过地责怪她的不该,一边深深地思索着这段时间的遭遇和她对我的好,就情不自禁地把这封信狠狠地抓在手心里,一句话也说不出来,直抓得我的手心冒出一阵阵冷汗。此刻,我真想把这封信留着,等葱芬回来了拿给她问她为啥要这样做,我真想对她说:"富贵不能淫,贫贱不能移,威武不能屈,此乃大丈夫!"可是,她是一个小女子,心中装的是我,除了为我牺牲她自己,她还要继续活着,为远在四川万县的父亲和奶奶活得更好。于是我放弃了把我知道她为我失身的真相告诉她的念头,我要为她好好地保密,且发誓一定要娶她为妻,一定要做一个能够保护好她的男人,也发誓这一辈子,一定要做个骄傲的男人!

就这样，这件事在我的心底，成了一个永远的秘密。这个秘密里埋藏着我对她永远的尊重！

直到傍晚，秦葱芬她们才回来了。她幺妈、幺姨和张龙惠，一见我就关心地问这问那，之后进到灶屋里一起做晚饭去了。趁她们去做饭的时候，秦葱芬走过来对我说："真宗，我现在在村里一家发廊当洗头工，现在就你和其全没工作了，我真担心你们！"我说："葱芬，你不用担心了，我真的好感谢你！你为我付出的太多了！"此刻，我强忍心中的悲愤，极尽柔情地对她说，也尽量装出任何事情都没发生一样，只是一个劲地把她拥抱在怀里，一切尽在不言中。

"真宗，你家里人帮你办的临时身份证寄过来了，有了这个，你找工作就容易些了。"秦葱芬一边说着，一边从上衣口袋里掏出一张黄色的证件递给我。

我接过一看，这身份证上明明白白写上了"临时身份证"几个字，跟真的身份证有很大的区别。我想，有了这个，我就是有身份证的人了；我还想，有了这个，我明天就可以去找工作了。

这时，我突然想起在坪山镇某街边的电线杆上贴的一个"男女不限，生熟手均可"的招工广告，就对秦葱芬说："我在回来的路上，看到一家花厂招工，只要交50元押金就可以的！"秦葱芬说："那好啊，明天你跟其全去看看吧，我去找别人借点钱给你们进厂！"我说："要得，我们进厂后，一定好好干！"

然而，等待我们的，是另一个打工生活的陷阱，再次让我去经历生命中的磨难……

■ 交了50元押金却身陷"黑工厂"

第二天天色刚亮，我怀揣着秦葱芬给我的一百多元钱，带着谭其全来到坪山镇，按电线杆上张贴的招工广告，在一片远离主街道的村民住宅区内，找到了那家正在招工的塑料加工厂。

我俩刚一走到厂门口，一个十七八岁的小姐就向我们走过来问道："先生，你们是来见工的还是来找人的呢？"

我说："我们是来见工的，请问厂里还在招人吗？"

这位小姐说："你们来得正好，我们正找装配工，生熟手均可！"说完，她领着我们跟她来到一间办公室里。进去后,她坐到一张办公桌旁的办公椅上,我们站在她的旁边。

"把你们的身份证拿出来给我看看!"这位小姐对我俩说。我和谭其全就把身份证从口袋里掏出来,递到这位小姐的手里。她接过身份证看了一下就说:"你们是四川人啊,四川人勤快,我代表工厂把你俩招进来,你们可要好好干哦!"听了这位小姐的话,知道我俩马上就要进厂了,我和谭其全高兴得不得了,生怕煮熟的鸭子飞了似的,马上赔笑地说:"靓女,我们一定会认真工作的,你放心吧!"

这位小姐说:"那好,你们现在就填张表吧。"说完,从她手中的文件夹里抽出两张员工应聘表,然后递在我和谭其全的手上。我们各自领了一张表,不到一分钟就把姓名、性别、籍贯、出生年月、文化程度、家庭住址、工作经历、社会背景等内容填好了,然后交回到这位小姐的手中。这位小姐接过表,看都不看一眼,就对我们说,按入厂要求和规定,你们每人要交 50 元押金,同时把身份证押在厂里,让我们厂家帮你们保管。她还说,押金要做完一年后才能退,身份证离厂时就退还。

她说我们今天晚上前就可以把自己的行李带进厂宿舍,明早就上班。接着,她又对我们严肃地说:"我们上班时间是:早上 7:30,中午 12 点下班吃饭,下午 1:30 上班,到下午 6:30 下班吃饭,7 点钟加班,一般到晚上 9 点或 11 点不等,那就要看工厂的订单赶不赶啦。"

我和谭其全异口同声地回答说:"好的,我们一定遵守厂规,一定好好工作!"

办好这些手续后,我和谭其全就立即赶回龙岗镇南约村,把这一进厂的喜讯带给了正在发廊上班的秦葱芬。秦葱芬说,"那太好了,你们回家先做中饭,我一下班就回来吃饭,然后我送你们过去,也顺便看看你们那个工厂!"我说:"好撒,到时你想我了就可以来找我啊!"她见谭其全在身边,有点不好意思,就半开玩笑地说:"是的啊,那又怎么样嘛!"

下午 3 点多钟,在秦葱芬的陪伴下,我和谭其全又来到上午刚应聘进去的那家工厂。刚一到工厂门口,秦葱芬的美貌、身材和时尚的打扮,立即引来正在工厂门口闲聊的厂办领导王阿满和车间主管陈一标的注意,他们站在那里,目不转睛地望着秦葱芬,口里不停地啧啧称赞。而大方开朗的秦葱芬见有人在看她,于是更加摆出一些酷毙动作和姿势，让眼前的几个男人可望而不可即。

我和其全在上午那位小姐的安排下，走进工厂宿舍。然而，这哪里是宿舍，一个大大的房间，没有一张铁架床，地上铺满了一些草席，草席上都摆放着枕头和薄薄的棉被或毯子。这位小姐说，这里就是你们睡觉的地方，这里人多，你们可要把自己的行李放好哦。我说，就我们这几件烂衣服，不值钱。

等我们放好行李走出来到工厂大门口时，秦葱芬正跟门外来见工的打工仔和打工妹聊天。我和谭其全走过去对她说："葱芬，你先回去吧！别担心我们，我们会好好干的！"

秦葱芬望着我，深情地说："真宗，11 月 11 日，是农历十月十七日，也正是你的生日。那天，你请假回来，我帮你过生日吧！"

听了葱芬这么一说，我的心里一热，感动得眼泪快要出来了。

当天晚上十点半左右，工厂里加班的员工都下班回到宿舍了。突然宿舍外一阵吵吵闹闹的声音引起了我的好奇，于是就拉了拉其全的衣角，示意他跟我一起到外面看看。

这时，一个工友跑过来跟我们说，"老乡，你们就别去看热闹了，这不是好事情的！"谭其全就问为啥呢？这位工友说："看来我们是老乡，我是四川邻水的，刚在这里上班三天了。"我们回答说："啊，你才三天，怎么了解厂里这些事呢？"这位工友马上又说："老乡啊，你们怎么跟我一样啊，也进了这个黑工厂啊，这里天天招人，也天天炒人，而且不发工资。这里的老板表面是在开工厂，其实暗地里是骗打工仔打工妹的押金，有的人刚进厂上班一天，就被厂方找借口炒人。还有的上午交了 50 元押金进了工厂，晚上睡到深夜两点钟左右时，厂方就找个理由把人给炒掉了。有些胆大的工人，想跟厂方讲道理，厂方就打电话叫治安队的人来抓人，抓了就送到惠东收容所。这不，外面的吵闹声，就是厂里又在赶人了！"这位工友的话，听得我毛骨悚然，马上就沉默不语了，不再跟他说话了。我想，这样的工厂，我们该怎么过呢？最后我跟其全说，管他妈的，做一天算一天，如真随便把我们炒了，老子跟他们拼了，反正出厂了也是饿死，不如在这里好好干混顿饭吃。

第二天一早，我和谭其全起床上班了。来到车间一看，一个四十几个平方米的房间里，里面设施非常简单，一个用夹层板与铁架子搭成的长形桌面上，摆放着塑料花的配件,我们就坐在这个长桌旁,把桌上的塑料花配件装配起来,一个成品塑料花就做成了。这里的主管,听说是坪山镇本地人,与其说是主管,不如说就是监视我们做花的打手。在主管的旁边,摆放了一个收录机,在我进厂的几天里,他们每天都播放着同样一首歌,就是台湾歌手叶启田演唱的那首《爱拼才会赢》,至今还记忆犹新:

一时失志不免怨叹

一时落魄不免胆寒

那通失去希望

每日醉茫茫

无魂有体亲像稻草人

人生可比是海上的波浪

有时起有时落

好运歹运总嘛要照起工来行

三分天注定七分靠打拼

爱拼才会赢

每天听到这首歌时,我总是一次次的觉得,这个黑工厂的老板与打手们,其实也跟我们一样,心里对自己的前途充满了迷惘与恐惧,因为他们知道,"久走夜路必撞鬼"这个道理。没想到,在我第六天上班的下午就印证了,一个轰动坪山全镇的事件发生了……

■ 逼上梁山,落难工友掀翻"黑工厂"

1992 年 11 月 11 日,是农历的十月十七日,正是我 20 岁的生日。这一天,让我在经历的人生中再次增添了三件刻骨铭心的事。

古人云:二十弱冠。就是说二十岁的人已经成年了,已经可以算是一个独立的人了,可以结婚生子立业兴邦了。也正因为这样,自己的生日这一天我特别看重,决定请假回到龙岗镇南约村,与秦葱芬一起好好地过个生日。

上午七点半刚一上班,我就和谭其全一起跑到主管面前请了一天假,不知是啥原因,这个主管没说啥就毫不犹豫地批准了。听先进的工友讲,这里从不批假,只有"炒鱿鱼"。

当我们从坪山镇回到龙岗镇南约村时,葱芬已经在那里煮好饭等我们了。她一见我回来,立即就走到里屋拿出一个礼品盒递给我,说:"真宗,祝你生日快乐!这是我送给你的生日礼物。"我接过盒子,高兴地回了声谢谢,正准备打开看看盒子里面装的是什么时。秦葱芬马上伸手挡开我的手,笑着说:"真宗,别急,你先猜猜看里面装的是什么?"我说我猜不出来。她说,你就猜一下嘛!我就随便说出了几样东西,却一样都没猜准。秦葱芬见我真的猜不出来,于是就笑呵呵地说:"你打开看看吧!"

我迫不及待地把礼品盒打开了,只见里面装着一件花格子衬衣,一条咖啡色长裤,一双褐色的皮鞋。看到这些,我的笑容立刻就凝固了,十分不开心地对葱芬说:"这些花了你不少钱吧? 你看我们生活都很困难,节约些钱多给家里寄啊!"

秦葱芬说:"真宗,今天是你的生日,而且是你来深圳后第一次过生日,现在你也上班了,有吃有住的,不再是流浪的日子。所以,我们家里再怎么穷,也不至于我们的爱情就不该浪漫啊?"

听她这样一说,我也不想把这个开心的气氛破坏掉。于是深情地望着秦葱芬的双眼,默默地许下了心愿:无论今后的日子过得怎么样,无论秦葱芬是个什么样的人,我一定要娶她为妻。

这天中午,秦葱芬为我做了好几道菜,我、葱芬、其全、葱芬她么妈、么姨和龙惠,一共六个人,吃得非常开心,也喝了好几瓶啤酒。一直吃到太阳偏西,我和其全才起身告辞。临走时,秦葱芬把我拉到她身边,从上衣口袋里掏出 100 元钱递到我的手里,然后对我说:"真宗,天气越来越冷了,这 100 元钱拿去坪山那边买一床棉被吧,你和谭其全一起盖,剩下的钱,你跟谭其全一起用!"就这样,我们在她和她么妈、么姨和龙惠的目送下,离开了南约村回到了坪山镇。

然而,我们还没到厂门口时,就透过铁门和栏杆之间的空隙看到,厂门口的门卫室外围了一大群员工,有的正在排队,有的正在厂内厂外站着或坐在地上不知说着什么。我和谭其全马上跑到厂门口,只见铁门上贴出这样一个告示:

公　告

各位员工：

　　由于工厂倒闭,老板已不知去向,凡需离厂的工友请到门卫室领取自己的身份证,并回到宿舍拿走自己的行李后,在今天晚上六时前自行离开工厂,否则一切效果(注:后果,当时在很多工厂门口的告示牌上的文字,大都把"后果"写成"效果")自负。

×××厂人事部示

1992 年 11 月 11 日

看到这个公告,我和谭其全顿时慌张起来,立即跨进铁门挤到门卫室,从门卫那里取回了身份证,再直奔到宿舍,准备收拾行李离开工厂。在收拾行李的过程中,我们才从其他工友口中得知,就在一个小时前,这个工厂的老板与厂里的打手们刚刚被一群来自湖北的工友给打跑了。

原来,今天上午,这个工厂像平时一样,又从外面招了一批找工的外省民工,其中有几个外省民工来自湖北,他们都是从部队退伍的老兵。当他们每人都交了50 元押金进了这家工厂后,工厂老板要这几个退伍老兵下午就来上班。大约就在四点钟左右,这几个湖北来的老兵工友因上班途中开小差——说话,被这里的主管逮个正着。于是就让他们立即收拾行李离厂。而这几个湖北工友说:"出厂可以,但必须退我们押金。"这个主管说:"国有国法,厂有厂规,你们进厂时我们白纸黑字,写得清清楚楚的,违反厂规被'炒鱿鱼'者一律不退。"这几个工友在争取不回这些押金后,一气之下,其中一个工友一拳将主管打倒在地,然后又冲进办公室,有的把电话线拔掉,有的见人就打,直吓得办公室里所有的人来不及拿走东西就作鸟兽散逃之夭夭,听说这其中也有老板。办公室里的人逃走后,这几个老兵工友抢走工厂里的钱后,也逃得不知去向。

听完这个消息,不知是真是假,反正工厂倒闭了,老板和打手们人去屋空,这个结果并没让我高兴起来,一种悲哀和忧虑再次向我和谭其全的心里袭来。因为,这厂倒闭了,我们又去何处,虽听说拿不到一分工钱,但是我可以有饭吃有地方住啊,至少在厂里,我们没有被治安队员查过房被抓过啊。

今夜归何处？这时天色很晚了，整个坪山镇在我眼里显得又是十分陌生与恐怖。特别是我们这些提着行李走在路上的外省民工，这里的治安队员很快就把你抓进收容所。一路上，谭其全对我说："真宗，天黑了，我们今晚去找个便宜的旅店住一晚吧。不然我们晚上在街上提着行李会被治安队抓去的！"听了其全的话，我的心就凉了半截，一种恐惧感再度袭来，进收容所的日子不是人过的，如这次真的被抓进去了，我们可以说是生死难料。于是，我和谭其全来到坪山镇的一条城中村似的街道，找到一家名叫"友谊旅社"的旅店，花了 7 元钱住了进去。

在我们住的房间里，摆放了 4 张床，8 个铺。当我们提着行李住进去的时候，里面没住一个人，床上的棉被黑黢黢的，散发出一股熏鼻的汗臭味。然而，对我和谭其全来说，当时能住这样的旅店，是多么荣幸和享受的事。可是，我们睡在床上，一种悲情涌上心头，难过得彼此之间一句话也没说。

不知过了多久，我对谭其全说："今天我过生日，是 11 月 11 日，4 个 1，用广东的谐音来说，本是个好兆头啊：事事如意！可是他妈的，从今晚过后，我们两个却又要去流浪了！"

谭其全说："是啊，这么大一个城市，却没有一个地方能容纳我们两个人？这么多工厂，却为何没有一个工厂收留我们啊？我们还是个高中生，还不如一个小学都没毕业的，他们在厂里做组长，做主管，你说这是啥世道呢？"

我说："兄弟，你看看哈，这里的工厂全都他妈的招女工，还要 23 岁以下的，大都要熟手！你说，我们男人在这里真的是无用武之地啊！"

谭其全说："是的，我们出身不好，在家男人是个宝，在深圳，我们男人就是根草了，任本地人践踏，任人侮辱！"

我说："天生我材必有用，总有一天是我们横刀立马之时。或许我们选错了发挥我们才能的地方，要不，我们先回老家吧，过完年再出来！"

谭其全说："要得撒兄弟，我们明天跟秦葱芬说说，看她有没有办法借路费让我们先回去？"

我说："兄弟，我欠她的太多了，她也不是银行，说有就有的，再找她拿钱，是在逼她！"

谭其全听了，说："算了，明天过去龙岗镇南约村后再说吧，就不信找不到工厂。"

这天晚上，待谭其全睡着后，我从行李袋里摸出一本通信本和一支圆珠笔来，铺在床上，准备把这一个多月来的遭遇，记录下来。然而，我的思绪如飞轮转动一样，在记忆的隧洞里摸黑旋转起来，那划过黑暗的长风，冷冷地灌进我的口里，流进心中，是那样的刺骨和疼痛。握笔的手，此刻竟一个字也没写出来。

■ 再进收容所，身无分文遇上好心人

第二天天刚放亮，失眠后半睡半醒的我和谭其全，匆匆忙忙地爬起来收拾完行李，退完房后，就走到公路边坐上坪山到龙岗的中巴车。当我两再转乘摩托车回到南约村出租屋里时，秦葱芬她们才刚起床。

才分开一晚上，秦葱芬见我两提着行李又回到了这里，感到惊诧万分，轻声问道："真宗，你们这是怎么回事啊？不是做得好好的嘛，怎么又回来了？"

我和谭其全异口同声地答道："哎，这个厂是个'黑工厂'，昨晚一回到厂里，就听说厂被打倒闭了，老板也跑了，厂里门卫把身份证退还给我们后就要我们离厂了。"

秦葱芬听完我们的解释，说了句"哦"，就说她要去上班了。这时张龙惠她们几个，也洗完脸漱完口，打声招呼后也离开出租屋就去上班了。

我和谭其全回到屋里，放下手中的行李后，怀着满腔的心事，坐在木板床上，一句话也没有说。不知过了多久，谭其全沮丧地坐在那里，一阵傻乎乎地哈哈大笑后，就放开扭曲的嗓音，唱起歌来。他唱《酒干倘卖无》，我也跟着唱；他唱《橄榄树》，我也跟着唱；他唱少年犯的主题曲《心声》，我也跟着唱，那悲壮而低沉的情怀，唱得我们自己肝肠寸断，阵阵伤感和万般无奈，就在"妈妈，妈妈，儿今天叫一声妈"的声声呼喊中，禁不住泪如雨下。

可是，在我们擦干眼泪，再次跑到工业区里寻找工作而又无数次碰壁的坎坷经历中，我们如泣如诉的命运，并没有在生命的低谷中升浮起来。而是在当晚夜深人静之时，我和谭其全又被治安队以"三无"人员莫须有的罪名，连夜送进了深圳龙岗派出所，只停留了片刻，又立即送进了惠东收容所里。这一次，秦葱芬、她幺妈、幺姨和张龙惠因有了工作证而躲过了一劫。

这次被抓，距我第一次被抓进惠东收容所，关了12天放出来的时间仅隔一

个礼拜。这天晚上,当我和谭其全再次被送进惠东收容所后,还没等我站稳,一个人突然在收押仓里用手拍着我的肩头叫了我一声:"大哥,你又进来了啊?"此刻莫名其妙的我,扭头一看,这人生得好面熟,但一时记不起来是谁。叫我大哥的人见我满眼的疑惑,连忙跟我解释说:"大哥,你忘了啊,我是四川邻水的,上次我们在去坪山的路上见过啊?记起来了吗?那时你去坪山找你老表啊!"听他这样一说,突然又想起一个人来,他就是上次我徒步去坪山找谭其全时,在路上遇到的四川老乡。于是我马上说:"呵呵,深圳太小了,低头不见抬头见哈。"这一晚,没过一会儿,天就亮了,我就和谭其全商量好,这次谁保谁先出去弄钱。商量了一会儿,我说:"这样吧,这次你就先担保我出去,我出去后再找秦葱芬借钱来赎你!"谭其全说:"那好,你先出去吧,反正我出去也借不到钱了!"就这样,在第二天下午四点多钟时,收容所里的管教喊交赎金放人时,谭其全就作了担保人,而我就先走出了收容所。

当我走出收容所徒步来到惠东到龙岗的主干公路边等车时,才发现我身无分文。前天生日那天秦葱芬给我们的 100 元钱,除去住宿旅店和中巴车的钱,还剩 92 元。这 92 元钱,昨晚治安队查房过程中,趁着他们不注意时,悄悄放进了木板床上的枕头下。这下可怎么办呢?从惠东到龙岗镇,坐中巴车要 9 元钱,我一下子手足无措,心想听天由命了,就是走路也要走回龙岗镇。

于是我一边走,一边想,我该怎么办呢?难道就真的走路?也许我还没走出惠东,就可能又被抓了进来呢!这样的话,我和其全就真的只有困死在这里了。正当我边走边想办法时,一辆中巴车嘎的一声就停在我身边了。随着这车门的打开,一个男售票员一手抓住车门,一边探出头来望着我喊到:"靓仔,到坪山、龙岗啊!"听他一喊,我想都没想,就跑上了中巴车,朝后面的空着的座位坐了下来。

我刚一坐下,刚才那个喊我上车的售票员就走过来说:"靓仔,请买票!"我说你等会,我有个老乡在淡水镇等我,说好我们一起去龙岗镇的,到了淡水镇后他帮我买票。

其实,淡水镇我根本不熟,也没有老乡等我,这只是我对他们撒的一个谎。因为,此时身无分文且身负借钱赎回谭其全的重任,我只有一个目标,就是想尽一切办法赶到龙岗镇南约村。哪怕是他们打我一顿也好,只要我生命尚在,我也在所不惜。

可是,到了淡水镇后,快要过镇界的时候,那个售票员又来到我的身边,再次要我买票。我装出一副急躁不安的样子,用拳头使劲地往座椅上一捶,生气地说道:"真他妈的,是啥子老乡哦,说好今天在淡水站来等我的,可现在人都不见一个,真气愤啊!"

这个售票员马上说:"他们没来,那你就自己买票吧!"

这时,我急了,但马上央求售票员说:"大哥,我身无分文了,我刚从收容所里出来……"

还没等我把话说完,开车的司机马上一个急刹车,嘎的一声就把车停在了路边,一种惯性把站起来的我和站着的售票员带了个趔趄。然后,那个司机大声地问道:"你干啥坏事了,才从收容所里出来?"

我马上回答说:"老大啊,这里的情况你比我更清楚啊,深圳这里到处乱抓人,说是查暂住证,其实就是找个借口骗我们打工人的钱啊!这不,我昨晚跟老乡住在一起,就被治安员给抓了送了进去。"我一边说一边用手扯起自己的毛衣大声地对售票员和开车司机说:"老大啊,我真的是走投无路了,真的是一分钱都没有了,要不这样吧,你们只要把我送到了龙岗镇,我把我这件毛衣脱给你们?"

那个售票员说:"谁要你的毛衣啊,如果没钱你就下车吧。"他一边说着,一边伸出手来要拉我下车。

我赶紧用双手死死地抓住座椅,用近乎哭喊的声音对他们说:"大哥,你们行行好吧,我这件毛衣可是我二姐一针一线帮我织的,它凝聚着我们一家人的感情和期盼!大哥,我是来自四川万县的贫困地区的打工仔,没偷没抢,就平白无故地被这里的治安员抓到了收容所。你不信你看,我从家里来时,我是110多斤,可来深圳后,6天前就被抓到这里来过,一关就是12天,我的身体一下就瘦了10多斤!"紧接着,我又说:"大哥,我们都是亲爹亲娘生的,亲爹亲娘养的,你看我这个样子,就让我坐回龙岗镇去吧……"我的一席话,听得车上的男女老少无不动容。

然而,售票员听得很不耐烦,用愤怒的表情望着我,并大声地吼道:"你落难关我鸟事啊,你坐车就得给钱,没钱就得下车。再说,我们已对得住你了,要不然你早就被我们揍一顿了!"

我说:"你们现在就揍我吧,只要你们送我到龙岗镇,你们想怎么出气就怎么打我,但不要把我打死了。因为,我下车也是死,不是饿死在路边就是被治安队员抓去饿死在收容所！"车上的乘客听了，马上对售票员说："这位兄弟，你就让他坐一趟车嘛，再说，我们还要赶路，这样停车耗着也不是个办法啊！"

听完乘客的话，司机这时也很不耐烦了，就在车头那边大声地叫售票员把我拉下车去。

正在这时，一个好心的大妈立即站起来大声地对售票员说："请问惠东到龙岗的车票是多少钱啊？"

售票员说："10元。"

"哦，不就是10元钱嘛，你们都舍不得啊。得饶人处且饶人啊！"这位大妈说着便从怀里掏出10元钱，说："售票员先生，这位小兄弟的车票由我帮他买了。"

拿着售票员递过来的车票，我马上转身对帮我买票的这位大妈感动得只是连声说了好几个谢谢，其他的一句话也说不出来。这时我感到我的眼泪模糊了我的双眼，而这位大妈的形象在我的心里，竟是如此清晰和伟大。这10元钱，对有钱人来说，还不够打一场保龄球，还不够喝一杯咖啡，然而，此刻，它与我的生命一样，显得无限的重要。

这件事，我一直铭记在心里，也曾多次提笔把它记录下来。可是，每当提笔准备写下其中的一个细节时，我的心中除了感动还是感动，而那刻骨铭心的往事，如记忆的闸门，突然打开了，却又被挤在汹涌澎湃的出口处，无法有条不紊地流出来。直到1997年以后，我从工厂被调任到东莞市交通警察支队某队工作后，才写出了一篇散文，后来先后发表在《侨乡文艺》《汕头特区工报》《东莞日报》上，感动了一批与我一样有过同样遭遇的打工仔打工妹，后来，无论打工的路程有多远，人生经历了多少磨难，生活中有的是险象环生，我都心怀一颗感恩的心，一颗善意的心，去看待身边的每一个人，对待每一件事。

■ 痛别龙城，一生永远的遗憾

这天晚上，大约九点多钟的时候，我回到了南约村。这么快就回来了，是秦葱芬没有想到的。

我说："葱芬，这一个多月来，我们一直都在麻烦你！但这次还得麻烦你一次，我想找你借钱把谭其全赎出来！"

秦葱芬说:"你的心情我理解,可是我现在也是身无分文了。真宗,我给你算一下嘛,这一个多月来,不说我们吃住的钱,就是你进收容所后,我们来领你时,加上其全的,还有路费,这一下就是800多了,后来你们进厂交押金,给你买衣服鞋子,你看,就是1000多块钱了!"接着,她又说:"我昨天才给家里寄去500元给爸爸,说是买肥料啥的要花钱。如果现在就去赎谭其全,加上你的赎金,一共又是七八百元,你说,我去哪里弄这么多钱啊?"

听了秦葱芬的话,我的脑海里一次又一次地浮现出她写给治安队长的那封卖身换钱的信,我的眼泪又一次汹涌而出,一把抱住秦葱芬大哭起来,不敢再提借钱领谭其全的事。此时,我不能再把秦葱芬往火坑里推啊。她为我,已经付出得太多太多了,她是我的女朋友,是我发誓要娶的未婚妻。而谭其全,是我的亲老表,他正在收容所里,承受着我曾经有过的同样的屈辱。所以,我只有另想一个两全其美的办法,既要对得起葱芬,又要把谭其全赎出来。

第二天,趁张龙惠上班后,秦葱芬正准备上班的时间里,我望着葱芬的双眼很认真地说:"葱芬,我想回家,这里不是我呆的地方!再说,我也得回家找谭其全的爸爸拿钱来汇给你,你再帮忙把他从收容所里领出来!"

秦葱芬一听,马上把头摇得拨浪鼓似的,也很认真地说:"回去? 有颜面见家里人吗? 再说,回家,我哪里有钱给你回去呢?"

我说:"还要面子,我的命都差点就没了!不回去在这里等死啊?"可秦葱芬还是不肯让我回去,又说:"谭其全关在收容所里,15天后就会自动放了出来啊!"

我说:"葱芬,收容所里不是人呆的地方,我怕他还没等到第15天就死了呢?谭其全在家里是独儿,他爸妈的命根子,如果他死在这里了,我们就更没颜面回去了!"

秦葱芬听我这么说,心也软了下来。看着她沉默不语的样子,我又继续做她的思想工作,说:"葱芬,你对我的好,我记在心里,无论你在哪里,我都会等你回来的!"

"那……那好吧,我今天去找发廊的同事借两百元钱给你,只是你一个人回去,我好不放心啊!"秦葱芬说。

我说:"不用担心啊,你不是说前怕狼后怕虎终将一事无成吗!我现在在这里胆子磨炼得大多了。何况,这里是来的人多,回去的人少啊!"

秦葱芬说："那就这样定了吧，明天一早就送你回去。"我说："要得，不过我回去了，我就找其全的爸爸汇 350 元钱来，收到后你就立即把他从惠东收容所里赎出来。"

第二天一大早，秦葱芬把 200 元钱塞到我的手里，并叫我分开装进衣裤的每个口袋里，以防扒手扒掉了。等我装好行李后，秦葱芬又叫来一辆摩托车，送我到了龙岗镇汽车站，并花了 17 元钱帮我买了一张深圳龙岗镇到广州火车站的汽车票。

当汽车发动时，我和秦葱芬的眼里都盈满了泪水，却谁也不说一句话。直到汽车离开时，我才从汽车的玻璃窗口处探出头来大声地对秦葱芬说："葱芬，我等你回来！我一定等你回来！"眼泪却被风吹了出去，飘得无影无踪。而此刻的秦葱芬，却站在车站，挥动着双手，大声地说："真宗，我爱你！"

这悲壮的一刻，让我泪流满面，一路翻山越岭、舟车劳顿地从深圳回到了四川万县的农村老家。

回到家里不久，我就被一个文友介绍到四川省涪陵市榨菜集团下属某食品厂工作了。半年之后，秦葱芬连续给我来了两封挂号信要我回到老家与她见面。于是我请假回到家里，把我要去郭村见秦葱芬的事说给父亲听。父亲听说我要去见秦葱芬，他就一口拒绝了，而且十分坚决，说如果我去见她，就当他没有我这个儿子。当时对父亲这种强烈反应的原因，是从母亲的口中得知的。父亲已患有肝硬化疾病，而且越来越严重，最近老吐血；加上我在深圳被抓和流浪的事被对门同村的老乡，回来经过添油加醋地告诉我父亲后，认为秦葱芬是个杂皮（四川话说是个混混）。无论我如何解释，父亲还是用十分坚定的口气让我跟秦葱芬断绝关系。由于我的假期只有两天，第二天下午还得步行 15 公里路到武陵镇坐轮船到石柱县西沱区转乘重庆的大轮船，再到涪陵我工作的地方，所以，这次没能见到秦葱芬。

再后来，我辞去工作，再次独自来到广东的东莞，一边打听她的踪迹一边寻找一份工作。期间也有许多流言飞语传到我的耳中，说秦葱芬在深圳做小姐了，还患上了性病，也有人说她嫁给了一个香港老板，并移居到香港。这些说法，我一直在否定，却一直在听到，又一直不把它当回事。因为，在我眼里，不管秦葱芬是个什么样的人，我都要娶她，这也是我曾经的誓言。

然而,我没有等到那一天。在五年之后的 1997 年某天,当我终于从她父亲提供的电话号码与她联系上后,她说她已结婚定居深圳市区,老公是深圳某大型公司的经理,月薪九千多元。听到这个消息,我并没有太多的难过,因为,我爱的人她已找到了比我更能给她幸福的男人,更重要的是给了她一个幸福的家。这时,我压抑着前所未有的激动与喜悦,在电话里深情地对她说:"葱芬,祝福你!"

就这样,我与秦葱芬的纯真爱情,在法制并不健全的那个年代,被扭曲的人性给糟蹋了,又随岁月的磨砺而远去了。就像人生中的一声叹息,在别人眼里,是一场游戏,而在我的人生经历中,却是一种沉甸甸的记忆,美丽而又沧桑,是那么的珍贵与海市蜃楼。等待我的,将是人生中又一个新的起航……

■ 见证:暂住证的演变史

当我正写下上述有关暂住证的"疯狂"故事的时候,作为广东省委机关报的《南方日报》和号称"办中国最好的报纸"的《南方都市报》以及省内的《羊城晚报》《广州日报》等各大新闻媒体同一天向社会发布了这样一个消息:告别暂住证,启用居住证,让外来工有归属感,为广东发展积蓄力量,让更多的外来人口享受"准市民待遇"。

看到这个消息,我的心情久久不能平静,关于暂住证的问题,让我们这些外来工付出的代价太大了,我们这些进城务工的农民,可以说是这个时代城市建设的生力军,却为何还在自己的祖国国土上,只是一个暂住者呢? 我们的国在哪里? 我们的家在哪里? 在一阵紧似一阵的疼痛中,我记下了以下一个时间表,一个暂住证的演变史。

1958 年

第一届全国人大常委会第九十一次会议于 1958 年 1 月 9 日通过《中华人民共和国户口登记条例》,该条例第十五条规定:"公民在常住地市、县范围以外的城市暂住三日以上的,以暂住地的户主或者本人在三日以内向户口登记机关申报暂住登记,离开前申报注销。"

1985 年

公安部 1985 年 7 月 13 日颁布《关于城镇暂住人口管理的暂行规定》,第一次提出了外来人口必须申领暂住证的规定。标志着全国统一的暂住证制度的形成。全国共有25个省、自治区、直辖市相继出台了相关的管理规定。

2001年

广州开始实行IC卡暂住证制度，根据相关规定，办理该证工本费20元，其后每年还要缴交治安联防费用、调配费等等，加起来每年约为158元。

2003年

孙志刚事件使得收容制度被废除，社会各界对改革暂住证的呼声日益高涨，广州抓紧对暂住证制度改革的研究。

2006年10月

广州IC卡暂住证收费减半。

2007年10月

IC卡暂住证工本费取消，改为交2.5元治安联防费。

2009年3月

《广东省流动人员服务管理条例(修订草案)》提交省人大审议，广东拟以居住证制度取代实施十余年的暂住证制度。新条例取代1999年的旧文件，从"管理条例"变为"服务管理条例"。原《条例》规定只对"在本省经商、就业的流动人员"发放"暂住证"，而"居住证"的发放范围扩大至16~60岁的流动人员。

2010年1月1日

广东省实行以居住证制度为核心内容的流动人口服务管理"一证通"制度，取代暂住证制度。

其实，暂住证的本质，就是加强城市管理与服务外来人口的措施和手段。1982年5月12日，国务院颁布的《城市流浪乞讨人员收容遣送办法》(以下简称《收容遣送办法》)规定，由民政部门和公安部门共同负责，对于家居农村流入城市乞讨的、城市居民流浪街头乞讨的和生活无着落的人实施收容和遣送。从其立法宗旨来看，是"为了救济、教育和安置城市流浪乞讨人员，以维护城市社会秩序和安定团结"。

但根据有关调查，被收容遣送者中，只有不到15%的人需要救济；而且，即使这些需要救济的人通常也不会得到救济，因为几乎各个省市的收容遣送办法都规定被收容者或者其亲友要交纳收容遣送费。可以说,收容遣送制度几乎起不到救济、教育和安置的作用。

现实中,以《收容遣送办法》为基础的收容遣送制度不仅很难保护和救济被收容遣送者的权利,相反,由于该法规的行政强制性特征,往往对被收容遣送者而言形成一种强制性的义务。在一些城市,收容遣送制度事实上成为城市驱赶外来民工的工具(1991年,国务院《关于收容遣送工作改革问题的意见》将收容对象扩大到"无合法证件、无固定住所、无稳定经济来源"的"三无"人员,而在执行中,"三无"往往变成身份证、暂住证、务工证"三证"缺一不可)。在很多地方还成了某些部门或个人获取非法利益的途径,以"孙志刚案"为例,收容遣送制度在实践中伤害了众多无辜的城市外来人口。例如,我们从一些被收容遣送人员那里了解到,北京市收容遣送站内出售的食品价格几乎比外面贵一倍。被收容人员要想走出广州白云区松州派出所要交200元赎领费,两天之后被收容人员转到广州沙河收容站,赎领费就涨到800元。更严重的是,一些人与收容遣送站内外勾结从事违法犯罪活动,例如,江苏徐州收容站的工作人员李静、周红卫把盲流批发给北京来的强迫妇女卖淫团伙的头目,价格是每人100元左右,附带的优惠条件还有客户可以亲自到收容站盲流宿舍里看人挑选。(《羊城晚报》2001年9月13日)

2006年5月上旬的樟木头,裸露在南方暴烈的日头下,一派萧条。昔日令人惊悚的"广东省樟木头收容中转站",早已换上了"广东省少年儿童救助保护中心"的金字牌匾。往日里旺盛的商圈,衰败冷清。

樟木头,是广东省东莞市的一个小镇。20余年来,"樟木头收容中转站"遣送了近100万"三无人员",在为社会治安作出突出贡献的同时,也被一次次"偶尔的不人道",叠加成外来工眼中的"人间地狱"。深圳人在吓唬小孩时说:"不听话,就把你送到樟木头。"

2003年夏天,"孙志刚案件"暴发,收容遣送制度被救助制度取而代之,"广东省樟木头收容中转站"亦演变成中国首家流浪儿童救助保护机构。

然而,近来广东又传来恢复收容制度的论调。今年2月下旬,数位香港政协委员与广东高官座谈时,对广东取消收容制度提出异议。据《文汇报》报道,香港立法会一位议员认为,应将收容政策变成治安的第一道防御关卡。

显然,广东很难接受这样的建议。但这并不意味着广东政界会坐视治安恶化。广州、深圳和东莞将治安当作"紧急而重要的事务"，以挽救被犯罪玷污的名声。据称，网络世界上的广州是"暴力之城"，深圳是"罪恶之都"，东莞则是"中国的巴格达"。《南方都市报》冲破重重阻挠，终于于 2003 年 4 月 25 日发表了记者陈峰、王雷的长篇报道《被收容者孙志刚之死》。由于 SARS 蔓延引起的媒体管理上的开放，并借助于网络技术发展的东风，"孙志刚事件"引发了全国乃至许多海外媒体的报道浪潮。网络世界里更是谴责之声汇聚成巨大的抗议浪潮。同年 6 月 18 日，《城市流浪乞讨人员收容遣送办法》废止。

通过报道一个公民的非正常死亡，导致一部法规的废止，这在共和国的历史上还是第一次。

2009 年 8 月起，深圳开始试点实行居住证制。

2010 年 1 月 1 日起广东全省实行以居住证制度为核心内容的流动人口服务管理"一证通"制度，取代暂住证制度。《广东省流动人口服务管理条例》（以下简称《条例》）于 2010 年 1 月 1 日起正式施行。全省统一制发《广东省居住证》，确保全省"一证通"。

据公安机关透露，广东全省现有暂住人口估计超过 3000 万。在全省实行、推行居住证制度是保障流动人口合法权益，打造平安和谐广东的需要；也是适应广东省情，创新社会管理方式的需要；是广东省社会管理改革的一项重要创新举措，将大大提升流动人口服务管理水平。

推行以居住证制度为核心内容的流动人口服务管理"一证通"制度，要"通过四个创新，做到四个实现"：一是创新管理理念，实现以人为本、和谐共融；二是创新体制机制，实现政府统筹、综合治理；三是创新管理模式，实现"以屋管人""以业管人"；四是创新管理手段，实现信息化管理和动态管理。

■"孙志刚案"，与一部法规的废止

在新世纪早期，也就是在 2003 年这一年，提起孙志刚，无人不晓无人不知，特别是广大外来工。是他，用脆弱的生命，一个公民的非正常死亡，唤醒了良知与道义，导致一部法规的废止。可是，没有经历或没有听说过他这个人的人会问，孙志刚——你是何方神圣呢？

孙志刚,1976 年 7 月 29 日出生,湖北黄冈人,2001 年武汉科技学院本科毕业,2003 年 2 月就职于广州,任美术平面设计师。

2003 年 3 月 17 日,因为没有带暂住证,在广州被收容,60 多个小时之后,非正常死亡。

此后,孙志刚的亲人在广州到处奔走,找了几十个部门,但没有人告诉他们,他们的儿子为何而死,谁又该为此负责。

4 月 18 日,经法医鉴定其系遭毒打致死。

4 月 25 日,《南方都市报》发表《被收容者孙志刚之死》,消息曝出,舆论哗然。

4 月 26 日,《北京青年报》刊发详细报道。

5 月 13 日,新华社以《孙志刚被故意伤害致死案 13 名疑犯被缉捕》为题报道该案疑犯已被缉捕的消息。消息称,党中央国务院和广东省委高度重视此案,公安部派工作组赴广东督办,由广东省、广州市成立多部门组成的联合调查组和联合专案组进行调查侦破。

5 月 16 日,许志永、俞江、滕彪等 3 位青年法学博士,因为"孙志刚案"向全国人大常委会提交了建议书,要求对 1982 年出台的《城市流浪乞讨人员收容遣送办法》有关条款进行审查。

5 月 23 日,北京大学法学院教授贺卫方、沈岿等 5 位法律学者,以中国公民的名义,联名致信全国人大常委会,建议就"孙志刚案"成立特别调查组,同时对收容遣送制度提请启动特别调查程序。

6 月 5~6 日,广州法院开庭审理"孙志刚案"。

广州市中级人民法院经审理查明:2003 年 3 月 17 日晚,被害人孙志刚被广州市公安局天河区分局黄村街派出所错误收容并送至广州市民政局收容遣送中转站;3 月 18 日晚,孙志刚自称有心脏病被送至广州市卫生局主管的收容人员救治站诊治。3 月 19 日晚,因孙志刚大声叫喊求助,引起被告人乔燕琴(救治站护工)的不满。乔燕琴便与被告人吕二鹏、乔志军、胡金艳(均为救治站护工)商量将孙志刚从 201 室调到 206 室,乔燕琴、吕二鹏分别到 206 室窗边授意该室内的李海婴等 8 名被告人(均为被收治人员)殴打孙志刚。随后,乔燕琴、吕二鹏与乔志军、胡金艳一起将孙志刚调到 206 室。3 月 20 日凌晨 1 时许,被告人李海婴、钟辽国、周利伟、张明君、李龙生、韦延良、何家红、李文星等 8 人先后两度对孙志刚轮番殴打。20日上午孙志刚被发现昏迷不醒，经抢救无效死亡。根据后来法医鉴定，孙志刚系因背部遭受钝性暴力反复打击，造成大面积软组织损伤致创伤性休克死亡。

6月9日，广州中院对12名罪犯作出一审判决，一犯被判死刑、一犯被判死缓、一犯被判无期，其他九犯分别被判刑3~15年。6名涉案渎职犯罪人员分别被判处有期徒刑2~3年。

"孙志刚案"涉及的其他违反党纪政纪的有关责任人员共有23名政府官员，经广州市委、市政府同意，已由广州市纪委、市监察局和有关单位给予党纪、政纪严肃处分。

6月20日，国务院总理温家宝签署国务院第381号令，公布施行《城市生活无着的流浪乞讨人员救助管理办法》。

8月1日起，《城市生活无着的流浪乞讨人员救助管理办法》施行，1982年5月国务院发布的《城市流浪乞讨人员收容遣送办法》废止。

2009年8月起，深圳开始试点居住证制。

2010年1月1日起广东全省实行以居住证制度为核心内容的流动人口服务管理"一证通"制度，取代暂住证制度。

当写完我第一次到深圳所经历的一切遭遇后，我的心仍然在流血，过去的这段黑色记忆，并没有随岁月的浪潮而后浪推倒前浪，恰恰相反的是，这段人间地狱般的生活，再一次证明了：改革的潮流，是大浪淘沙，社会的进程，是日新月异。

12340**05**6789……
东莞寻工记

他们也许跟我一样，背井离乡中，装着梦想，四海为家，风餐露宿，不停地奔波，不停地寻找，把自己的力气贱卖出去换钱谋生。

为了挣钱给患有肝硬化疾病的父亲治病，1993年深秋，我辞掉榨菜公司的工作，单枪匹马闯东莞。在经历了两个多月的流浪生活后，终于进厂打工，从普通工到车间主管，再到《中华人民共和国劳动法》的维权斗士……这其中的悲与苦，哭与乐，都浓缩着第二代打工人的勤苦与奋斗，法与情的较量。也就在这个时期，我们打工人，才真正找回了尊严。打工诗歌，在我们青春的岁月里，一次次地唱响——打工人是生活中越磨越亮的镰刀

■ 再向广东行

1993年秋。某天晚上，一阵阵冷风从长江重庆涪陵市的渡口码头，吹着凄凉的口哨，飕飕地从江面上吹来。吹过江边的沙滩飞起满天的沙尘，漫过一层层的麦田，穿过一条弯弯曲曲的街道，然后吹进四川省涪陵市利民食品厂的厂房里，挤进我蜗居的住所，我不禁长长地打了一个冷战。

这一晚，我做了一个梦。梦见万县武陵镇朝阳村的一个小山丘下，漫天的飞雪落满了村野和房屋。这间屋，就是我的老家。第二天一早，梦醒之后，我对自己说了声，糟了，家里肯定要出大事。在我来这里上班之前，年纪轻轻的父亲被查出

了患有肝硬化，还不时伴有吐血。难道是他，病情加重了吗？

中午时分，家中的二哥突然来电话说："真宗，爸爸病重得很，他很想见你！看能否回来一趟！"我说："好的，我这就去请假回来。"

1992年11月底，我从深圳龙岗镇落荒而逃似的赶回家里时，父亲和母亲正在地坝边的桔树林里摘柑橘。在我看到他们那一刻时，那久违的亲情顿时让我脱口喊道："爸爸，妈妈，我回来了！"

父亲听见我的喊声，立即停下手中的桑剪，抬头看了我一眼，然后，他又握住桑剪，继续一边摘柑橘，一边大声地对我说："哦，回来了就好啊！能回来就好啊！"这时我听见，他的声音有点低沉沙哑，是突然被气堵住了喉一时出不来的那种。我知道，父亲对我的回来，是又惊又喜。这时我还看到，父亲拿桑剪的右手，拿到他的眼角抹了一下，一道明显的泪痕就清晰地留在了眼帘。随后又自顾自地重复道："回来就好啊！"

父亲说："听说你被抓进了收容所，我还以为你回不来了啊。听说你被抓后，我们又没钱汇去给你赎回来。"听他的口气，心疼大于无奈。

这时，我打肿脸充胖子，说："爸，我不是好端端地回来了吗？"这时，那棵柑橘树晃了几晃，母亲从树上爬了下来，说："真宗，回家再说吧！"我说："不啦，我要跟爸爸聊一会儿天啊。"母亲一听，就说："我先回去做饭了，叫父亲别剪了，回家一起耍啊。"

父亲说："真宗，你回来了正好，你有个叫彭灵的文友来了好几封挂号信了，要你去她姑爷那个榨菜厂做厂长秘书，你去不？"

"哦，做秘书，是我的特长，我肯定去啊！"我回答说。父亲这时提到的彭灵，是我读高中时时书信往来的文友。因彼此互相尊重和仰慕对方，所以成了无话不谈的好朋友，她的姑爷正好在那个榨菜厂做副厂长，如今她也去那厂里做了一名工人。现在恰逢年底，厂里要招一名厂长秘书，要求是能写公文能写一手好字，于是，彭灵就想把我推荐过去。

接着父亲又说："去那个厂，要交1000元押金！"我一听，马上就反对，说我不去了。父亲说："我和你妈妈供你读书，就是想让你们跨出农门，过上好日子，现在机会来了，你就要抓住。钱的事，我来想办法！"看到父亲很坚持的样子，我想，留得青山在，不怕没柴烧。我先去进厂，发了工资再还也行啊。于是我就对父亲说：

"爸,既然你对我这样好,那我明天就先去那个厂看看吧!"

1992年12月底,我背着简单的行李来到了涪陵市利民食品厂。第二天下午,彭灵就把我带到她姑爷那里,然后就到厂长那里面试。面试时,厂长夏志辉给我出了一道题目为《假如我是厂长》的考试题。第二天一早,我把连夜赶出来的文章拿给他们一看,他就说过关啦。然后又要我写一手毛笔字,我就写了"民以食为天"这几个大字,厂长说不错,也算是过关了。就这样,在1993年元旦过后,我就进了这家榨菜厂。

1993年春节到来前夕,厂里放了假,我也回到家里准备过年了。然而在我回家的头一天上厕所的时候,发现猪圈屋里的大黑牛不见了,就问妈"牛怎么不见了啊,这么冷的天到哪里去了呢?"母亲说:"那牛啊,在你去涪陵后,就被你爸爸牵去卖掉了,卖来的钱,加上去信用社的贷款,刚好凑了1000元给你拿去交了进厂押金!"听了妈妈的话,我的心里有种说不出来的难过,一股热泪从眼里流出来,沿着脸颊流进我的嘴里。那盐一样的味道,直逼入我的心里,酸溜溜的,叫我说不出一句话来。因为谁都知道,牛在农村是农民最重要的劳动工具,而父亲还是把它给卖了,这里面对我的爱,是何等的深重!

1993年春节过后,我就正式到四川省涪陵市利民食品厂工作了。当我拿了第一个月的工资交到父亲的手里时,被病魔折磨得骨瘦如柴的父亲激动地对我说:"真宗,你这钱太及时了,这几天已没钱治病了,两个哥哥和两个姐姐都想尽了一切办法,却一分钱也没借到,这次你再不回来,也许我的命就没了啊!"听了父亲的话,我的心里更加难过起来。因为,父亲在我眼里,一直都很坚强,而经他这样一说,足见他病得多么厉害。父亲拿到我递过来的200多元钱,马上叫二哥到武陵镇医院抓药。此情此景,让我刻骨铭心。

想到这些,我的心快要蹦出来似的,愧疚和无奈缠绕着我,让我越发变得沉默起来。这件事过去好几个月了,我也在这家工厂工作了近八个月。如今,刚又从二哥的电话中听到父亲再次病得不轻,而又没钱医治的消息,我再也坐不住了,决定明天一早就去辞职回家,把那1000元押金退回来,一半留给父亲治病,一半留给自己做路费再闯广东打工挣钱。

这一次,我回到家里后,向父亲撒了一个美丽谎言……

■ 编织美丽谎言，父亲是我永远的痛

1993年9月某天，我辞去了四川省涪陵市利民食品厂的工作后，怀揣厂里退回来的1000元押金，背起全部的行李，回到了万县武陵镇朝阳村的老家。

此时父亲穿着厚厚的棉大衣，戴着一顶黑色的带有绒毛的皮帽子，正坐在家里0的饭桌旁看书。他一见我回来，还没等我放下行李，就惊讶地问我："真宗，你怎么回来了，咋还带回了行李啊？"我没有直接回答父亲的话，而是急切地问道："爸爸，你的病好些了吗？"父亲说："好些了，似乎又可以运动了！"父亲向来乐观，但从他这次病重之后，我发现他变得有些虚弱了。因为在他眼里，我仍然还是个小孩子。他说，真宗的年龄虽然是二十岁了，但还不成熟，做啥子事都还是叫他放心不下。在这个时候，也许我就是他心头一块永远放不下的石头，更是一块心病。

我放下行李，来到父亲身边，一边掏出500元钱一边对他说："爸爸，告诉你一个好消息，我过两天就要去广东了，厂里安排我去出差，负责厂方在广东那边的榨菜销售。"接着，我把手里的500元钱塞到父亲的手上，继续说："这里是500元钱，是厂里给我出差用的钱，你先拿去用，发了工资我就补上去！"

父亲一听，有点半信半疑地问我："你去出差，怎么把你的生活用具和衣服都给拿回来了啊？"我说："爸，我这一去可能要一年半载的，把这些放在厂里，不是早就烂了哈，我这次就带些衣服去就行了。"

"哦，是这样啊！"父亲一边轻轻地点头，一边接过我递给他的钱后，转身再把那钱交到正站在他身旁的母亲手里，随口说了声："好啊，我这次又有救了哦！"

说话间，邻居的幺爸幺妈一家人听说我回来后，也跑到我家里来跟我们耍。幺爸何少怀是一名小学的高级教师，也是我们村乃至整个乡的致富能手，还在我读初中那阵，他就带着我的幺妈陈德英一起养猪和孵小鸡娃致了富，而且还被选为县人大代表参加过县人代会。这时他们一听说我要去广东出差搞销售，也显得特别的关心。

幺爸何少怀问我："你去那边跑销售，提成多少啊？"说真的，我对销售一窍不通，于是就随口说："厂里说给我百分之二十吧。"幺爸一听，高兴地说："不错啊，提成算高的吧。"

我们聊着聊着,眼看中午也就到了,母亲就走进灶屋张罗着做饭去了,幺爸和幺妈也回自己家里。这时,我对父亲说:"我们出去屋外走走吧,外面的空气好些!"父亲说:"要得,我们出去散散步。"

我扶着父亲,从屋里走出来,穿过屋前的水泥地坝,穿过一片柑橘林,站在一块田坎上。这时,父亲伸出双臂,向前后甩了几甩,他说这是做肢体运动,在家坐的时间长了,闷得慌。

我说:"我要是不去广东多好啊,可以天天陪你啦。"父亲说:"我还指望你出去多挣些钱来,把我的病治好了,把你读书时借的旧账给还了,再挣钱给自己取个媳妇,给我生个孙子,那我就心满意足了!"

与父亲相处的时间,过得真快。看着病中的父亲,我的心情莫名的复杂,真想留下照顾他,可现实是,此刻的父亲更需要治病的钱。而我的大哥和二哥,大姐和二姐他们几家,为筹措父亲治病的钱都早已负债累累了,能变钱的都已想办法变了钱,但面对当时为数不少的医疗费用,也只能是杯水车薪。如果这时我不再去打工挣钱助全家一臂之力的话,我想父亲的病肯定会陷入困境的。也正因为如此,我更加坚定了早点到广东闯荡打工挣钱的决心。

到了第三天,是我背井离乡要到广东的日子。母亲早早地帮我做好了早餐,我、父亲、二哥和他老婆,我们围坐在一起,都很少说话,只顾各自吃完了早餐。母亲又细心地把我的行李检查了一下,生怕我落了东西。母亲说:"出门万事难,做啥都要小心啊,免得家里人牵挂。"我说:"我这次不是去深圳,广东三水那边不乱。"说着这些违心的话,心里就特别的难受,而我这次远行的目标,就是东莞虎门镇。

虎门是闻名中外的历史重镇,是广东"四小虎"之一,它雄踞珠江东岸,毗邻广州、深圳、香港、珠海和澳门,南临伶仃洋,面积170平方公里。早在读书的时候,就从历史教科书中了解到,虎门是一块英雄的土地,160多年前,民族英雄林则徐率领虎门军民销烟御敌,写下了悲壮的中国近代史第一页;从抗日名将蒋光鼐的故居,到热血洒虎门的民主革命战士朱执信纪念碑,无不辉映着这片英雄的土地!所以,我相信,这里的治安,一定比深圳好。这也成为我去虎门的理由之一。之二呢,与我同在深圳流浪过的老表谭其全,在我到涪陵市利民食品厂工作时,他就到虎门打工去了,而且进了一家鞋厂。

看着母亲为我忙碌的样子，我赶忙说："妈，你们就别担心了，我这次去是有工作的，又不是去找厂。"这时，我正与母亲说着话，父亲拖着有气无力的声音对我说："真宗，你这次走后，不知我还能见到你不？"听了父亲的话，我的鼻子一酸，眼泪刷的一下就滚出了眼眶，但仍强装着笑脸说："爸，看你说的，我去广东有空了就回来看你的，请不要乱说话啊！"父亲马上也强装着笑脸对我说："真宗，老爸在跟你开玩笑呢！你去了广东后，可记得给家里写信哦，我一定等你平平安安地回来！"我说："老爸啊，你放心吧，我一定会衣锦还乡的！"

时间不早了，我马上对父亲母亲说："爸，妈，我马上要走了，你们在家要保重哈，有啥要坚强些，心放宽点，啥子病都是心病，心情好了病也跟着好了撒！"随后，我又转身对二哥一家人说："二哥二嫂，家里的事，就全靠你们了！"说完，我背起行李，头也不敢回地离开了家。

■ 这次与父亲的离别，竟是诀别

那年深秋，也是我离开父亲两个多月后，我终于在虎门镇进了一家工艺厂。这家工厂工很资低，且新进员工要把头一个月的工资作押金等到次月的十五日才发工资，加上我出门时跟父亲母亲说我是来广东出差的，所以，我一直不敢写信告诉我家人还在外面流浪的事。心里却一直想着快点寄些钱回去治病。

1993 年的中秋节与国庆节眼看就要到来了，厂里也开始发工资，而我，做了几天，只拿了四十多元的工资。等到国庆节放假那天，我一早就跑到厚街镇白濠管理区良泰鞋材厂门口，等谭其全出来，想找他借个几百元钱寄回家。

也就在那天，谭其全才告诉我说："真宗，在你离开家乡两个多月后，你父亲因肝硬化无法医治离开了人世。距现在已一个多月了。"

听到这个噩耗，我的眼泪一下子就流了出来，内心十分难过地问谭其全说："其全，我爸去世一个多月了，你怎么现在才跟我说啊！"

谭其全说："真宗，不是我不想告诉你，是二舅（我父亲）临死前跟家里人说的，要我先不要跟你讲！"

这种失去亲人却没能尽孝的悲痛，是无法用言语来形容的。也许太难过，我的头开始痛起来了，也不想再跟谭其全说太多的话，只好跟他说："老表，我心里难受,我先回虎门了,放假来虎门耍吧!"说完,我就辞别其全回到了虎门镇打工的那家工厂,躺在宿舍里不再出门。

那段时间,我的情绪一直都很低落,做啥都无精打采的。父亲的笑容,常常浮现在我的眼前,是那样亲切,又是那么的无奈。

后来,二哥何永胜告诉我,自我辞去榨菜厂回到家里那一刻起,父亲就知道我辞去了工作,也知道我说的去广东出差只是我给他编织的一个善意的谎言,所以父亲在临死前都还在劝告我二哥及其家里所有人:"如果我死了, 千万别告诉真宗,因为他在广东的日子,不一定生活得好,说不定还在四处流浪呢!"父亲的这句话,还真让他说中了,在他离世的那天,我还在东莞的虎门四处奔波找工作,睡荒山,睡荔枝林,睡天楼顶上,过着风餐露宿的日子。二哥何永胜也对我说,即便是父亲叫我回去,那时他们也无法找到我。

是的,在流浪的日子里,连我自己都不知道,过了今天,明天我又能存在吗?如果在,我又能去哪里呢? 走出厂房,站在异乡的工业区大道上,我面向家乡的方向,深深地鞠了 3 个躬,然后擦去眼泪,在心中暗暗发誓:"父亲走了,我没有尽到儿子的一份孝心,在今后的日子里,我无论过得如何,都要孝敬母亲!"

直到 1998 年 2 月,在广东省韶关市文联主办的一本号称"全国首家幽默文学月刊"——《南叶》杂志(总第 107 期)上刊登了我写的一首题为《永远的父亲》的诗歌,那是在 1997 年香港回归前夕写的。那时眼看着香港即将回到祖国怀抱,我的血液沸腾了, 想着身为共产党员的父亲却无法目睹香港回归那伟大的历史性时刻,我的心在哭泣,我的思绪又飞回到了 2000 公里之外的家乡,来到父亲的坟墓前,写下来这样的诗句:

永远的父亲

我好痛

骨散了架

我游离乡恋的瞳孔

一丝一丝地沾着血

我想回家。父亲,我好痛

城市的天空太低

很容易碰伤自尊和怜惜

徐缓沉重的脚步

徐缓沉重的心

啊,父亲

即使泪水能够融化北方的冰封

穿透坟茔

我怎能忍心再惊破你的宁静

父亲,我不是好孩子,这么多年以后

还依然在四处漂泊

过着流离颠沛的生活 谁在哭啊?

父亲,我不该在这里喊

列车是什么? 梦想是什么?

你的白发

又在为我展开道路。

我的记忆仍像儿时那样簇新

纵然我不愿再泛起往事的苦井

今天的一缕缕欢悲

也会牵动那根最敏感的神经

你佝偻的身躯

是失修的不堪负重的老桥

我战战兢兢地在上面行走

一步一步向着希望的对岸靠近

竟不敢看一眼

岁月的河流上你更加弯曲的身影

啊,父亲

今又是春节了,我好想回家来看你

将你从冰冷的土地里扶起

重温一年万家团圆的天伦之乐

让我扶着你　到处去走走

看看香港回归祖国后　同胞们

紧握双手共诉百年沧桑的情结

听听"十五大"在北京胜利召开的喜讯

数一数综合国力跃居世界六强的佳绩

还有啦,祖国母亲48岁生日五星红旗高高飘扬的风采

这种兴奋

你可以抚摸到祖国的每一次呼吸

已牵动了地球的神经

啊,父亲

你一定会为此而返老还童

精神矍铄　一如革命年代你坚定的革命理想

可是　我又怎么也不能回啊

打工的日子犹如人在江湖身不由己

我们背井离乡　我们身在他乡

心,却是最近的你啊

父亲,我深沉的怀念

如同你前额的条条沟壑

——再也无法填平

我永远的伤痛。我永远的父亲!

如今母亲已经七十多岁了,被二哥从老家接到了东莞,我除了每年给母亲一些钱买些衣服,放假偶尔去看看她老人家以外,居无定所的我仍然无法兑现当初说要孝敬母亲的誓言,也没有满足她老人家跟我们共同居住的心愿。

■ 提心吊胆夜宿老鼠屋

从家乡万县到广东东莞市,那天刚好是下午四五点钟的时候,按照老表谭其全给我的来信中提供的地址,穿过一片繁华的街道后,沿着一条弯曲的长巷子,在虎门镇虎门寨工业区,我找到了谭其全打工的万成鞋厂。

这家鞋厂,听说是专门生产 PVI 塑料凉鞋。那一股塑料原料臭味从车间里散发出来,一时让我无法适应,赶忙用手捂住自己的鼻子,望着厂门口静静地等待工厂下班。

然而,到了下班的时候,工厂里的人都走光了,仍然没见到谭其全从厂里走出来,最后跑到距离厂只有一条公路宽的宿舍一问,认识他的人都说他已离开虎门到厚街镇某鞋厂上班了。等来这样的消息,我的心突然一沉,自言自语地说:"去年在深圳徒步从龙岗镇赶到坪山镇找他的时候,他被老板炒了鱿鱼不知去向,而这次在东莞虎门,专程来找他,可他又离开了工厂跑到了别的地方。真是够巧的了!人生地不熟的,那我可怎么办呢?今晚住何处呢?"

晚饭后,该厂一位跟谭其全一个村的老乡见我面熟,赶忙跑出来问我:"是不是谭其全的老表啊?"我说是的。他说:"我把他的地址写给你,你明天去找他吧。"我一边连声称谢,一边拿过这位老乡递过来的纸条,上面写着"厚街镇白濠工业区良泰食品厂"。眼看天色已晚,我马上对这位老乡说,这附近有没有最便宜的旅店住啊。这位老乡让我跟在他身后,来到虎门寨一家海城旅店,花了四十元住了一晚。

第二天天一亮,我又提着行李,坐了四元中巴车后,在白濠工业区里找到了良泰鞋厂。然而,这家工厂是台资企业,管理是全封闭式的。当我在厂门口找到谭其全后,他叫我绕过厂门口,来到工厂生活区外面,然后打来一碗饭从里面递了出来让我吃。等我吃完饭后,谭其全说:"这个厂好严,白天不准任何员工走出厂门,所以,你今天去工业区转转,看有没有工厂招工。"我问他道:"你们工厂招工吗?能不能把我也介绍进去做啊?"谭其全说:"这个厂的员工,大都是高中毕业生,而你又没有毕业证书,身份证又是临时的,可能厂里不要的!"我说:"我身份证补办下来了,只是毕业证没有。"然后,我又自语骂道:"狗日的,那个偷我证件的家伙真的是害了我啊！"

后来几天里，自己带的钱，没多久也用光了。晚上的住宿，我在厚街和虎门两地"打游击"，这个老乡那里住一晚，那个宿舍的天楼上躲一夜。这时我再次饱尝到了：一个只有身份证，却没有文凭、没有技术、没有人际关系、没有钱的人，要想在东莞找一份工作，是何等的艰难。

谭其全的工厂所在的工业区，相当偏僻，一条道上就三两家工厂。而在白濠入口这边，是村委会大楼和街道与市场，民宅四处都是，非常的热闹。而到了晚上，这里的热闹似乎不属我。我心里十分着急，一是老是找不到工作，父亲在家病得急需我寄钱回去；二是老这样寄人篱下，每晚都过着提心吊胆的日子。因为，这里跟深圳一样，公安民警与治安队员，一天吃饱喝足了，就是拖着长长的铁棒，开着摩托车这户出租屋敲一下，那家出租屋踢一脚。宁可错抓一千，不可放走一人。那时，我们外来工就是这样的处境，一边防着老板炒鱿鱼，一边防着治安队查暂住证把你给抓进收容所。

有一次，谭其全见我还没进厂，眼看天色太晚，我的住宿又要成问题的时候，他的一个叫周秀青的女老乡对他说："其全，我有个工友在白濠市场那边租了一间旧式民房，问你老表愿意去住吗？不过很简陋，墙壁四周黑黢黢的不说，而且里面的老鼠长得尺把长，又肥又壮，无论白天晚上都是叽叽地叫着，挺烦人的，老乡们都叫它是老鼠屋，好可怕哦！"

我马上说："出门在外，还想那些啊，再害怕，哪有治安队怕啊！"就这样，在周秀青与谭其全的带领下，我们走进了那个出租屋。因这屋是老式旧房子，电灯也没有，伸手不见五指。周秀青是个十分心细的女孩，在来的路上就跑到路边的商店里买了一支蜡烛，这时就派上了用场。蜡烛点燃了，我们透过昏暗的烛光看去，里面除了一张用木板搭成的床就是一张四方小桌。旁边是灶屋，灶是泥土和砖砌成的，锅是砂锅，灶台黑黑的，看起来已经好久没人来住了，所以里面的老鼠很胆大，就是我们三个人进去了，它们还是肆无忌惮地跑来跑去，完全不把人放在眼里。见它们如此嚣张，我半开玩笑地说："狗日的广东老鼠，老子今晚要你陪我唱歌了哈！"逗得其全和周秀青开怀大笑起来，然后其全对我说："哟，你还有心思开玩笑哦，这里治安队晚上要来查房哦，为了安全起见，晚上你就吹了灯睡觉哦，不准说话，不准咳嗽，不准发出太大响声哦。"接着，周秀青说："为了防止治安队的人来查房，我们走时，把你锁在屋里，第二天一早，我们再起来给你开门！"

这一晚，我住在出租屋里，由于白天一天的劳累，困倦使我很快就进入了梦乡，梦见自己回到了故乡。第二天上午，在我找工作找累了的时候，来到工业区大道旁的一棵大榕树下，摸出身上备用来抄写招工信息的白纸和圆珠笔，把昨晚《梦回故乡》的那种激动的心情，写成了一首诗。

梦回故乡

在外省的日子　乡音
撞击着我汹涌澎湃的胸膛
向一种境界走近
向一种情绪靠拢
有一种声音
常常把家乡通往山外的小路
喊成夜空的明月

白发亲娘
在风尘岁月之中
已把那九曲回肠的羊肠小道
望成了一个碧草青青的春梦
漂泊之子啊
滴滴相思泪　在脸颊上
仿佛天边的星星
在遥远的苍穹　颤颤悠悠

突有嘚嘚的马蹄载我而过
路两旁的残雪
呼呼声中
我听到母亲湿漉漉地宁静了

在踩不烂的北方暮霭

又回到了乡间宽厚的农家

面对母亲　如啼声般盛开的

刹那梅香

■ 风餐露宿荔枝林

风餐露宿荔枝林

冷冷的,雨水淋湿长长的身影

拖一路　灯红酒绿的记忆

流落街头

满山遍野的风

都回家了

汽车的声音

拍打着雨水的韵律

冷冷地　与游子擦肩而过

时光的手指,也陆续地

拉熄沿路的灯　还有

万家灯火　黑暗

正渐渐地从异乡的深处走来

那颗流浪的心啊

始终在寻找一点点温暖

一缕一缕的炊烟　甚至

人生的归宿……

有多少双眼睛

在白天　在酸甜苦辣的感觉中

> 在渐行渐远的音乐之外
>
> 正是这层淡淡的芳痕
>
> 为梦所困
>
> 成为一生最闪光的情结
>
> 从四面八方辐射
>
> 呈喷射状

　　这是我在 1998 年 6 月发表在清远市文联主办的《飞霞》杂志的诗歌，后来又发表在《广州日报》等报刊。在千禧年到来之际，我又把这首诗放在我的第一部反映打工者生存状况与精神状态的诗集《在南方等你的消息》里，由中国文联出版社出版发行。因为它表达了我们打工人原生态的流浪生活与对梦想的执著追求，现在读来，仍然让我热泪盈眶，往事历历在目。

　　"今夜住哪里？"这句话是我们出门找工人最流行的口头禅之一。

　　那一夜，能够在白濠睡了"老鼠式"的出租屋，可以说是那时我在虎门流浪中最奢侈的事。在以后找工的日子里，每到晚上，我最常住的地方，就是荒山野岭，更多的是荔枝林里。荔枝林落叶厚，容易藏匿小蛇、蚂蚁、虫子等害虫。特别是山蚊子，出奇的大，不像我们四川的蚊子那样，在空中飞时会响起呜呜的声音，而这里的蚊子，飞行时从来不发出声响，每咬你一口，都是偷袭，让你防不胜防。第二天醒来，不仅头上、脸上、颈上，甚至身上和腿上，到处都是比拇指头还要大很多的伤疤，奇痒难耐。

　　有一天，晚上十点多钟，当虎门寨工业区有些工厂还在加班的时候，在厂房里透射出来的光线照耀下，我穿过一片厂房，沿着一条泥土小路走出工业区，来到附近的一片荔枝林里过夜。这片荔枝林，是我白天找工作时发现的，这里的荔枝树根深叶茂，枝干交错在一起，像似一张天然的木床，白天太阳晒不到，雨天淋不湿，树下一层厚厚的落叶犹如一张毛毯，即使从树上摔下来，也摔不疼。

　　当我走进这片树林里，发现并不是我想象中那样的黑麻麻的，整个荔枝林，被工业区那边散射过来的灯光，照射成花瓣一样，在晚风中摇晃着，散发着冰凉的阴森，静的让人担心与害怕。这里会不会有人来抢劫啊？这里有没有治安队的人来查暂住证啊？这里会不会有毒蛇啊？想到这些，刚刚平静的心情，顿时恐惧起来，真想马上跑离这里。可是，脚却不听使唤，偏偏不停地朝那些高大的荔枝树和浓密的荔枝林里迈去。在一片最昏暗的地方，我选择了一棵非常大的荔枝树"使唤"，轻轻地爬了上去，然后找准位置躺在了上面。然而，睡在树上，并不是想象中那样的舒服，我把屁股坐在两个交错的枝丫上，然后把脚伸出去搭在另外两端的枝丫上，为了防止从树上掉下去，我的双手死死地抓住旁边的另一根树枝，这样一来，真是手脚并用，把整个身子就托放在荔枝树上了。

身子躺在树上后，瞌睡也就跟着来了，然而我却睡不着觉。这时的山蚊子，像是找到了陪伴的兄弟一样，不知从哪里飞了出来，三三两两的，接着就来了一群，跑到我的身边，不声不响地，管我愿不愿意，就张开嘴巴，时不时地在我的脸上这边亲一口，那边亲一口。有的蚊子还更有趣，也不怕我一天累得脏兮兮的臭脚，也要抱着它东吻一下，西吻一下。让我简直喘不过气来，觉得它们的热情竟是如此的讨厌。我一手抓住树干，一手挥舞着手掌，不停地拍打着。没想到的是，这里的蚊子越来越可爱了，你越打它，它越来跟你贴近你，乐此不疲的样子。而这时，一天的找工劳累，让我还是早早地进入了梦乡，暂时忘记了疼痛与搔痒。

半夜时分，脸上一阵火辣辣的疼痛，睡梦中的我立即伸出右手，"啪"的一声，重重地打了上去，一股粘糊糊的液体粘在我的手板上，而我的身子，却重重地摔在了荔枝树下，尽管地上有一层厚厚的落叶铺着，但还是把我疼得咬牙咧嘴的。顺着工业区里射来的昏暗灯光一照，"妈呀，手掌心里全是血！"原来，那些热情的蚊子们，趁我熟睡时，更加疯狂地粘在我的脸上，毫无顾忌地亲吻我咬我。这时，才发觉我的脸火辣辣的，我一抓一个包，像是装满了我的乡愁一样，痒痒的，十分难忍。

这一夜，我在疼痛中失眠惊醒，又在惊醒中睡着，然后又重复着与山蚊子拍巴掌的动作，时而睡，时而醒。

荔枝林里的天色要比工业区里亮得早，这里的鸟儿也起得早，叽叽喳喳的，特别烦人，把我好不容易才有的安宁又给打破了。我只好睁开眼睛，然后再用手揉了一揉，坐起来一看，眼前的情景让我不禁吓出了一身冷汗——我的天啊，荔枝林里，我的不远处，东边一个，西边一个的睡着许多人，竟然是如此的安静，连我几次被蚊子用热情的嘴巴咬醒后，都没发现我的身旁，还睡着这些人。

荔枝林里睡觉的这些人，他们是来自五湖四海的打工兄弟姐妹。他们也许跟我一样，背井离乡中，装着梦想，四海为家，风餐露宿，不停地奔波，不停地寻找，把自己的力气贱卖出去换钱谋生。这就是我们上世纪出来打工人的现状，非常简单，却很沉重。

■ 50元，让乡情在异乡不堪一击

出门找工，找老乡或向朋友借钱，也许是所有流浪的人都有过的经历。这些经历，往往让我们百感交集，那些曾让我们怀疑的人现在变得让人信任，那些曾让我们最信赖的人，这时才发现是那样虚情假意。1993年我在东莞虎门镇找工作期间沦落到身无分文的时候，去找一个真正的同村老乡借50元钱而遭拒绝后，让我感到，乡情在异乡，是那样的脆弱与不堪一击。

1993年9月底的某天，我从虎门镇虎门寨工业区一路走过南栅工业区、路东工业区，然后又转回到虎门镇，转走到龙眼、北栅、树田、大宁、大板地等工业区，来回数十公里的路程，全靠步行。我一边走，一边看路边和厂门口的招工广告，竟然没有一家工厂适合我去应聘，有时我硬着头皮去问门口的保安，皆因没有高中毕业证书和技能而被拒之门外。更重要的是，虎门的企业工厂，主要是"三来一补"企业，大都是手袋厂、玩具厂、制衣厂、鞋厂等等，他们招工的对象，全是熟手车位、熟手烫工等，我一个刚从学校毕业的高中生，哪里做过这些呢？

还没来虎门前，就听说中国第一家"三来一补"企业就诞生在虎门镇，那就是太平手袋厂，那时中共十一届三中全会还没有召开。1978年7月30日这天，一位叫张子弥的香港商人带着几个手袋和一些碎片，乘车穿越连绵的稻田，来到虎门。一个半月后，中国第一家"三来一补"企业——太平手袋厂，在虎门诞生了。那天是1978年9月15日——一个值得东莞人永远铭记的历史性日子。

正是从那一天开始，东莞成为改革开放的"桥头堡"，翻开了崭新的一页。尝到加工贸易甜头的东莞人，在当年12月中共十一届三中全会确定改革开放路线政策后，铆足了劲招商引资。一时间，"村村点火，户户冒烟"成为那个热火朝天搞建设的年代的一句流行语。1980年前后，东莞县委审时度势敞开大门，一切围绕招商引资这一中心工作，公开宣布：对所有来料加工一律来者不拒，不设任何门槛，一路开绿灯放行。东莞县政府也下发红头文件，号召全民动员招商，充分利用一切土地资源、劳动力资源,充分利用乡村各种祠堂、饭堂、会堂设厂办企业,"三堂经济"一时风生水起。

据报载,党的十一届三中全会闭幕的前一天,东莞县委、县政府即从15个部门抽调48名干部,专门成立"对外来料加工装配领导小组";在全国率先推出行政审批"一条龙"服务措施,简化所有审批手续,千方百计为客商落户东莞排忧解难。

在县委县政府解放思想的大旗下,以及太平手袋厂、张氏发具厂成功的示范作用下,各镇、村的积极性被充分调动起来。1979年春天,一位香港商人来到大朗镇,开了东莞第一家毛织厂;1980年,原籍东莞的港商梁麟把龙昌国际开到了东莞,成为东莞第一家玩具企业;1989年10月,台商叶宏灯在东莞投资设立了东聚电业有限公司,这是台湾挺进内地的第一家IT企业⋯⋯

短短的十余年时间里,大大小小、星罗棋布的工厂、作坊,洒落在东莞各镇、村的街巷农舍、田头地角,大有将香港、台湾的加工厂统统搬来东莞之势。至1988年底,东莞"三来一补"企业达2500多家,遍布80%的乡村,工缴费收入约占全省的40%,居全国县市之首位;至1991年,东莞引入外资高达17亿美元。在推进工业化过程中,东莞以遍地开花的"三来一补"方式,作为外向型经济的支撑点,形成了IT、服装、家具、制鞋等多个"产业族群",在农田中崛起制造业大市。以至于有外商戏言:"从东莞至深圳的高速公路上塞车一刻钟,全球的电脑价格都将引起波动。"

这么多的工厂,这么多的老板,竟没有一个能收容我!面对自己的屡屡碰壁,有时不禁气馁地抱怨起来。也正因为这样,作为一个外乡人,没有过硬的生产技术,没有一定的人际关系和一定的学历证明书,要想在虎门找到一份工作是难上加难,也让我懂得了,如果某天进了工厂,一定要学技术有一技之长。心是这样想的,可机会一次又一次从我身边溜过,那时我企盼哪怕能做一个最底层的杂工,而厂里的人事文员都嫌我又黑又瘦,一看不是下苦力的料。面对这些无奈,我只好一次次地寻找,尽管每次都是失意而归。

在寻找工作的日子里,我每天只能到工业区的路边买来5毛钱的炒河粉吃,一吃就管一天。广东的天气十分炎热,尽管这时已经是深秋了,但每走一段路,嘴巴热得直冒烟,而我,口渴了就只能悄悄跑到路边的建筑工地里喝些自来水。尽管我如此节约，我从家里所带的钱还是在十多天后就用得身无分文了。经过一个多月的来回跋涉，日晒雨淋与风餐露宿，我从家里带来的两双新皮鞋早已磨损得看不到脚后跟，鞋的前端也早已破了两个大大的口子，犹如两只大大的眼睛，随我在流浪的路上东张西望。我企盼哪一天能有个安身立命的地方。

直到有一天，我向谭其全借的钱和他向同事借来转借给我的钱都用光了，眼看走投无路时，我突然想起我有一个同村的老乡周蝶滑来。听说他以前在虎门海军部队当过兵，退伍复员后托战友在虎门镇林则徐公园附近的一家工厂打工，据说混得很好，前年还把老婆接过来进了他打工的那家工厂。虽然我跟他不是很熟，但看在他的弟弟周蝶粮是我父亲的徒弟这个份上，我决定去他们厂找找他，希望他能帮忙介绍进他们厂。

当我从龙眼工业区徒步来到虎门镇周蝶滑夫妻俩打工的那家工厂门口时，已是下午五点多了，所以没等多久，他们就下班从厂门口走出来打饭吃。这时我一看见他，马上挥舞着右手并大声地喊他。我说："我来虎门快两个月了，还没进到任何一个工厂，现在身无分文了，今晚想到你这里住一晚。"周蝶滑说他们厂里管得好严，不准外人住宿。我说："我真的没办法了，你帮我想办法就住一晚吧。"周蝶滑说："这样吧，我马上就要去加班了，要十点半才下班，要不你先在厂门口等我吧，晚上我再想办法把你弄进去跟我睡。"

晚上十一点多钟的时候，他从厂里走了出来，手里拿着一个厂牌递给我说："真宗，你把这个厂证带在你的左胸前，然后大摇大摆地进去，进去后你直接从右边的楼梯口进去，再转左，到宿舍楼后直接到某房间等我。"我说："要得。"尽管我回答得很干脆，但心里还是十分害怕。走到厂门口时，我昂首阔步地朝周蝶滑指示的路线来到了他的宿舍。

过了几分钟，周蝶滑也从外面回来了，闲聊了几分钟，我就把我这段时间的遭遇说给了他听。也许他没有我这样吃过苦，听也是心不在焉的。我说："你能不能借50元钱给我啊，等我进厂发了工资就还给你。"周蝶滑说要去跟老婆商量一下才行。我说那是的，这是互相尊重吧。

第二天一早，周蝶滑就走出男宿舍去女宿舍找他老婆了。约几分钟后，他又从外面回来了。

我正想问他，可是还没等我开口，周蝶滑就不好意思地说："真宗，真的对不起啊,我老婆说身上没有钱了,刚发的工资已寄回老家了。"

被周蝶滑委婉拒绝后,我刚才还算开心的心情突然觉得虎门的秋天好冷,浑身冻得直打哆嗦,嘴巴变得结巴起来,话都说不明白了。这时我怎么也不敢相信,他们是真的没有钱吗?他们夫妻俩在虎门打工好几年了,50元对他们来说,是不可能没有的。也许是我还在流浪,他们担心我进不了厂还不起这个钱呢?还是不信任我这个从来没有交往过的同村老乡呢?于是强装笑脸地回答说:"滑哥,你没有钱借就算了,我再去想别的办法吧。那就麻烦你了,我现在就出去找工作去了,谢谢你留我住了一宿。"说完,我马上起身告辞了,带着万分的失落,离开了周蝶滑打工的那家工厂,从此再也没去找过他们。

这件事后,我从来没有去埋怨过他,更没有去提起这件事。我知道,他不借钱给我,有他的理由。但我更加知道,出门在外,谁给谁一点帮助,哪怕是一句鼓励的话,也会让我刻骨铭心,更会让我温暖一辈子,感恩一生。也许我一直对家乡充满热爱和思念,尽管这次我在走投无路中没有寻求到帮助,可我对乡情的怀念与牵挂,却与日俱增,更让我即使在人生最苦难的日子里,也能诗意盎然。于是,我又拿起纸和笔,坐在路边的一张冰冷石凳上,写下了一生中对乡念的难忘。

离开家的日子

当我们离开家门

那漂流的孤独的去向

轻帆点点　像漫游的部落

在海的原野上移动

走来走去　才确实知道

家在何处

在高高的屋顶上

炊烟像野鸽子飞来

又拍翅而去

孤孤单单的影子在雨中扩散

湿漉漉的蓝色斑点

突然进入眼帘

像一种心情让我们懂得——

那些在家安睡的日子

曾经舒适的旧拖鞋

端在手里的小茶杯

还有那碗碟相碰的声音

那时不懂得珍惜　也不懂得

外面的春天　桃花　流水

这一切究竟与什么有关

我们心中的欢乐

在离开家门的日子

游子的脸上

才有着春天凋零的颜色

1 2 3 4 5 06 789……

打工,我们是越磨越亮的镰刀

> ,打工几年,不知见过多少老板,大都随风清淡而去,然而唯独东莞这家工艺制品厂的老板,是我今生也不会忘记的,尽管往事如烟如云,他在我脸上留下的五个指印似乎依然清晰可见。

打工的人

生活中越磨越亮的镰刀

再艰辛的路

再漫长的人生

也能被他

一点一点地割倒

　　　　　——选自何真宗诗集《在南方等你的消息》

■ 水磨工,我的第一份工作

1993 年的中秋节和国庆节即将来临之际,我在经历了近两个月的找工流浪式的生活后,终于在虎门镇虎门寨某工艺制品厂找到了我在广东第一份工作。这家工艺厂专门生产天然水晶和天然玛瑙耳坠、戒指首饰品的。

进厂那天,人事部主管梁小姐在办理完我的进厂手续后,就领着我和几个同一天进厂的员工来到车间一个狭窄的办公室里,一边指着里面的一位先生一边严肃地介绍说:"从今天开始,你们几个都在这个车间上班,这位先生是你们的主管,以后你们都得听从主管的工作安排,不得违反。"梁小姐说完,将一沓员工登记表复印件放在主管的办公桌上后,就扭着细腰离开了。

"欢迎你们加入我们这个团队,我叫阿龙,是你们的主管,主要负责你们的工作安排、技术指导!"阿龙作完自我介绍后,马上又说,"各位工友,从今天起,你们算是正式上班了,现在,我来给你们的工作进行具体分工!"阿龙说完,翻开人事小姐走时留给他的一沓资料,边翻边说:"李小兵、黄永才、陈家有你们3个,到切割组;何真宗、秦德龙、夏小虎,你们3个,到水磨组;蒋斌、黄灿、曹植,你们3个,到抛光组……"随后,主管阿龙站起身来,把我们一起带到车间里,走到一个铁架和夹层木板搭成的大型长方形条桌旁。这时,各小组的组长早已在这里恭候多时了。主管阿龙见到他们,马上叫我们按刚才的分工各自站到各组组长身边。然后,等主管与组长双方一切都交代清楚后,我们又分别被组长带到自己的小组车间,组长给我们每位新进员工一一派发了一个口罩和一件雨衣,并要求我们工作时一定要穿戴上。就这样,我们新来的员工算是正式上岗了。

我的工作是水磨工,就是把切割组切割下来的首饰模型进行打磨加工,直至磨成首饰产品的成品形状,然后再送给抛光组进行最后抛光或给钻孔组打孔,一件水晶首饰精品就完成了。生产首饰工艺要求相当的精确,而水磨工这道工序非常复杂,因为耳坠和戒指等产品,物体小,小到只能轻轻放在一根食指上,然后用食指轻轻托着放在砂轮上打磨。这样不仅要求高,工序细致,而且接触水的时间长,磨出来的废液四处飞溅,把衣服搞得很湿,特别是秋冬两季,水特别冷,手冻得发麻,每次打磨产品时,经常把手指磨掉一块皮肉,鲜血直流。但为了完成工作量,我们马上找人事部拿来创可贴简单包扎后,立即又去工作。用过创可贴的人都知道,它一沾水就会脱落。但是,工作进度不容我休息一下,带着磨破的手指泡在水里又继续打磨产品,接着又一次被磨出一道血口子,然后又去贴创可贴,又磨破。一天下来,一根手指头便是伤痕累累,疼痛不堪。可是,第二天,工作照旧进行。

进厂不久,才发现这里的生活真的好差,一天只吃两餐不说,而每餐都是带毛的猪肉和最廉价的青菜一起炒,锅里没有一滴油水。而那米饭,经常夹杂砂粒。印象最深的是,在一次中午排队打饭时,我看见一个挤在我前面的工友手中举着的饭卡上写着这样一幅对子:"饱一顿饥一顿鸡岁是鸡命,鸡不择食;吃不饱饿不死狗年行狗运,苟且偷生。"

　　看着这幅对子,我心里不禁一酸,这不仅是我们打工仔打工妹们当前生活最真实的写照,更是我们千千万万个打工仔打工妹在珠三角工厂的缩影啊。

　　也许是我流浪时吃的苦太多,是我工作太认真,或者是我懂得了有一门技术求生存的重要性,所以,不到半个月时间,我的打磨技术突飞猛进,很快引起了主管阿龙的注意,每次上班,他就把最复杂的产品让我来打磨,我也毫不示弱,越是复杂的产品,我越是要做得更好,不时让主管阿龙刮目相看。

■ 第一次领"稿费"——我帮主管写情书

　　在这家工艺厂打工,我更能引起主管阿龙注意的,是我写有一手好书法。那个时候,阿龙正在追厂外一个十分漂亮的女孩。听主管阿龙自己说,他来自福建省,因为家里穷,小学没有读完就辍学帮父母做家务,平时做的农活最多的是割草放牛。15 岁那年,就离家出来东莞虎门打工了,先后做过员工、组长、主管等职务。期间也跳过槽,换了好几个工种,直到 19 岁那年,就来到现在的环宇厂,一做就是两三年。如今工资每月能拿到三千多,但年龄也长到了 22 岁了,用他家乡的话说,老大不小了,还没有女朋友。家里催得紧,阿龙就开始在厂里找,可厂里的员工他又看不上,人事部的几个靓女,早已名花有主了。现在好不容易在虎门某酒店认识了一个广东韶关的女孩,但苦于没文化,想写封情书都写不来,特别是仅会写的一些字,一摆放到信纸上就是张牙舞爪,怕让这位靓女看了有失他主管的身份不说,就怕把好事给搅黄了。

　　正在这个时期, 我的组长谭栋看我有写一手好字, 就把我推荐给主管阿龙说:"龙哥,以后你要给那个靓女写情书,就找真宗好了,他这小子字写得好,那女孩看了一定会喜欢的。"阿龙说:"真宗,你每给我写一封信,我给你 20 元作为报酬,算是我请你吃宵夜啦! 今晚你就不用加班了,你到我宿舍来,帮我写第一封情书给那个女孩吧。"有这样的好事,我是巴不得哦。于是我满口应承了下来。

　　晚上六点多钟,组长谭栋带着我来到主管阿龙的宿舍。这宿舍是主管阿龙自己租的一间民房,说是 200 元 1 个月。他的房间,其实布置得十分简单,一张单层铁架床,床下几双黄色和黑色的皮鞋摆了一地;床的对面靠墙壁处有一张旧得脱漆的铁皮办公桌，桌上放着一个台灯和一个电饭煲，桌旁摆放着两张椅子。而靠床的墙角处，放有一只黑色的大皮箱。这可能就是主管阿龙的全部家当了。

主管阿龙见我跟组长谭栋一起到了他的宿舍，十分客气地招呼我们两个坐下，并从桌子上拿起两支他早已准备好的"王老吉"分别递到我们手里。

主管阿龙就从抽屉里拿出一本崭新的通信本和一支圆珠笔，同时又从桌子的另一个抽屉里取出一本《怎样追女孩》的书，然后对我说："真宗，这本书里有好多情书样本，你随便找一个来抄录下来就可以了！"

我说："龙哥，你先把笔和这本书拿走吧，笔我有，情书我帮你写。"

主管阿龙说："哦，你？"他见我不照他的书写，就用质疑的眼光看着我。

我见他有点不信，赶紧又说："龙哥，要不你给我十分钟时间，我先写一封给你看看吧，不行我再照抄你书中的内容吧！"

主管阿龙说："好，好的，那你先写，我跟谭栋抽支烟吧！"话一说完，他就从怀里摸出两支烟，一支递给了谭栋，一支放到自己的嘴里。谭栋这时也非常麻利地从裤袋里摸出一元一个的气体打火机，"哧、哧"两下就打燃了，连忙先给主管阿龙点烟，接着也给自己的烟点了，就转身聊天去了。

看着桌子上的通信本，我握着从家里带来的书法钢笔，思绪马上飘向了深圳，想起我那失落的初恋，我那如今不知身在何处的女友来。思念的种子就像那破土的嫩芽，在清新的空气里，自由地飞翔，又热烈地疯长起来。这时，我手中的笔，倾注了我全部的感情，那充满激情的甜言蜜语，从笔尖里流出来。不到一支烟的功夫，给主管阿龙的情书就写好了。

主管阿龙见我写好了，马上拿过去看起来。"靠，真宗，你的字太漂亮了！"阿龙一见我帮他写的信，不禁脱口而出。过了一会儿，阿龙的脸笑成了一朵花，走过来哈哈大笑起来，然后手舞足蹈地大声唱起来："我爱的人已经来到了……"谭栋马上把手中的半截烟头一灭，抢过主管阿龙手中我帮忙写的信一看，也跟着大声喊起来："龙哥，这下你可好了啊，那个女孩对你来说可以是手到擒来了吧！"接着，谭栋和阿龙都转过身来，伸出大拇指夸赞道："真宗，你真行啊，以后就跟我们好好干吧！"

就这样，我与主管阿龙、组长谭栋成了朋友。在工作上，他们俩毫不保留地手把手地教我，使我很快成了水磨组的骨干。后来我凭这一身技艺，在 1994 年春节离开虎门后，很快在东莞横沥镇神山工业区联成工艺制品厂当上了水磨组组长，工资也比以前高了好几百元；而我，一连帮主管阿龙写了好几封情书，让那个女孩也渐渐地对阿龙产生了好感，最终变成了恋人，让有情人终成了眷属。

■ 特殊的"生日蜡烛"

1993 年的农历十月十七日，是我满二十一岁的生日。那生日是在这家工艺制品厂的天楼上度过的。那时的场景，我还记忆犹新，特别是收到一个陌生人送来的那份特殊的"生日蜡烛"，至今还让我百感交集，细细地品尝着那种来自异乡无言的幸福。

那天晚上，在工厂加完班后已是深夜十一点钟了，工厂的宿舍里一片喧哗，工友们都在各忙各的，却无人知道今天是我的生日。待夜深人静后，我慢慢地走出宿舍，来到厂宿舍的天楼上。这时宿舍周围房屋的灯光已经关灭，尽管楼下街道两边的路灯还泛着昏暗的光线，但楼顶上的天空却漆黑一团。此时已是深秋，凄冷的寒风从城市的那边吹来，让浓浓的夜色渐渐地浸透我的头发、脸面和心灵，我的心情伤感起来。

我望着无月的夜空，不由得想家，想远方的亲人，想那与亲人共贺生日的快乐。朦胧中浮现出摆满美味的宴席，母亲忙碌地帮我夹菜，父亲面带微笑而无言的注视，还有哥哥姐姐为我轻轻地唱起无言的生日赞歌——此时，我想说，我想叫，我想唱，一滴冰冷的泪珠无声地封住了我颤抖的嘴唇。此时此刻，我的心情翻滚起来，如奔腾的珠江，从外到内，又从内到外，一种无法控制的力量从心底喷薄而出，一首《想家想到心痛》的诗歌在生日的黑夜里流了出来——

想家想到心痛

左脚踏出家门

右脚注入土地的足印

便盛满了转弯抹角的归期

在远方　背对阳光

坐进黄昏的侧影里

拆阅关于家的来信

一股温馨

在孤独与寂寞辛酸与苦涩的乡愁里

这时只有眼泪　才能诠释

火山底下翻腾的心之熔浆

沿着家书语言的驿站

抚摸着落款处故人风雨紧握的双手

像山脉厮磨挤出的河流

祝福的话语伴着岁月奔波于村外

磕磕碰碰的路

不敢想起美好的旧日时光

不敢思索异乡月圆的情结

唯恐羞涩的行囊　盛不住

久违的离情别绪　触痛回家的打算

总是在心头的无奈

身无分文的时候　家便成了一个

若即若离的梦　装饰着游子寂寞的生活

归期更遥远　归期亦如梦

只要剪一枚邮票装进绿色的邮筒里

寄一份用泪水拥抱的真实

足以构成家的幸福的全部

当我在脑海里写完这首诗后，早已是泪流满面。

"兄弟，有伤心事？"不知何时，我的身旁多了一团淡淡的影子。

"今天是我 21 岁的生日。"我说。苍白的语气宛如迟暮的老人，无精打采。

"想起与家人同乐的境况了吧！"这团淡淡的影子说。

我没有再说，浓黑的夜已代我回答了。

淡淡的影子仿佛在摸索什么，"哧"的一声，一道红红的火光刹那间照亮了黑夜，眼前浮现出一个打火机和一张灿烂的笑脸。

"生日快乐！兄弟，来吹蜡烛。"

我惊诧地望着那张灿烂的笑脸与明亮的"蜡烛"，心里竟盈盈充满感动。没有迟疑，没有客气，没有羞涩，我低下头，对着明亮的"蜡烛"轻轻地吹起来。

一下、两下、三下……浓黑的夜色里，"蜡烛"吹灭又点燃，点燃又吹灭，直到二十一下。在这简单而又特殊的仪式中，我的眼睛开始明亮起来，脸上也露出了浅浅的笑容。

"对，微笑，就这个样子。嗯！快乐些……"淡淡的影子拍拍我的肩，然后就轻轻地走了。我定定地望着他离开的背影，却没有一声道谢，甚至没有问他的姓名。

我知道，他带给我的，不止是一句轻微的祝福，一个灿烂的笑容，一种鼓励的眼神，一支明亮的生日"蜡烛"，还有明天的亮丽，丰富与快乐。

■ 春节不回家

一转眼，春节就要来了。在环宇工艺制品厂一做就是好几个月，钱没有挣到，我最爱的父亲却在这个时候，离我们而去。身在异乡，最多的时候，就是想家、却不能回家。

有一次，趁上厕所的短短几分钟里，我站在阳台上，正望着楼下街道里来来往往的人群与车流发呆。这时，一位来自湖南的工友欧阳小春走到我的身旁,用手指着街边一个推着烤红薯的摊点说:"真宗,你闻到了吗?好香的红薯啊!"

我说:"是的,真的好香,这香味从楼底飘到了3楼,让我嘴馋哩!"

"我也是,闻到这红薯的香味,就让我想回家!"欧阳小春说。

"呵呵,你还真提醒我了啊,这红薯飘香的味道,全是我们的浓浓的乡愁哦!"我应和着欧阳小春说。

小春马上接着说:"真宗,你们那里种红薯吗?"不等我回答,他又接着说:"我家每年都要种很多红薯,家里人多,大米每年不够吃,红薯就成了我们一家人的主食了,现在一闻到楼下的红薯香,我就感觉回到家里一样亲切!"

"哦,那你春节回家吗?"我问他道。

小春说:"想回家啊,可回不去呢!"

我说:"脚在你身上,怎么回不去呢?"

"哎,家里穷啊,爷爷奶奶都老了,母亲又体弱多病,父亲去年去世了,哥哥今年又结了婚,借了一大笔债务,全家人还等我挣钱回去还账呢!"小春说完,低下头,走了。

我也赶忙回到车间里,闷闷不乐起来。原来,我们这些打工仔,竟然是同病相怜的。从8月底来广东到现在,工作了两个多月,所有的工资加起来只能够路费。然而,我们这家工厂,春节只放3天假,如果回家了,工作都会丢掉的。

这段时间来,不论是在厂里,还是走在街上,听到最多的对话是,一个人问"老乡,春节回家吗?"另一个人回答说"春节不回家!"

事实上,问你回不回家的多,而真正回家的少。这不,到了年三十这天,出去街上吃快餐,回到工厂宿舍蒙头大睡的工友到处都是。我知道,这些蒙头躺在被窝里的人,没有一个人是睡着的,有的在被窝里哭,有的在想家,有的在想老婆,有的在想家中留守的孩子……

而我,更想去世的父亲,他的离去,我没能回家尽孝,今年春节,是他在阴间里过的第一个春节;此时更想我的母亲,她与父亲过了几十个春节,如今也只能形影孤单,真想写一封信回去,可是没读过书的母亲只字不识。我想春节时全家人在一起过年的快乐与幸福……想着想着,我翻起身,拿起放在枕边的纸和笔,一口气写下了以下的诗歌——

春节不回家

岁月在思乡的氛围浓缩
年尾把游子的心事
拧成年关结不完的账

没念过书的母亲
不能将信纸折成信鸽
只能默许成几多期待的目光
站在通往山外的路口
守望出一首淳朴的民歌

鲜红的对联贴在门上了
真诚的祝福贴在门上了
新年和满屋的香气也贴在门上了
夹着春节喜悦的饭筷
都以十字形的姿势
摆在崭新的金边碗口上
亲人们齐心默祝
在外的游子，你在他乡还好吗？

不敢再将温馨的记忆
继续成一首唱不完的歌
望着返乡的背影
归心早已流成了河
越过千山万岭
淙淙地绕到了家门口

　　而当汽笛响起的时候

　　真正能让老乡捎回家的

　　却是一声无奈的叹息

　　亲爱的爸爸妈妈

　　今年春节，我不能回家

　　写完这首诗，我的心中有种说不出来的酸楚，这种想回家却没钱回家的感觉，是那样有苦说不出来的痛！而此刻，让我想起家乡人常说的一句话——"金窝银窝，不如自己的狗窝！"是的，老家虽穷，但有亲情，有温暖。

■ 一件牛仔衣与一个冬季的温暖

　　30元钱，是我在虎门镇进的第一家工厂领的第一份工资；一件牛仔衣，是我在虎门镇打工以后买的第一件衣服。这两者之间，却饱含着我许多辛酸与难忘的记忆。

　　这年深秋的某天，是我到东莞虎门镇进厂打工后第一次领工资。当我在工厂的财务室签上自己的名字后，从漂亮的出纳小姐那里领回一个月只上了一个礼拜班的工资一看，总共是46元，但对于一个曾在外面流浪了近两个月的我来说，已是雪中送炭了。

　　"这46元，至少要拿出16元买牙膏和洗衣粉等日常用品，剩下30元，能做什么呢？"我心里暗想，冬天来了，我没有一件厚点的衣服，从进厂到现在，还没有一床毛毯或棉被。怎样才能让鱼和熊掌兼得呢？白天晚上我都需要保暖！我一边盘算着，一边来到太平路的夜市里逛逛。经过多方打听，最差的"黑心"棉被要二十几元，而我看上的一件牛仔衣，怎么讲价都要30元钱。这时，我突然有个想法，先用这30元钱买衣服吧，衣服白天可以穿着上班，晚上可以穿着睡觉。棉被虽暖，但白天不会跟我一起上班。就这样，我用第一个月30元的工资，买下了这件牛仔衣服。

　　有一天晚上，我穿着新买来的牛仔衣和同乡何映春正在虎门临海边的街上逛书市。在一个书摊前，当我翻阅着一本叫《外来工》的杂志，正被书中的情节感动着的时候，一只大手轻轻地搭在我的肩上，我急忙转身一看，让我大吃一惊——原来，站在我身旁的人不是别人，而是早已听说在云南省景洪县当工程包工头、身价上百万的堂兄何永华，他在十多年前就带着老婆孩子离开老家跑到云南，一直没给家里写过信，也没给他父母寄过钱。记得有次在家跟他父母亲吵架时，曾扬言发誓不回四川。此刻，他穿一身已褪色的橄榄色旧军服，右手提着一个大约五升的白色塑料桶，里面装满了黄白色的液体。

"真宗，你怎么在这里看书啊？我本来不想认你的，可是兄弟一场，好不容易才有这个机会啊！"何永华对我说。

"怎么不想认我啊？你发财了嗽！"我回答说。

何永华说："真宗，我现在住广州的南沙，就在虎门的海那边，准备在那里搞开发！"我说："难怪啊，你不认我这个兄弟就算了，你都有十多年没回万县老家了哦。"

"我刚到南沙，暂住的地方没有电灯，我过来这边打了一桶煤油去那点灯。可到了这里，钱不够用了，我刚去找周德华借了20元钱正准备坐轮渡去南沙了，而去南沙的轮渡现在也没有了，没想到走到路上看到了你啊。今晚到你那里住一宿行吗？"何永华见我把话题说到了他的弱处，赶紧言归正传，并用力将手中的白色塑料桶往我眼前亮了一亮。

我马上说："老兄能光临我打工住的宿舍，是我的荣幸啊，再说，我们十多年不见，有很多东西要向你学习啊！"说着，我叫上何映春一起说着笑着离开了书摊。走到半路上，何迎春说："先回工厂宿舍了，改天再来约我一起出去耍。"然后就各自走了。

走完虎门宽阔的繁华街道，转进一条厂房兼住房的狭窄水泥小路，直行200米左右，就回到了工厂宿舍。

"哇，这就是你住的宿舍啊？天这么冷，你床上除了你的几本破书，被子都没有一张啊，真宗！"何永华一来到我的床前，看到我那张冰冷的铁架床上，没铺盖、没有蚊帐、没有保暖的厚衣服，这一切不由让他大吃一惊。

我接过话茬笑着说："老大啊，不瞒你说，你别看这个烂铁架床，是我流浪了两个月后才找到的啊，难能可贵的啦。我也刚进厂一个多月。这个厂要押一个月工资，所以，现在身无分文，要不然我早就请你去喝几杯了！"

"哦，这样啊，看来你还是吃了不少苦啊！"何永华淡淡地说。

"这算啥苦呢，好日子就快要来了。"我笑侃着回答。

由于我好久没有见到堂兄何永华，心里自然十分高兴，虽然没有棉被，我穿着那30元钱买来的牛仔衣，觉得很暖和，竟然一夜没合眼，跟何永华聊了整整一个晚上。也就在这个晚上，我才知道，十几年前，何永华离开家乡跑到云南去后，最早也是给人打工，挖土修公路，日子一长，他也渐渐地积累了一定的经验与资金。随后就去学开挖土机，起初给人开。再过了两年后，好心的老板把何永华当作了朋友，就把那台挖土机低价转让给了他。从这时起，何永华就开始当上了老板，并从家里叫来弟弟何发强、姐夫张攀芬、二姐夫谭志明等亲戚也到云南跟他一起包挖路工程。直到后来我们家乡人传说何永华拥有数十万到百万的身家。

这一晚，何永华告诉我说，他在云南打工的这十几年，其实每天都在想家，但是不能回家，作为一个男人，要想成就一番事业，就应放弃儿女情长，忍辱负重。尽管家里人骂他没良心不和家里人联系，不给父母寄钱。他说，我现在成功了，我现在有能力让父母亲有钱花了，有能力供他最小的弟弟何发明读大学了。

在寒冷的深秋夜晚，在只有一张铁架床的他乡，虽然我穿着一件廉价的牛仔衣，但听着久违的乡音，竟然有一股暖流，缓缓地流进我的心里，似流进了一个冬天的温暖。于是，在天亮之前，趁何永华困倦地睡在了床上，我才趴着身子，伏在铁架床上，写下了这首诗歌——

暖暖的乡音

乡音！一次次反身自照

羞愧当头。流浪的岁月笛声一般响起

流成一条通向故乡的河

故乡的草

总是瘦弱地表达土地的心情

乡音啊　让我重新开始

温饱的季节耕种

青黄不接的时候唱歌

乡音。灵魂的粮食

在肥沃的孤寂中

不受季节地域限制

长势不卑不亢……

乡音

我不说话也能感觉你的存在的微茫

在远离故土的日子

漂泊远航的征程

用家乡话调拌一盘暖暖的故事

从流水线的边缘

从普通话的夹缝里觅找一句乡音

乡音。一找到乡音

就找到了一条回家的路啊

我推心置腹的老乡

终身为一句土腔土调的高亢

无限的酸楚　生活在打工的异乡

就会孤单

乡音！

从打工一族的流行时代

又有更深远的意义

祖国的大好河山　便是一个共同的建设的家园

普通话　以一种特殊的方言

若满山遍野的映山红火苗

燃遍全国

朴素炽烈一望无涯

一叶风动一条逝水

一枚枝叶一个家系

随处问打工的地方

都是乡音四起

■ 一次最有尊严的辞工

在广东打工，员工辞工老板不让走或被老板找借口炒了你的"鱿鱼"这两件事，最难拿回的是你应得到的工资和你进厂时交给厂里的押金。这种常有的现象，特别在《中华人民共和国劳动法》实施以前，让我们这群打工的兄弟姐妹们叫天天不应，叫地地不灵，白白地让自己辛辛苦苦的血汗钱付诸东流。

然而，对付这样的老板，我想到了一个最为机智的办法，不仅顺利地辞去了低工资工作，而且领到了所有的工资与押金——

1993年年底，时光飞快地进入了腊月间的隧道，眼看就要过年了。我所在的工艺制品厂，也开始陆续放假。也就在这几天，在东莞横沥镇神山工业区打工的幺姑何素芳突然来到我这里，见我工资加班加点也不过才200元左右，心里十分难过。因为在她眼里，我是一个怀才不遇的人，如今过得这样窝囊，就非常关心地对我说："真宗，这里的工资太低了，干脆辞工跟我到横沥镇那边重新找份工作吧！"我想了想，觉得在这家工厂做下去，不仅工资低，而且没有晋升的机会，于是就朝她点了点头，然后说："要得吧，幺姑，你先回去，我过两天就去辞工，领了工资就去找你！"

当天晚上加完班回到宿舍后，我问过几个跟我玩得好的工友，工厂一般不批准辞工的，就是你跟你们主管玩的好，他批准了你，可人事经理，也就是老板的亲戚那里是绝对不批准的。进厂时，厂里就有个规定，如果员工要辞工，得提前半个月或一个月写份辞工申请，然后交给车间的组长、主管和人事部经理等三级层层批准，方才把你上个月扣作押金的工资和当月的工资发给你，而离厂那天，工厂只能给结算上个月的工资，而当月工资要下月发工资时才能去领。如果你是自动离职，那么工厂不仅不把当月的工资给你，就连你进厂时交的押金、上个月的工资业全部要克扣。说白了，外面想进厂的人多的是，你要走，他不留，但就是不给完你应得的那部分工资，你说是不是嘛。我们出门在外，离开这家工厂后，你哪有时间再来领最后一个月的工资呢！吃亏的是我们自己，但也无奈。

听了工友们的话，我的心不寒而栗，本来工资就不多，如果拿不到工资就去幺姑那边去找工作，那不是更加麻烦吗？再说，流浪的日子早已让我吃了不少苦头。"不行，我得想个办法，在年前一定要把所有的工资一起领到手，只有这样，才有安全感！"我这样想着，一份特殊的辞工书，很快在我的脑子里写成了。辞工书的内容大致如下：

尊敬的梁老板：

您辛苦了！我是贵公司水磨组的员工何真宗，自入厂以来，在公司的培养下，让我在这里学到了不少东西，也感受到了你是一位非常仁慈的老板，能在贵公司工作，是我的荣幸与骄傲。但是，我不得不亲自向你提出辞职，这是实属无奈的事！

因为，我本是四川某报社的记者，来广东打工是报社安排的一次体验生活，现在期限已满，要我们在春节放假前一个星期赶回报社工作，本人直接向你递交辞职书，一是表示对你的尊敬，二是希望能够得到你的理解与批准，期待在本月 15 日前将我的所有工资（含加班费）、进厂时交的 50 元押金一起结算并支付给我。不胜感谢！

水磨组：何真宗
一九九三年十二月十三日

写完这份辞职书，我轻轻地折叠成一个方形，然后装进一个从商店里买来的信封。第二天晚上下班后，在公司一位工友的带领下，在虎门镇虎门寨某街某巷找到了公司老板梁某。我一边向梁老板问好，一边从上衣口袋里掏出昨晚写好的辞职书递交到他的手里。

梁老板看完我的辞职书后，刚开始还一脸死板的面孔，马上就笑容可掬起来，并对我说："阿宗啊，你这个情况很特殊啊，明天上午十点半钟到财务室来吧，我叫梁小姐把钱结算给你！"

我马上说："谢谢你，梁老板，回去四川后，有机会再来拜访你！"

第二天上午十点半钟，我如约来到工艺厂的财务室，出纳梁小姐见到我后，就笑着对我说："阿宗，过来我这里领工资吧！"

"好的，梁小姐，梁老板怎么没来啊？"这时，我发现梁老板没有在里面。

梁小姐说："梁老板出去办事去了，他昨天晚上就回到工厂了，把你辞工回家的事跟我说了，还说把你的工资、进厂押金全部给你呢！"

"哦，这样啊，那你帮我谢他一声吧，真的好谢谢！"我边说边拿起梁小姐面前的笔，在员工工资表上，签上了我的名字，然后放下笔，接过梁小姐递过来的工资。

领完工资后，我哼着欢快的小调，健步如飞地回到宿舍，匆忙地收拾好行李，然后来到虎门镇口，拦了一辆开往东莞城区的大巴车，再辗转来到东莞的横沥镇，开始了寻找 1994 年春节后的又一份工作。

这次辞工，从直接向老板递交辞工书，到第二天顺利领回了所有的工资，可以说是我进这个工厂打工以来最开心的两天。因为，让我真正找回了作为一个打工者的尊严和自信。

■ 在大雨中等来的机会

1994 年的春节前夕，我辞去虎门镇那家工艺制品厂工作后，辗转来到东莞横沥镇的神山工业区，投奔到宏达电子厂里当仓管的幺姑何素芳那里。从这年春节正月初三开始，到处还洋溢着节日热烈的喜庆氛围时，我就开始寻找新的工作。

"莫道君行早，路有早行人。"总以为我是最早在节日中寻找工作的人，没想到，春节过后的广东，一个又一个的民工潮蜂拥而来，然后流向沿海地区的四面八方，密密麻麻地分布在工业区的各个角落。这不，在神山工业区，找工作的人到处都是，有的是刚从家里来第一次找工作，有的是想"跳槽"重新找个更好一点的工作，有的跟我一样，从别的城市转到这个城市找工作的。

在东莞横沥镇，当时电子厂和塑料五金厂居多，对我这个只进过工艺厂的人来说，无疑在这里又算是个啥都不懂的生手。要想找一份好点的工作，真的比登天还难。从正月初三到过完元宵节，我走遍了横沥镇以及邻镇的东坑镇、大朗镇等工业区，皆因我是个男人和不是熟手，连连被招工的厂家拒之门外。

也许吃的苦头太多，所有的痛苦不再是痛苦了，所有的饥饿不再是饥饿。每当在饥饿和寒冷来临时，我总是喜欢唱起《水手》这首歌来给自己"加油"，特别是那几句"他说风雨中这点痛算什么，擦干泪不要怕，至少我们还有梦"，就像一个加油站，每每在我寻梦中偃旗息鼓的时候，一唱起这首歌，就有种源源不断的力量，为我的勇气加油！

某天晚上，我刚一回到神山工业区暂住的地方，一位老乡就告诉我，明天上午工业区内有一家新开的工艺制品厂要招工，而且只招一名工人和一名保安。听说是工艺厂，我一阵窃喜，真是踏破铁鞋无觅处，得来全不费功夫。我马上自信地在内心里喊叫着："明天，一定要抓住机会，无论如何要拿下这家工厂！"

第二天，天公不作美，一阵乌云在头顶黑压压的，令人感到十分压抑和郁闷。我振作精神，早早地跑到这家叫联成工艺制品厂的门口，等待工厂里的人前来招工。

大约九点多钟的时候，这家工厂的门前围起了一堵厚厚的人墙，我仰起头，往后面一望，不禁让我大吃一惊："妈啊，这么多人啊，大约有四五百人吧！"

这么多人了，怎么人事部的文员还不下来招人啊？这时后面的人还在往前挤，我死死地抓住厂门口铁门上的铁条，一动也不动坚守在原地等待着。这时厂里的保安，见来应聘的人越来越多，马上派人跑到二楼的人事部反映。可人事部的人说，再等等。

九点钟，十点钟，两个小时过去了，天上的乌云等得不耐烦了，马上扭动着屁股，在冷风中大声地哭了起来，"呜，呜，呜……"雨从天上滚落下来，啪啪啪地打在我们的头上和身上，周围的人马上成鸟兽散，咚咚咚地跑到公路对面另一家工厂的屋檐下躲雨去了。而我，对于这点雨，可以说是司空见惯了，尽管此时被大雨淋成一个落汤鸡似的，但我心里一点也不畏惧，脑子里总想着坚持就是胜利这句话，仍然冒雨站在那里静静地等待这次难得的机会，怕错过了面试的机会。

十一点了，雨还在下。十一点半了，雨没有停。这时，好多人都等不及就灰心丧气地离开了，还有一部分人仍然或站或坐在远处等待，不愿意离开。

十一点四十多了，这时我看见一位小姐和一位先生从厂房的二楼走下来了。我想，他们肯定是出来招工的。于是，我刻意用手抹了一下头发，抬起头，挺起胸，使出浑身的精神劲来，等待他们前来招工。

"请问你们谁会水磨？"这时，跟一位小姐走到门口的先生轻声地对我们问道。

"我会！我会！我会！"听说是招水磨工，我顿时来了劲，马上脱口而出地回答道，"我会，我年前在虎门环宇工艺制品厂做过，我还做过组长呢。"

这位先生一听，朝我这边看了一看，见我长得又瘦又黑但十分精神的模样，想都没想，马上就叫保安打开门，把我叫进了工厂二楼的人事部办公室。

到了人事部办公室后，这位先生自我介绍道："你好，我姓余，是这里的经理，请你把你的身份证和简历拿给我看看吧。"

我马上把早已准备好的资料递到余经理面前，并趁他在看我的资料的时候，十分诚恳地自我介绍说："你好，余经理，我年前在虎门一家工艺厂做过水磨工，对水磨工的操作程序与机器维修都懂，希望你们带我去试一下机考考我，也希望能给我一个在贵公司学习与提升自己的机会吧！"

余经理问："你在虎门做得好好的，怎么离开那家工厂了呢？"

我回答说："那家厂待我不错，但那边没有老乡，下班后感到很孤独，容易想家。这里老乡不多，但有我的亲戚与同乡，平时在一起好互相交流学习，更重要的是可以相互激励，对工作有进步！"我说的是实话，后来听说余经理也是一个打工的，对家的思念跟我们所有的打工人一样，这家工厂是他来自香港的舅舅开的，为了帮忙打理，已有半年没回江苏老家了，没想到我这样一说，余经理马上与我有了同感，低下头又点了点头，然后笑着对我说："何先生，你是个诚实人，就不用去试机了，今晚你就可以把行李拿进厂里，明天就可以来上班了！"

这突如其来的好消息，令我心里非常高兴，于是朝经理点了点头，连声说谢谢。这时，人事部的文员高小姐走过来对我说："何先生，你先跟我办理一下进厂手续吧，然后我再带你到工厂宿舍里看看。"

就这样，我非常顺利地进了东莞横沥镇神山工业区的这家工艺制品厂。这件事，让我深深地懂得，无论外界条件是多么的恶劣，只要梦想在，坚持就是胜利。

■ 一次技能比赛

经过一个晚上的兴奋，第二天一大早，我就来到了工厂的车间里。这时车间里还没来人，只有清洁工阿姨在匆忙地打扫卫生。于是我十分好奇地从这个车间逛到另一个车间，除了一些零乱摆放的机器和散落的配件以外，我什么也没看见。

原来这是一家新开张的工厂，厂里正在安装机器设备，进来的员工暂时没有工作，就是帮厂里的主管打打杂。没有事干了，就扎堆在宽敞明亮的车间里，聊聊天打发时间。也就在这段时间里，我从来自广西的机修主管那里了解到，这家工厂的老板祖籍是苏州，后来移居到香港，赚钱后就来到东莞投资办厂。这里的人事经理和工厂总管都是老板老婆的弟弟与亲侄子。

我说："看来这是一家家族式工厂哦！"

机修主管说："是的，不过他们待人非常好，以后你可要好好努力哦，说不定水磨组组长就是你哦！"

我说："好的，我会努力的，只是当不当组长无所谓，但我一定去争取！"

"不想当元帅的士兵不是好士兵，不想当白领的员工不是好员工哦。"机修主管对我半开玩笑半认真地说。

这天，从抛光组的组长口中知道，这个机修主管来这个厂工作之前跟人事经理和工厂总管是老朋友了，以前在深圳市宝安县某厂一起打过工。

我说，难怪他们在一起，都很卖力啊。

半个月后，工厂搬来了二十多台水磨机，也招了二十多名新员工，其中水磨组分配了9名员工，其他的分别分配到铸塑部、抛光组、品管组等。而分配来与我一起做水磨工的员工，几乎都曾在其他工艺厂里做过，是些熟手。

机器都装好，也调试好了后，工厂里的总管就拿出一些水晶笔座之类的半成品让我们每个水磨工先做着，一切技术活由工厂总管带着。这时候的水磨组跟别的组一样，都没有设组长与副组长，员工的管理也统一由总管负责，产品的检查也由品管部的品管们来验收。

这样一来，我们水磨组的员工起初还十分卖力地工作，过了十多天，大家见磨的都是报废产品，每磨完一个，也没有人来认真验收过。工人们见是这个样子，个个都开始归于平静，不再争强好胜地在总管面前表现自己了，每磨完一批产品，也不再主动有人去找总管要货来磨了。

可是，我是这样认为的，厂里没给我们任务，只不过是暂时还没有订单，或是还信不过我们每个人的技术，所以，这样做，也许是一次培训。所以，我没有放弃自己的信念，没有放松进厂时给自己上紧的发条，仍然一丝不苟地磨完总管交来的半成品。

这段时间，由于工厂是新开的，好多安全设备没有完善，比如我们水磨组，天天跟水和砂纸打交道，那磨出来的水浆四处都是。我们这些员工，从早上上班前穿的干净衣服，一开工不到几分钟就给打湿了，一直忙到下午六点钟下班不再加班后，才可以回到宿舍换回干净的衣服。那时，我的手被水磨机上的砂纸磨破了，鲜血不停地从手指里流出来，瞬间又被水磨机上的水浆给冲走了，直到这个伤口的血，被流干了，我仍旧毫不放弃，坚持做完最后一个产品。

后来，厂里在试行多个月后，也积累了一些经验。在工作中，厂里为我们水磨组的每位员工都发放了雨衣、防雨裤子和口罩。再后来，厂里又发放了工作服。生活条件也日益改善，工厂员工的"军心"也逐渐稳定下来。

一切都要归于正常了。这天一大早，主管叫仓管们拉出几大筐半成品货来到水磨组，向我们大声地宣布："各位工友，今天，我们将在这里举行一次水磨组技能大赛，胜出冠军将被选为水磨组的组长，亚军为副组长！"

这突如其来的比赛，令我们水磨组的员工个个都感到又惊又喜。惊的当然是我们自己没有做好任何思想准备，喜的是，我们每个人都有当组长的机会。

在工厂打工，大家都明白：做事的人工资低，活越苦工资越低；不做事的人工资高，活越轻松工资越高。所以，厂方突然来个比武选组长，对每个人来说，是一次极好的晋升机会。

这时，车间一阵骚动，大家纷纷交头接耳地议论起来，只有我，静静地站在水磨机旁，平静地看着总管。

"各位工友，请大家静一静。今天的比赛，是以最快最好为准，也就是说，我们这次发给每个工友的产品是一样的，数量也一样多。所以，我们的考核成绩是谁最先磨完，且达到最好的精确度者获胜！"主管见大家还在议论着，于是提高了嗓音,朝工人们大声地说着比赛规则。

紧接着,总管又说:"为了保证本次比赛的公平与公正,我们特别邀请了人事部经理、办公室文员、各部门主管以及工厂的品管前来担任评委,请大家鼓掌欢迎!"顿时,车间里爆发出热烈的掌声。

"现在,请各位工友各就各位,工作人员现在派发比赛产品!"工厂总管命令道。于是,我们每位员工立即穿好工衣,迅速坐到自己的水磨机位上,积极投入备战状态,整个车间顿时鸦雀无声,仿佛一场急风骤雨就要来临⋯⋯

还好,这种死寂一般的无语只是延续了一两分钟,这时,身为评委团团长、品保部主管的杨先生拖着长长的音调,大声地喊道:"水磨组技能大赛现在——开——始!"

话音刚落,水磨组的水磨机"嗡⋯⋯嗡⋯⋯"地响起,工友们此刻每人拿着同样的水晶笔座产品,对准水磨机的砂带"唰、唰"地开工了。

凭我的经验,半成品刚从铸塑部领过来,周边有许多毛边和多余的废料。为了赢得时间,我先把分发下来的半成品一个一个地磨到产品的精确度约半毫米的状态,因为这时,我可以用力去磨,但不要用力过猛,否则就会把产品磨坏了,砂带也容易断,这样一来,不仅花时去换带,而且次品越多,对胜算的把握就不怎么大了。这次比赛,我们每人分发了 14 个半成品,相当于我们平时大半天的工作量。大约两个小时的时间,我比所有的参赛选手提前完成了"第一磨"——雏形出来了。

剩下来的工夫,就是软磨硬泡,细工出细活了。这个时候,我放弃一切杂念,专心致志,一丝不苟,认真地一边细磨一边用游标卡尺量尺寸,力求做到精益求精。

到了上午十一点四十几分,一位来自湖南的工友袁某率先磨完了,站在那里高昂起得意的头。不到一分钟,我也磨完了分发下来的所有产品,十分自信地站起身,望着还在抓紧时间"赶工"的工友,情不自禁地帮他们喊起"加油"的口号⋯⋯

所有的参赛选手终于在下班前,把所有的产品全部磨完了。等待我们的是另一个更加艰难的期待——下午两点半钟公布考试成绩。

按照平时,上午下班后,吃过午饭,午休了一会,到下午一点半上班,时间很快就要到了。而今天，却显得十分的漫长。

等待，也是期待。该来的总要来的，不能来的心慌也没有用。下午两点半的时候，整个一车间员工，像放了假一样，都站在水磨机旁，有说有笑的。

"结果出来了，请大家坐回原位！"这时，生产总管从办公室里走到水磨车间，一边拍着手掌一边朝我们大伙喊道。我们马上安静下来，立即回到了各自的座位上去，迫不及待等候成绩公布。

这时，随生产总管一起出来的还有品管部主管杨先生，他手里拽着一张表，只见他走到车间正中间后，大声地对准手中的纸条说："第一名：袁军；第二名：何真宗……"这个成绩，也是我预料之中的，因为袁军比我先磨完，只是期待的是，看谁的产品磨的最好和最少次品！从比赛结果看，我的速度慢了一点，但水磨的产品的质量是一样的。按比赛规定，优胜者当选为水磨组组长。此刻的袁军早已得意忘形了，认为这个组长非他莫属了。

这时，工厂人事经理也走过来，拿出一份盖有工厂红章的工厂员工任命书，大声地对我们宣布：经过紧张激烈的考试与综合评分，最后厂方决定：任命何真宗为水磨组组长，袁军为副组长……"

"怎么会这样啊？怎么会这样啊？"人事经理把任命书刚一念完，比赛成绩获得第一名的袁军做梦都没想到，事情的结果会这样。事实上，连我跟车间的所有员工一样也没弄明白，厂方为何要任命我为组长？

等车间里的人闹得差不多了，人事经理才慢条斯理地说："工友们，你们是不是很想知道，厂方为啥最终选择了比袁军慢了几十秒的何真宗当组长呢？"

"是的，请经理说个理由啊！"一个工友叫起来，后面的工人也跟着唱和起来凑热闹。

"那好，我一定让你们心服口服！"人事经理说。

"何真宗与袁军都是水磨车间表现非常优秀的人，但通过这次比赛，让我们发现，何真宗是最负责任的人，也是最心细的人！"人事经理说着，但工友们还是没听明白，目瞪口呆似的望着他。

"你们知道不？在同样数量的产品中，何真宗没有磨断一条砂带，而袁军，三个小时磨断了两条砂带。这是其一！"人事经理停顿了一会，接着又说，"其二，一个好的组长，不仅要有好技术，还要有好的管理水平！在比赛中，袁军赢了速度，而何真宗赢了技术！如果他们相互配合，形成合力，那么你们水磨组，就是一支'铁军'！"

人事经理的话一说完，车间里顿时爆发出一阵热烈的掌声。

当上组长后，我放弃许多休息的时间，一边不断摸索水磨的技能与技巧，一边自学工厂管理知识。不到一个月，水磨车间员工的积极性增高了，产品质量也不断提高，发运到客户手中的退货更是微乎其微。这就是做一行，爱一行，一步一个脚印，虽有艰辛，但很踏实。直到1995年春节过后，发生在厂里的一件事，使我不得不离开了这家工厂。

■ 老板打了我一耳光

有时候，挨打也是一剂"良药"，我的觉醒就得益于——老板打了我一耳光……

打工几年，不知见过多少老板，大都随风清淡而去，然而唯独东莞这家工艺制品厂的老板，是我今生也不会忘记的，尽管往事如烟如云，他在我脸上留下的五个指印似乎依然清晰可见。

老板是在我当上组长后，从香港过来工厂时专门接见过我并认识我的。那时，由于我的工作非常卖力，带领全组二十几个水磨员工把产品做得非常完美，合格率每天都在99%以上，所以为工厂节约了很多成本，特别是上个月发生在工厂里的一件事，让我更在老板面前，多了一份信任。

上个月的一天下午，大约五点多钟时，我们水磨组和其他车间的员工一样，都已顺利完成了当天的工作任务后，员工们都坐在各自的工作岗位上等待下班的铃声敲响。可是就在这短短的十几分钟里，一件意外的事件发生了——原来我负责的水磨组，一位来自河南的大个子阿超与湖南的小胖突然大声地吵起来了，继而互相扭打成团。我一见状，立即冲上前去，用力将他们各自分开一边。这时，被我分开一边的阿超和小胖，完全不听我的大声呵斥与劝解，双方仍然不停地大吵着。可是阿超呢，虽长得人高马大的，但嘴巴生的拙，他骂小胖一句，小胖就顶回了十句。没想到这下更加激怒了阿超，随手就拿起自己座位上的木凳猛地朝小胖的头上砸下来。在这千钧一发之际，我挺身而出，用力一把将小胖推开，没想到我没来得及躲闪，阿超那一板凳就狠狠地砸到了我的头上，一股热热的液体马上从我的头皮涌出来，迅速地穿过茂密的头发丛林，顺着脸颊流下来，吓得品管部的女孩子们惊叫起来。也就在这时，人事部的经理和生产总管也过来了，一面通知工厂办公室里的人把我送到横沥医院，一边叫人事部的小姐通知工厂大门口的保安上来把打架的阿超和小胖抓起来送到治安队去。

一听说厂方要把打架的阿超和小胖送到治安队，我马上对人事部经理说："他们打架，是我没管好手下的员工，我也有责任，再说，生产任务重，我们做的是技术活，炒掉了他们好难招到熟手！"

人事经理马上强硬地说："你说的虽有道理，但厂规对每个人来说是公平的，不能因为他们是熟手违反了厂规就姑息养奸！"

这时，门卫拿着手铐来到了车间，只待经理一声命令，门卫就会将阿超和小胖送进治安队。我想，他们被送进去后，不仅工作丢了，工资一分钱都拿不到不说，还要被治安队罚款几百元，甚至还会送进收容所。两年前，我在深圳没有暂住证被治安队送进收容所的经历像电影一样在我眼前一晃而过。我决定努力把阿超和小胖给"挽留"下来。

"不能意气做事啊，经理。你把他们炒了鱿鱼，我这次鲜血就白流了！我想，我的血是为他们流的，他们不可能无动于衷的，也许通过这件事，他们今后一定会做得更好的！"我边说着话边朝阿超和小胖使了个眼神，他们顿时心领神会，马上来到人事经理面前承认错误，赔个不是。

也许是有了下梯的台阶，也许是考虑到工厂正在赶货正是用人之时，人事经理听了我的话后，马上缓和了语气对阿超和小胖说："你们还不赶快回到座位上去？"然后转身对我说，你就安心去医院吧，工厂的事，我们会处理好的。

就这样，阿超和小胖被我留了下来，后来，他们成了我们水磨组的骨干力量，而且从没有出现过任何差错。而这一次，我的头皮被缝了六七针，如今留下了一个大大的疤痕，躲在我的长发里，不敢出来见人。

经过这件事后，我在老板的眼里，是一个非常值得信赖和非常大度的人。然而，后来的几个月，接二连三的不幸发生在我一个人身上，父亲去世留下了数千元的贷款和借款，却落在我的头上。那时，我大哥和二哥都结婚了，而我，正在这家工厂打工。在一次分家过程中，大哥何永祥说父亲生前的借贷款不是他用的，钱谁用谁还！当然，我在家中排行最小，他们都长大了，都成家立业了，父亲生前把他们以前谈恋爱、结婚办酒席、建新房等等该给他们用的钱都用了，借的钱都还完了，这次父亲生前欠下的借贷款，是给我读书用的。这数千元债额，除了二哥小份额的还款外，剩下的全由我来承担。大哥不仅分文没有分担，而且父亲留下的几间破瓦房，他照样分得。这些，对一个流浪在外、居无定所的我来说，真是雪上加霜。加上我的爱情也在流浪中远离而去，我工作起来开始无精打采、心不在焉了。几个月后，老板对我意见渐渐地大起来了，几次暗示要炒我鱿鱼。但我不但不珍惜，而是更加得过且过，对生活的信心完全崩溃了。

那晚，不会饮酒的我独自一人喝了许多酒，醉意朦胧中往窗外丢了一个烟头。窗外是一个存放天那水的仓库，一下子酿成了大火。幸亏消防员及时赶到，才没造成重大损失。所有人都气得指着我的鼻子骂。我深为自己造成的这场大火而内疚，真想一死了之，万事皆休。

老板骂完，把我带进他的办公室，关上门，用尽全身力气对准我的脸打了一个响亮的耳光。

"告诉你，打你，并不是因为大火烧了我的东西，这点钱我还是赔得起的。我是提醒你，如果像你这样对待生活没有信心，对工作不负责任，不论到哪里都没有出息，到哪里都会被人瞧不起！我喜欢你刚到工厂工作的那种精神，不需要你现在的这个样子。请你收拾行李，走人吧！"这是老板最后跟我讲的几句话。

几个月后，当我回到神山工业区看望还在宏达电子厂打工的幺姑何素芳，路过我曾打工的那家工艺厂门口时，发现大门紧闭，透过已经锈迹斑斑的铁栅栏，厂房和宿舍楼里空无一人。正在纳闷之际，工业区里一个保安走过来告诉我说，这家工艺厂的老板把厂里的水磨组长炒鱿鱼后，再也没招到一个技术好的组长，于是就在几个月前倒闭了，老板也回香港了。

此情此景，让我懊悔不已，让我再一次想起老板打我的那一个耳光，老板博大的心胸，却没能留住年轻气盛却又一蹶不振的我。而那家刚刚成长起来的工厂，也因一时找不到合格的技术工人而败走横沥。也许，工厂真正失败的原因并不在这里，但我后来不论在哪里打工，不论怎样恶劣的环境，我都真诚地去面对生活，从不气馁，不消沉，努力地去做好每一件事！

■ 面试时，我给老板一个耳光

1995 年 4 月中旬，从横沥镇神山工业区某工艺制品厂出来后，我又回到了东莞市虎门镇。虽再一次经历了十多天的找工艰辛，但是我对生活的信心终究没有消失。

这一天，终于有机会去镇口工业区应聘一家日本人办的电子公司。这家公司以福利待遇好、管理有方出名，应聘的人很多，所以录取也很严，笔试之后，还得面试。

这次，在数百人的应征者中，我有幸也参加了面试。在公司的门口，我和许多年龄相仿的打工仔打工妹一起在外面排队等候，但见前面进去出来的面试者有的竟捂住半边脸走出来，痛得龇牙咧嘴，不知怎么回事。

好不容易，轮到我了，被一个叫阿蓉的人事文员叫了进去。在一个小型会议室里，我一进门就看见对面坐着三个日本人，神情十分庄严。居中的是一个年近五旬的长者，两边是两位中年人。他俩仿佛一文一武，武者留一撮小胡，浓眉大眼，颇似日本军人；文者倒也慈眉善目，但不失考官的威严。于是我伸出右手，用两根手指轻轻地往门板上敲了两下，然后面带笑容，挺胸阔步走到中间站住。

"坐下！"小胡子命令说。

"是。"我挺直腰板坐下。

"你为什么想到这里来谋职？"中间的长者发问。

"想当公司的经理。"我毫不犹豫地回答道。因为在我来应聘之前，就向熟悉这个公司的老乡打听过了，这是一所培养企业人才的训练基地，而这所公司乃是总公司所属 30 多所分公司之一，需要大量的管理和技术人才。

"这是培养雇员的地方。"长者严肃地对我说。

"我从雇员做起！"我说。

"一定能当经理吗？"长者又问。

"一定能！"我坚定地说。

"呵呵，好家伙，野心可不小啊。"长者笑了起来。

"这不是野心，这是志向！"我反驳了他一句。

"你知道当经理的条件是什么吗？"长者并没有生气，依然平静地问我。

"知道，熟悉业务，善于应酬，不怕吃苦。"早在 1993 年我在四川省涪陵市某榨菜公司做文书的时候也学到了一点企业管理方面的知识，而且在一本书上见过，说主要是这三条。

"好，小家伙，也许你是当经理的料！"长者可能是感到满意，又问了我几个问题后，小胡子对我突然一声令下——

"立正！"

"是。"我迅速起立。

"向前两步走。"小胡子命令道。

我正步走到他们三位前边，立正站在那里。这时，小胡子站起来，突然出手重重地扇了我一耳光，然后发问道："这是什么滋味？"

"就是这个滋味！"我因看见前面有人捂着脸出去，思想上早已有了准备，至此灵机一动，用尽全身力气，马上狠狠地回敬了他一耳光，并且挺起胸脯，理直气壮地回答。

"好！"中间那位长者伸出大拇指说。

"好！"那个年轻人也跟着竖起大拇指对我说。

"好！"小胡子被我打了一个趔趄，他还捂着脸说："你作了最准确的回答。"

我心中不由暗自好笑。

面试结束后，我同外面等待面试的人一说，他们抓住我扔起来老高，特别是前边挨了打的，好像也跟着解了恨似的。

到了发榜时，我名列前茅。我被录取了！

就这样，我在这家电子公司工作了近两年，也从员工到组长，再到生产部主管。从中我感悟到，无论是被命运选择，还是去选择命运，都得保持自己的尊严。

■ 我给工友治"梅毒"

1996 年某月，我又在经历了一段时间的风餐露宿、日晒雨淋的艰难寻工后，从虎门到厚街镇的宝塘工业区，花了 60 元的押金和服装费，顺利地进了一家玩具厂。

这家玩具厂主要生产塑料玩具公仔、五金公仔。一共有好几个老板,都是香港来投资的,听说很有钱,仅在厚街镇的宝塘工业区和溪头工业区,就开了两家同样的大工厂。厂名就像双胞胎一样,一个叫宝富(化名)玩具厂,一个叫致富(化名)玩具厂,两家工厂的打工仔打工妹加起来就有四五千人。每到上下班的时候,从工厂大门涌出来的,我们看见的简直不是人,是白翻翻的鱼鳞,从厂门口流进工业区的四面八方,连那骄傲自大的小汽车也要让三分,乖乖地躲在路旁,等他们走完了才鸣着喇叭灰溜溜地跑开。也就在这时,我们这些平时被人欺负惯的打工仔和打工妹们才算是出了口恶气一样,饿着干瘪的肚皮哼着不着调的歌声,快步朝饭堂跑去,生怕大桶里那块沾着油腥的大骨头,被别人抢先捞了去,晚上又要饿着肚子加班啰!

我在厂里是一名油色工,也就是在公仔上面涂一层各种颜色。我们的工资是计件工资,多劳多得,如果不上班,厂里一份钱不给,还倒扣你的伙食费。所以,在这工厂做,如果组长跟主管关系好点,我们就会分一些工价高、容易做的产品。如果不好,我们怎么加班加点地累死累活地干,每月也就才几百元,可是做到容易油色的产品,做的快的,每月可以拿到 1500~2000 元,不过这样的机会非常小,所以,员工每月工资平均也就在千元左右。在那时,也许有人说千元算高的啦,可是有谁知道,这里面有多少加班加点的拼了命一样的,特别是在大热天的,工厂没有空调,天拿水的味道和油漆的味道总是在车间里挥发着,有的人身体抵抗能力差的,没做多久就患上了皮肤病,特别是打工仔,每天跟天拿水和油漆接触,而在上厕所的时候,他们来不及或不愿洗手,就直接解开裤子用手掏出生殖器拉尿,次数一多,生殖器就给感染了,下身瘙痒不止,痛苦不堪。就跑到附近的一些卫生站看,一些打着名医幌子的江湖游医对着老实巴交的打工仔吓唬说:"哎呀,你这下不得了啦,患了梅毒了啊,严重得很哦!"

本来就十分担心的打工仔们,经这游医一吓,就紧张得不得了。有的胆大点的就鼓起勇气问:"我都还是处男呢,女人都没碰一下,怎么会患梅毒啊?"

早已编好台词的游医说:"你没碰过女人,我知道。可你知道不,你没上过公共厕所吗?病灶就从你上公共厕所时就传染上了!"

哎,医生说到这份上了,打工仔乖乖地掏出辛辛苦苦换来的血汗钱递给了游医。"靠,好家伙,这个鸟病一次就花了你千把块,又是吃药又是打吊针啥的!"一位跟我玩的工友对我说。

我说,你信个鸟,这哪里是性病哟,你去买两支皮炎平用两天,每次上厕所时把手洗干净,你看还长不?

果然,这个工友不再去找那个游医,下面的那个病却好了。

这件事,一下子传开了,不到半个月时间,打工仔下面那个东西,不再听说有梅毒了。

■ 看手相,拆散了一对小鸳鸯

我是一个非常爱追寻开心的人,无论多么辛苦,还是多么的痛苦,我都喜欢找些乐趣来打发日子,也爱说些笑话来充实日子。可是,在东莞厚街镇宝富玩具厂打工时,一次在工余后的看手相的游戏,竟拆散了一对小鸳鸯。这件事,让我至今懊悔不已。

那年夏天,我们一群来自四川的工友,在吃过中饭回到工厂上班途中,由于离上班时间还有二十几分钟,我们就坐在公路边一棵高大的榕树旁边,一边吸着从士多店里买来的两毛钱的豆奶,一边给玩得较好的几个工友看手相。

说到看手相,还是在读书的时候,就偷偷地从父亲的书堆里找一些《金刚经》和《手相学》之类的书来胡乱翻翻。那时就从书中知道,手相其源有西洋、印度和中国三支,渊远而流长,用手型与手纹来判断一生运势吉凶等等。因为手的粗细及纹路会随着时间改变,也可以从手纹的变化来探讨过去以及预知未来的运势,好的手纹可让我们提早准备以迎接好的运势,变坏的手纹可以让我们事先作好预防。想到这些,何不现在逗一逗工友啊! 于是我对身边的一位工友说:"兄弟,你最近运气不怎么样啊? 不信你把你的手拿给我看看,会让你心服口服! "

一说起看手相,这群老乡都来了劲,马上都围了上来。于是,我就趁热打铁地说:"手是每个人都最熟悉的地方,做什么都要用到手。但是,虽然自己的手都这么熟悉了,手相怎么看才对却很多人不知道! "我边说边看着大家的眼神,发现大家都听得十分入神,紧接着又说:"首先,很多人不知道要看左手还是右手? 其实,'左右手'在手相里代表的意义为:左先天、右后天。所谓'左手先天、右手后天',比较白话的讲法就是说:右手的影响比重较高,左手影响力较小。或许可以这么说，右手在吉凶判断上占八成的影响力，左手在吉凶判断上具有两成的影响力，因此'判断手相'时，主要用右手来判断，然后再依据左手来作吉凶上的加减分。"

是我说得好呢，还是我说得对，反正此时周围的工友都聚精会神，没有一个人说话，没有一个不在为我点头，这时，有的老乡听我吹地十分专业，就迫不及待地说："帮我看看嘛，帮我看看嘛！"于是，我抓起这位工友的右手，左看看，右看看，然后故弄玄虚地说了一大堆，每说一句，这个工友就不停地点头说："啊，老大，你说得太准了！"

其实，我看的都是他的过去，从掌纹上看，我是这样来推理的。我们可以发现，一个人的运气好，他的气色就好，手的色泽看起来也一样比较健康；同样地，他的手相纹路看起来比较清晰，直观上就是一个思路清楚而理性的人；如果一个人的手相纹路很复杂，直观上就是一个思绪较复杂的人，而且事实上也正是如此。

没想到，这一次的随意逗乐，却在厂里传开了。一到下班了，不论男的女的，都争着请我吃饭，都争着找我看手相，我都一一应承，只不过在看相之前，多了一句话，就是"纯粹是玩啊，不要当真哦！"

可有一次，一对正在谈恋爱的小恋人却不这样认为，把我说的话当真了。

那天下晚班后，已是深夜十点半了，我冲完澡已是十一点了。也就在这时，这对小恋人来到了我的宿舍，要找我看相。我说太晚了，就别看了吧。可这小两口不依不饶，非要我看完不可。

就这样，我一会儿拿起男的手看了看，一会拿起女的手瞧了瞧。同时结合他们的五官乱说了一通，没想到他们连声说真准啊，算的真准啊！

看到最后，我又严肃地说："小兄弟，下面说的话，你千万别当真了哈！"

他俩异口同声地说："好的，寻开心而已！"

"好，那我说了哈！"我用眼死死地盯着他们，然后说："小妹妹，你是个克夫相！"这时那个男工友抢先问道："克夫是啥呢？"

我说："克夫就是，你现在这个女朋友的命比你长，你要比她先死！"我话一说完，马上又补充道："小兄弟，随便说说，不要当真哈！好了，你们回去睡觉吧！"

这小两口刚才还满脸笑容的样子，却突然阴沉下来。然后强装笑脸地对我说："老大，你说得太准了，谢谢你哦！我们回去了！"说完，他们一前一后地走了。

第二天中午,我正在工厂门口的大树下休息,昨晚那小两口又出现在我面前。我一见他们,马上开玩笑说:"小兄弟,昨晚你们失眠没有啊?"

"哎,岂止是失眠啊! 我们回去以后,根本就没有睡觉,回忆起你说的每一句话,你说得太对了,后来我终于狠下决心,与女友分手!"这时,那个女的哭泣着对我说:"是真的,我爱他,怕他先死了,所以,我也同意分手了!"

我一听,感到非常吃惊,于是阴沉着脸严肃大声地对他们吼道:"你狗日的疯了是不? 老子跟你们说过了,别当真,我说的是假的,爱情在你们手中,命运也在你们手中,真心相爱的人还在乎这些吗? 再说,有情人终成眷属!"

任凭我怎么说,这小两口就是不听,说心意已决。"明天我就转厂了!"这个女的忧伤地说。

后来,这个女的真的辞工了,再后来,这个小老乡说,他们真的分手了。而我,心里十分难过。从此,我不再拿手相吹牛了。

■ 维权,打工仔与老板的较量

1995 年 1 月 1 日,《中华人民共和国劳动法》在中国正式实施。这法一出台,让我们这群打工仔打工妹们兴奋了好一阵子。可是,在现实生活中,真正做起来,怎堪那一个难字了得。

还是在宝富玩具厂打工的最后两个月,眼看就要过春节了,心里有种说不出来的苦涩,屈指算来,转眼就有三个年头没回家了,父亲去世也是两年多了,可至今我还没给他的坟墓上添一把土,放一挂鞭炮,挂一枚坟票。而在这里,每天加班加点地干,一个月下来没有一个完整的假期。要想休假,除非等到这个工厂没有订单了,可是我们是计件的,一旦没货做,这个月又没多少工资。更让我们难以接受的是,如果要辞工走人,没做满一年的员工,进厂时交的 60 元押金是肉包子打了狗,退不回来了。特别是当月的工资,要让你下个月再来领。那时,我们这群打工仔打工妹们,一旦出厂,不知明天又去何处? 大都在这时,辞工走人的员工的当月的工资和这 60 元押金就白白地给了老板。

对于这个不合理的条款,让我们不接受又不行,因为出了工厂,想再份找工作又谈何容易呢!

　　这年冬天,天空老是阴沉冰冷。我们车间的主管换了,来了一个四川的女老乡,戴着一幅深度眼镜,看起来很有学问的样子。因为瘦小,那宽大的西服套装常常把她的头埋得深深的,如果不认真地看,还以为是穿了件立领,头藏在里面了呢。也许我爱好文学并偶尔在一些报纸杂志发表文章的缘故,工厂的员工大都知道我是个"文人",所以都十分尊重我。这不,这位刚来的女主管,也爱坐在我的身旁,一边看我给玩具公仔油色,一边陪我聊天。这种感觉,在寒冷的冬天里,顿觉有些暖意。

　　我让她特别感动的是,那天中午下班后,天正下着缠绵的细雨,穿着工衣,打着各色花伞的员工们从工厂的大门鱼贯而出,那花花绿绿的色彩,像家乡那山林中雨里的蘑菇,散发着乡愁的味道——此刻,一种念家的情结油然而生。于是,我跟这位女主管冒着细雨疾步跑回到工厂饭堂,胡乱扒了几口饭,就告别女主管回到宿舍,一口气写下了《想家的日子》这首诗歌:

想家的日子

哪里的天空都在下雨

不敢注目

如蘑菇一样流动的雨伞下

飘动着游子断魂的思念

此刻只想想家园的炊烟与故道

热泪,便饱满心之湖畔

有时擦亮的心事　　像阳光

从天涯海角　　冉冉升起

可那汹涌而来的高速公路啊

从四面八方　　陌生得让我发觉

那长长的旅途

是拉近了　　还是

拉远了我与故乡的距离

常常想跑到郊外

走一走曲折的山路

即使孤独寂寞

亦如雨　点点滴滴

激起乡土的气息

望一望被雨水刚洗濯过的

那山那水那小桥那人家

亲切与温馨　在记忆的隧道里

弥漫着流浪的心迹

美丽如不愿清醒的梦

写完后,我把它折叠起来,装进上衣口袋里,在上班的时候拿给了那个女主管看。没想到,她看着看着竟哭了起来。

我说:"对不起啊,让你哭了!"

女主管说:"没关系的,我已好久不回家了。我想说的话你都说了出来!从来没有人这样把我们想家但回不了家的那种感觉写出来,可读了你写的这首诗后,我总觉得,只有眼泪,才能说明一切!"女主管说。

"看来,以后不敢把我写的给你看了,免得你的眼泪会流干!"我半开玩笑地说。

"说真的,你的诗,可以让我说心里话!听说你发表了很多作品,明天拿给我看看啊!"女主管认真地说。

就这样,这位平时盛气凌人的女主管,却在我面前,总爱哭爱笑的,不是我的口才好,而是我写的那些诗,让她找到了一种寄托。十多天后,我把这首诗投给了《广东劳动报》社,没想到不到两个星期,就一字不漏地给发表了。女主管见状,看起来比我还开心。她说"你真棒!"从此以后,她对我更信任了。

然而后来发生的一件事,这位女主管却令我对她十分讨厌,让我不得不拿起《中华人民共和国劳动法》这把利剑,直指工厂无良老板。

这一天刚好是发工资,我对她说:"主管,我想辞工了,想到东莞某电子厂去做。"其实，这个决定我还没有定下来，只是想听听她的意见而已。

女主管说："好啊，能有好厂你就跳槽吧！"

工资发下来后，晚上工厂统一不再加班了。这位女主管约我一起到工业区附近的一家大排档吃饭。她说："你真的走吗？"

"还没定呢？但还是想走，又怕去流浪！"我说，"哎，好不容易你请我吃顿饭，就别谈工作了吧，我们喝酒！"于是，我们一连干了两瓶啤酒，吃了几个平时吃不到的菜，就各自回到了工厂宿舍。

第二天上班的时候，女主管叫组长把每个员工要油色的产品都分发下去了，可就是不给我发货。

女主管说："你要辞工就别做了，不然做出太多不良品没人帮你返工。"

"有没有搞错啊，我还没有去辞工呢？"听女主管这么一说，心里很不舒服，于是执意要她给我发货。可是她就是不肯。

"那好，你不给我发货，那你得把我今天的工作算计时工资吧！"我有点生气了，没好气地对她嚷道。

"不行，你都不认真做了，就不做了撒，不良品多了，老板会怪罪我的！"女主管坚持说。

"主管大人，看来你是真的想我走啊？"我看拗不过她，于是又说："我就真不做了，马上就走人，但是，你别后悔哦，我要你把我的 60 元押金和被押的月工资全部叫老板给我！"

"我可没那个本事，再说，我也是打工的啊！"女主管生气地说。

"那行，我走了！"我一说完，马上脱掉身上的工衣，气冲冲地回到宿舍，给工厂老板写了一封辞职书。大意是让他们在几天内结算完我的所有工资和退完我的押金，否则，我以一个中国公民的身份向他们提出诉讼。

写完这封信，我又马上来到厂门口。这时，人事部经理、厂长的老婆正在门卫室里聊天。于是，我大着胆子，把刚写好的辞工书递给了她，然后又赶回工厂宿舍睡大觉。

很快，我那份"特殊的辞工书"传真到香港老板的家里，没想到引起了他们的非常重视。因为在他们眼里，只要有钱，什么事他都能摆平，更重要的是，他们从来没听说有打工仔用《中华人民共和国劳动法》跟老板叫板的。第三天中午，一个黄姓老板专程从香港赶回东莞厚街的工厂里，专门派人事部小姐在宿舍保安的陪同下，来到我的宿舍把我请到了工厂办公室。而我在准备进工厂大门的时候，对身边的一位已辞工多天还没拿完工资的江西籍工友说："兄弟，我现在去办公室谈点事，如果我半个小时还没出来的话，你立即给我老家所在的报社打电话，让他们派一些记者来营救我！"我这样做，主要是怕厂方做出一些对我不利的行为，主要担心的是，厂方会把我以"三无人员"的借口送到治安队了，这种事，在当时是屡见不鲜了。

进得办公室里，我看见一个身材矮胖、皮肤黝黑的中年男子坐在一张小会议桌旁。他见我进来，马上站起身，满脸堆笑地指着对面的靠背椅对我说："何先生，您请坐！"

我朝他点了点头，毫不客气地坐了下来。这时，这位老板又说"我姓黄，叫我黄生好了。"

"听说你要辞工了，还说不给你辞工和给你工资要去告我们？"黄老板真的爽快，谈起事来毫不转弯抹角的，见人事小姐出去后，就单刀直入地问我。

"是的，我只想拿回我应得的血汗钱！"我理直气壮地说。

"你说我们加班多，请问你来东莞多久啦？"黄老板问。

"一个企业违反《中华人民共和国劳动法》跟我在这里做多久没关系，我只知道，你们收取押金、扣押工资、扣押身份证和加班时间过长，而且有人证明你们代签员工工资等等，都是《中华人民共和国劳动法》中不允许的！"我望着老板的眼睛，狠狠地甩出这样一句话。

这时，黄老板说，"何生，请听我一个一个把你刚才问的解释给你听吧——"他也望着我的眼睛，口若悬河地讲了起来。

"我们交押金60元和扣押上月工资，是一种风险金，有的员工一进工厂，做了一天半月，就不辞而别了，这样会给我们的产品造成很多无良品，从而浪费了原材料。这是其一。"

"其二，押你们的身份证，是因为我们的厂人多，现在是两千多人，怕你们丢失了，是我们帮你保管。"

"其三，加班时间问题，东莞所有的工厂都在加班，我们是计件工资，多劳多得，我看没什么不妥。"

"其四，员工代签工资，是他们辞工走了，我们无法给到当事人手中。"

黄老板一口气说了这么多。本来我还心慌的，但一听到他的强词夺理，顿时让我非常气愤难平，但还是强压心中怒火，悄悄地举起《中华人民共和国劳动法》的利剑，一剑一剑地朝他那盛气凌人的精神上刺过去。

"黄老板，按照你的说法，我得先谢谢你们为我们打工人的安全考虑。不过，你的做法，是不能让我们每个人接受，只是我们打工人为了生存暂时的无奈！而你现在所做的一切，都是在违犯了《中华人民共和国劳动法》！"我边说边死死地盯着黄老板，紧接着说："《中华人民共和国劳动法》，是 1994 年 7 月 5 日，中华人民共和国主席江泽民发出的第二十八号主席令。《中华人民共和国劳动法》已由中华人民共和国第八届全国人民代表大会常务委员会第八次会议于 1994 年 7 月 5 日通过，自 1995 年 1 月 1 日起施行。

黄老板听我说的有板有眼，脸上肥胖的肌肉明显地抖了几抖，然后挤出了一句反驳我的话："何先生，你有没搞错啊，我们是香港人办的工厂，我们是港商！"

我说："黄老板，你是港商不错，你来大陆投资，我们欢迎您。但是，这里是中国，《中华人民共和国劳动法》第二条明确地指出，在中华人民共和国境内的企业、个体经济组织和与之形成劳动关系的劳动者，适用本法。现在我郑重地提醒你。"

不等黄老板回答，紧接着我又铿锵有力地指出："《劳动法》规定：工厂在招收员工的时候，不得以任何理由收取押金！这是其一。"

"其二，《劳动法》规定：除公安机关以外，任何单位和个人，不得以任何理由扣押公民身份证！"

"其三，《劳动法》规定：建立劳动关系应当订立劳动合同。而我们，没有一个人知道劳动合同是什么？"

"其四，《劳动法》第十五条规定：禁止用人单位招用未满 16 周岁的未成年人。而现在你们这家工厂，我可以找出一大把没满 16 岁的员工。"

"其五，《劳动法》第三十六条规定，国家实行劳动者每日工作时间不超过八小时、平均每周工作时间不超过四十四小时的工时制度。第三十八条规定用人单位应当保证劳动者每周至少休息一日。第三十九条规定企业因生产特点不能实行本法第三十六条、第三十八条规定的，经劳动行政部门批准，可以实行其他工作和休息办法。这些，你们心知肚明，比谁都清楚吧?！"

"第六，《劳动法》第五十条规定，工资应当以货币形式按月支付给劳动者本人。不得克扣或者无故拖欠劳动者的工资。而你们，做到了吗？"

我一阵排比式的连串追问，顿时让黄老板哑口无言，肥胖的脸上直冒冷汗。他见我终于把话说完，马上一改刚才盛气凌人的架势，满脸堆笑地对我说："何先生，说真的，你跟我讲法律我不懂，但我发现，你是个人才，所以我现在劝你留在我们工厂继续做下去。"说到这里，他抓起桌子上的一个茶杯，使劲地喝了两口，然后又说，"何先生，我们工厂大多主管，都是从员工做起的，希望你也要像他们一样，好好做，机会一定会有的！"

我仔细听着，望着他的眼睛，一言不发。

"这样吧，你先留下来，等机会吧！"黄老板说。

"黄老板也是个豪爽人，也很真诚，那这样吧，我就收回我的辞工书，但是，你得满足我几个条件。"见黄老板在给我一个下的台阶，我也不想把事情闹大，我们出门打工是来求财的，不是来闹事的，再说，我真辞了工，一时也找不到好工作。

"你说吧，能满足的，我一定答应你！"黄老板说。

"这样吧，黄老板，我留下来，是肯定认真做事的，也是来求财的，但是——"我说，"第一，请你把我的身份证还给我，因为我写稿发表在报刊后，要凭身份证去邮局领稿费；第二，这三天没上班的工资，请你以计时工资补给我；第三，请你帮我调换部门，不要让我在四川那个女主管那里工作了！"我说。

"原来是这样啊，那好说啊，我马上叫人事小姐给你办妥！"黄老板说着，马上拨通人事部小姐的电话，叫她来到我们谈话的会议室，一阵交代后就离开了，很快，人事小姐就把我的身份证拿来了，让黄老板过目后，黄老板亲自把我的身份证递给我，说："何先生，你下去就好好干吧，有事再来找我！"

就这样，我继续留在了这家工厂做了一个多月后，因在虎门镇口工业区一家玩具厂找到了一份做主管的工作，就辞工了。走时，厂方没再扣我一分钱，工资和押金都全部发给了我。

这次较量，我赢了，赢得很坦荡，更让我懂得，1995年1月1日起实施的《中华人民共和国劳动法》的威严，其实就是一堵墙，让我们这些打工的人找回了自信与尊严，得到了权益保障。直到我写稿时，屈指算来，我在广东18年，不知为打工人当了多少回劳动法咨询义工，甚至帮忙追讨回了打工人应有的劳动报酬。

■ 假文凭，与自己擦肩而过

"办证，办证……"在广东，比如我所亲历过的广州、东莞等珠三角一带的城镇地区，一些民工妇女和打工仔与打工妹们，白天晚上都游走在人才市场附近，或人流集中的车站、天桥、人行道上，一边游走一边口里不停地叫着。在相当一段时间，即便是现在，"办证，办证"的喊声已经成了街头巷尾的流行语，"天桥大学""车站大学"等讽刺性调侃语犹如"星星之火"，燎原全国。

时光追溯到20世纪90年代中后期，某月某日某时某分，在广东省东莞市虎门镇新联管理区某工业区某五金制品厂302宿舍——

"哎，兄弟，我们命苦啊！"一位来自湖北的张牛仔坐在床边，低着头唉声叹气地对宿舍里的舍友说。这个宿舍里，住着12个来自五湖四海的年轻打工仔，年龄大都20刚出头，有几个刚满18岁。说着话的张牛仔，来自湖北恩施，与我的家乡万州是邻县，如果是坐公汽回去，我们还从他们家门口路过呢。因为这，我们关系相处较好，在厂里相称是兄弟。

"呵呵，兄弟，你遇到啥麻烦事了吗？说出来让我们大家想想解决办法吧，一个大男人叹气作啥？"我走过去，用右手轻轻地拍了一下他的肩膀，关切地问他。

"兄弟，你知道不？生产部门的王经理是啥文凭不？是高中生！品保部的质检组组长高手是啥文凭不？初中生！人事部的仁和小姐是啥文凭不？中专生！"张牛仔听我一问，马上就来了气，说些让我们一时听不懂的话。

"你提这些人的名字和文凭有啥关系呢？让我们觉得'蒙查查'的。""蒙查查"是广东口语，意思是听不懂或模模糊糊的。我们这几个人，在广东这么些年，粤语就学了几句，总爱在闲聊中无意引用过来，制造一些哈哈笑的快乐。

"我还跟你说个秘密，你们更不知道吧？制造部高级经理黄麻杆是啥文凭？本科生啊！可是他妈的从东莞人行天桥花200元钱买来的。可现在的工资，除了台湾几个经理外，他比我们大陆经理工资高好多呢！"张牛仔愤愤不平地说，"我技术不比他差吧，工厂车间里的哪台机我不会用？哪台机我不会修？哪个产品不是我做的又快又好？可就他妈的我只是个初中文凭，进厂时门槛低，就算我工作量比他大，技术比他好，到头来，还是鸟的个！"

张牛仔越说越生气，我们正怀疑他怎么知道这么多时。睡在他对面上铺的湖南籍工友王小楠笑嘻嘻地开着玩笑说："老大啊，谁叫你跟人事部的那个女文员拍拖啊，知道太多了吧，现在后悔了吧？哈哈，你看我们，就像一头老黄牛，该上班就上班，想女人时就手淫一下，精子一射，哈哈，软了。啥事就不想了，活得个轻松，求得个心里平衡！哈哈……哈哈……"经王小楠一阵绵里藏针似的奚落后，逗得满屋的工友笑得前仰后合，引来隔壁几间宿舍的工友起床跑过来大骂："奶奶的，你们还嫌加班加点不够累是吧？"他们边骂，有的回房躺下继续睡去了，有的则走进302室跟我们继续聊。

"我以为你们在吵啥子呢？原来不就是为了一张破文凭嘛，阿仔，别急，老子这就给你想办法，找人来给你弄一个不就得了。"从隔壁房间301室跑进来的四川开县的崔大炮一听张牛仔埋怨自己文凭低，于是大人哄小孩一样，边安慰张牛仔边走出了302室，然后又甩出一句话："兄弟，你等着，别睡觉哈！"

不一会儿。崔大炮又回到了302房间，这时不是他一个人，而是带来了睡眼蒙眬的车间冲床部组长孔庆标，人们都称他阿标。阿标来自广东省郁南县，听说他是广东某大学毕业的，一毕业就出来东莞打工，因没有技术，好多老板也不爱招聘他这个又黑又矮的"眼镜"。后来，他凭一张大学文凭，却轻而易举进了我们这家五金制品厂，而且一进厂就当组长。一般来说，让一个没技术的人当组长，这确实是个先例。"阿仔，听崔大炮说你要买个大学文凭对不？你说，你想要哪个大学的毕业证书，你就把大学校的名称和你的姓名，籍贯写在纸条上，明天拿给我就行了，一周内给你送来。不过你得给50元证件工本费。说真的，都是工友，是不该收你钱的，但工本费还是要的，在外面的东莞天桥等地求人办，起码就要200元啦！"阿标来到张牛仔面前，没有一句客套话，就直奔主题，一口气就把办证的事说完了。

"哈哈，这么容易啊？你是叫我办假证？哼，笑我啊！我才不要呢。"张牛仔一听崔大炮的话，一阵冷笑后，就躺在床上，蒙头睡着了。

"就是嘛，有本事何必去买假证啊！"我们见张牛仔睡觉了，我们几个也不屑一顾，个个都不再理崔大炮，各自趟下说要见周公了。崔大炮见我们都不理他，也只好灰溜溜地走出302室，回自己的宿舍去了。

可是谁也没想到，半个月后的某天晚上加班回到宿舍，张牛仔对宿舍的11个工友大声宣布："各位兄弟，感谢你们在我进这工厂以来对我的照顾和支持，现在很遗憾地告诉大家，我辞工了！"张牛仔这句话，犹如在平静的夜空里响起一个春雷，我们11个工友一下子停下手中的活，目瞪口呆地望着他，沉默不语。

"各位兄弟，别慌，别担心，这次辞工是我主动炒了老板的鱿鱼的！"张牛仔见我们发愣，不再卖关子了，就直接说："我在虎门大板地一家五金厂找到新工作了，当上了生产部门经理！工资4500元一个月，还包吃住，单间，有空调，香港老板！"张牛仔说着，从上衣口袋里摸出一张录取通知书，上面白纸黑字写着：

张牛仔先生：

　　很高兴通知您，经我们公司严格考核，您被公司聘为生产部门经理，请于1997年6月30日前来公司人事部报到，7月1日正式上班。

　　特此通知。

×××公司人事部
一九九六年六月二十六日

302室的工友们再次惊诧了，久久地，没有一个工友说出一句话来。过了好一会儿，我们才转过神来，大声地说："你个好小子，走，出去请我们吃宵夜去！"

"好的，今晚不醉不归！"张牛仔高兴地对我们说。于是，我们前呼后拥地跟着张牛仔,走出工厂大门,来到厂附近一家最好的饭店,说是最好,也只不过是工业区里一个最大的食堂,经营炒粉和小炒之类的,外表看起来比一般的快餐店干净些。

我们一个宿舍 12 个工友欢聚一堂,每人抱着一瓶啤酒猛喝起来,有说有笑的,高兴之时,大家敞开胸怀,伸出手划拳,把早已宁静的工业区又给搅醒了。

不知不觉中,"咕咕"几瓶啤酒下肚后,一位工友红着脸跷起大拇指夸赞张牛仔说:"兄弟,你好样的,为我们树立了榜样啊!"

不知是哪位工友问了一句"张经理,你成功了,能不能把你成功的经验告诉大家,让我们跟你一起分享吧。"

张牛仔正高兴着呢,但是酒醉心明白,马上再次举起酒杯,说:"兄弟,能在一起喝酒,就是分享。喝,喝,喝酒!"说完,自个儿头往后一仰,"咕咚"一声,酒就下肚了。紧跟着,再一次"咕咚"一声,张牛仔就倒在了桌子底下。

张牛仔喝多了,醉了! 11 个工友都说。后来,谁也没有从张牛仔口中问清楚,他到底是真醉呢还是装醉,反正,他守住了一个秘密。

过了几个月后,302 室的工友王小楠,也像张牛仔那样宣布:"我辞工了,到厚街镇溪头管理区某工厂做车间主管了,工资 2600 多一个月。"

在后来连续几个月,302 房间的李小萌、张保子、黄继先等,都像张牛仔和王小楠一样,各自找到了好工作,纷纷离开了五金厂。只有我和其他五六个工友,还坚守在这家工厂,我们不是没有出去找过别的工厂,而是我们几个人的运气,真的不是怎么好,鞋都磨破了几双,不是职位没有提升就是工资差不多。这时 302 房宿舍,他们去了,但也新来了一些员工,填补了宿舍空着的铺位。但是,不管怎么样,再也找不回当初那种亲切的感觉,日子过得郁闷起来。

岁月如梭,转眼要到国庆节了,听说工厂里要放三天假。这对我们来说,无疑是重新找好工作和拜访老乡的好机会。也就在这节骨眼上,隔壁 301 宿舍的阿标来到 302 宿舍,见我一个人躺在床上看书,于是走到我身边对我说:"兄弟,你想找好厂吗?"

"有天下掉下来的好事没?"我头也不抬地回答说,这个鸟人,从来没给我留下个好印象,嬉皮笑脸,油嘴滑舌的,没有一个正经样。

"哎，兄弟，这下问对了啊，我有个办法，让你连升三级。"阿标笑着对我说，满嘴的暴牙让我感到有点恶心。

"你想一下吧，凭你现在的技术，加上你有一手好字，满肚子的文化，完全可以做个主管或经理吧！说真的，看着你还这样在车间里拼死拼活的干，我都替你心急！"阿标说着，演戏一样收敛住刚才还嬉皮笑脸的神态，边说边把嘴凑到我耳边说："你真正缺少的是硬件，就是文凭？懂不，大专文凭！"

"这又怎么啦？肚里有货就行了啊。"我没好气地对他说。

"这就不对了啊？你看看你之前的几个宿舍的工友，哪个不是走出这家工厂后当上了主管、经理啊，哪个不是拿的高工资啊？他们进出还有人开专车接送呢！你可能不知道，他们是靠啥改变自己命运的呢？实话跟你说吧，是大专文凭，我给他们办的，都是假的！"阿标怕我撵他出去，就自个儿在那里说着话。

尽管我没完全听他讲话，但他说张牛仔他们是他帮忙办的假文凭改变一生命运的事，感到十分的好奇，原来文凭真的很重要啊！于是抬起头，问道："多少钱一个假大专文凭啊？"

"外面办的是 200 元一个，我给你 50 元一个就行了，不论大专还是本科，都一个价！"阿标见我终于跟他说话了，而且在问价钱，于是又嬉皮笑脸地对我绘声绘色地说道，他怕我担心被看出文凭是假的，马上就说："你放心啊兄弟，我们办的文凭，绝对可以以假乱真，有钢印和红印，样样齐全！"

听阿标这样一说，我有点动心了，问道："几时能取证书啊？"

"今天给钱，明天就可以拿证，很快的！"阿标说。

就这样，我花了 50 元钱，找阿标办了一个西南财经大学经济管理专科毕业证书。望着这鲜红的"大学"毕业证书，心里却怎么也高兴不起来，更多的是不安。想想当初在家读书时，从小学到高中，父母亲含辛茹苦，脸朝黄土背朝天，忙农活交农税，卖粮食交书本学费，父亲做了农活又养鸡养兔又外出打工做木活养家糊口，而挣来的大部分钱，都被我们读书用了，到头来，真是雷声大，雨点小，颗粒无收。弄得家不成家，父亲病倒后无钱医治而病逝，母亲年老体弱多病……而今，一个大专文凭，只需 50 元就搞定了，而且，像张牛仔他们，却因这个假文凭改变了生存方式，过上了另一种日子。想到这，我的眼泪情不自禁地滚落了下来，顺着脸颊流进嘴里，一股咸咸的味道，掺杂着浓浓的苦涩味，被我吞进了喉咙，哽塞着哭不出声来。

然而，这本花了 50 元买来的大学毕业证书，我终究没有拿去应聘，一直保存在我的行李箱里，走到哪里，都闪烁着一种鼓励的光芒，警醒我人生的道路上，不要存在侥幸的心理，应脚踏实地，用真才实学和勇往直前的精神，去面对生活，面对人生。后来，尽管我的打工生活流离颠沛，居无定所，但我还是通过函授自学，终于拿到了河北省教育学院颁发的河北当代文学专修函授学院大专层次文凭，并重新拿起手中的笔，在铁架床上，在加班加点的工余时间，写出了一篇篇反映打工生活的作品，先后出版发行了《在南方等你的消息》《望一眼就心动》等四本文学专著，每本书都十分畅销，先后获得了中国散文学会等全国各种征文一、二、三等奖数十个，特别在 2005 年一举夺得共青团中央、全国青联联合主办的"首届全国鲲鹏文学奖诗歌类唯一一等奖，新华社等全国近百家新闻媒体作了专题介绍，获奖作品《纪念碑》在东莞"人大、政协"两会中，成为被誉为"提案王"的汤瑞刚常委作为保护外来工权益的理由作为提案，当场引起"两会"关注，省市新闻媒体再次聚焦《纪念碑》，从此，让东莞上千万打工人的合法权益获得了保障，在东莞的打工人从此也改了一个宾至如归的称呼——"新莞人"！而我，也被评为"东莞市优秀青年""新世纪优秀作家"等光荣称号。

1234560**7**89……
在交警队当文书那些事儿

面对越来越多的困难和生存中的压力，我决定重新摆正心态，尽快熟悉业务，加强语言沟通能力，提高公文写作水平，用能力征服本地人排外的思想，用能力坚守自己的尊严！

　　1997 年 9 月至 2005 年 11 月上旬，因为写作上的一点"成就"，使我从工厂主管，一下子成为东莞某交警队的文书，也是当时交警队唯一的一名外来工。在这个铁警队伍里，我经历着怎样的职场人生呢？一个没有靠山又没有后台的外来打工仔，又是怎么连续九年被评为交警系统先进材料员和信息员的呢？又是怎么被评为"东莞市优秀青年"的呢？在交警队当文书那些事儿，不仅是故事，不仅是传奇。

■ 一个女记者的来电，你有能力就行了

　　1997 年夏，我还在虎门镇新联管理区某五金厂厂务部工作。某天临下班时，人事部禾小姐急匆匆地跑到车间里对我说："真宗，有你电话，赶快到厂门口员工专用电话处接听！"

　　"哦，好的，谢谢您！"我应了一声，放下手中的活，来到电话旁，拿起电话。这时，电话那头传来一个温柔甜美的女声："你好，请问你是何真宗吗？我是东莞日报社的卢伟明，这几天，我连续在《东莞日报》和《虎啸》文学报看到你的文章，写得很好啊！"

原来，在广东打工的日子里，我经历了苦难、领略了世事沧桑，在虎门、厚街、石龙、大岭山镇，一个又一个驿站的迁徙，多少回遭遇白眼？多少次流落街头？唯我自知！在打工的岁月中，我一次次目睹了许许多多在南方风雨中追逐梦想的打工人的生存状态，我的内心时时涌动着满腔激情——"文学，来源于生活，又高于生活"，不知是哪位作家的名言，在我的耳边响起，在我的脑海里久久地回荡。这个时候，不禁让我惊讶地发现自己是多么的"富有"，我所处的时代，就是一个打工的时代，打工者是中国改革开放以来冲在最前沿的生活实践者，而且生活在最底层，而此刻，我就生活在其中，如果不把这个时代结出的特殊"产物"写出来，岂不是人生一大遗憾。于是，我重新拿起手中的笔，开始在打工路上寻找人生的另一个支撑点——就是写作。

1993年年底某天晚上，我和同乡何映春在虎门文化站一楼的书店里看书时，突然一份名叫《虎啸》的文学报吸引了我，拿起来一看，原来这份报的编辑部就在这栋楼的二楼。看到这后，心里涌起一股莫名的激动，仿佛一个漂泊的文学青年在远行的航海中找到了文学的港湾。这晚，我和映春哪里都没有去，各自掏出五角钱买了一份《虎啸》报后就回宿舍。从这以后，我认识了中国作家协会会员、国家一级作家、广东省作家协会专业作家、《虎啸》报主编陈庆祥老师，在他的关心和悉心指导下，我的作品不仅在他主编的报纸上发表，而且在当时全国最畅销的文学期刊《外来工》《佛山文艺》等杂志发表。再后来，也就是1997年，我又认识了《虎啸》报新任主编钟鸣，他是个很有才气的青年作家，其作品可以说是遍地开花，也是当时最早一批加入广东省作协的作家，因为那时的广东作协和东莞作协是不批准外来工入会的。也许同是外来工的缘故，也许是年龄相差不多的缘故，我与钟鸣很快就成了朋友。

此时，《东莞日报》社卢伟明刚才提到看过我的那几篇文章，就是发表在1997年《虎啸》报第71~72期合刊上的诗歌《燃烧的乡情》与《虎啸》报第73期上发表的散文诗《去远方》。这两篇作品分别在1997年2月18日和4月18日的《东莞日报》"荔香"副刊转载。

这时，我手握着话筒，思绪却突然飘到我那首《去远方》散文诗的情节里面。

去远方

远方,是一种诱惑;远方,是一种福音。

在阳光和月光下,在时间和空间里,远方始终在眼睛里延伸。远方,让我们悸动不安!远方青青的草叶和柔柔的山岚像一首缠绵不绝的歌,于灵魂深处,蓄积起一股清亮的回音。

远方的鸟啼,隔着多年的天空,坠于安静的枝头,如圆号吹奏一缕缕起舞的炊烟;如熨斗烙热乳白色的牧歌;如星星亮着遥遥的期盼,汇成春天新鲜的血液……

远方,以鸟的姿势,向源头和春天眺望,远方是我们无法结束的旅行。红尘茫茫,瞬间便是永恒。在远离拥挤乡音的地方,谁能从歌声里伸出温暖的手指,让安宁环绕四周,无边的思念,只有云多边形的扩拢又聚散。

想起远方,就是想起黑夜中一盏朦胧的灯光,照耀着我们的思想和行程。想起远方,同时也想起爱情和美丽,生命本自更加纯粹的境界,精神的火焰也随岁月的磨砺呼啸而出。

带着眼泪、信心、激情和智慧,用梦呼吸,用爱丰富的行囊,走向漂泊,一路远行。

去远方,是一种砥砺!

去远方,是一种福音。

远方不欢迎自暴自弃,远方容纳坚定不移的步伐和勇往直前的精神。走向远方,有我们希望的火把,随时都可能熄灭,但也随时能抓住——远方的情结与光亮。

想着,想着,我的眼里早已热泪盈眶……

"何真宗,你为啥不到报社来工作啊?"这时,卢伟明在电话那头大声地对我说道。

"我也想来,谁想一辈子在工厂做员工啊,可是,我没文凭啊!"我直截了当地说出了我的真实情况。

"文凭？你有能力就行了啊！"卢伟明鼓励我说。

"呵呵，能写首诗算啥能力呢？"我还是有点自卑。

"这样吧，你有空多给我写写稿吧，多写点青春题材和家园题材的寄给我吧。"卢伟明说。

"好的，如果你那边有啥好的招工信息，帮我推荐一下吧，谢谢你！"我回答道。

"可以啊！有空我们多联系吧！"卢伟明说完，就挂了电话。这时，我的心潮起伏，在广东四五年来，还是第一次接到《东莞日报》编辑部的电话，也是在那个书信伴天涯的年代，我第一次接触电话。这不是笑话，那时作为一名普通员工，即便有人查到你工厂的电话打进来找你，但厂部是不让你去接的。我放下电话，想了想，可能卢伟明是记者，她才有这个神通广大的本事吧。

接到卢伟明的电话后，我对写作的信心与对生活的信念更加坚定起来，工作之余，我放弃了与工友一样抽烟喝酒、打牌看录像的习惯，陆续创作了散文随笔《喜欢读书》《追求》《村校教师》《青春如莲花》以及诗歌《外来工》等作品，并全部在《东莞日报》"校园""家庭"版，以及文艺部主编的"打工天地"等栏目发表。每一次创作和发表作品，都给我带来一些兴奋与深刻的印象，特别那首《外来工》，我现在还记忆犹新——

外来工

外来工是一艘艘远航的船
山路这条长长的缆绳
脐带般地连接着
永恒如岸的故乡
太阳是个光芒四射的航标灯
照亮了父老乡亲注满深情的呼唤

外来工是一排排护渠夹道的白杨树

从故土移植到了远方

我种到哪里　哪里就是一派春光

外来工带着白杨树的精神

走遍全国

留下的足迹青春了四野八方

此诗 1997 年 7 月 4 日在《东莞日报》"打工天地"发表后，引起了东莞外来工的共鸣，纷纷写信去编辑部要我的通信地址，然后把他们心中的苦恼和人生的迷惘向我毫不保留地倾诉，我在充当"知心哥哥"的同时，也学会了思考和忍耐，同时收集到了大量的创作素材。

于是，在宿舍里的硬板床上，我肆意地让内心的情愫在笔下汩汩流淌，写下许多打工人渴望宣泄的内心世界，写出来的作品以何永志的署名不断在《外来工》《佛山文艺》《江门文艺》《南叶文学》《飞霞文学》《广东劳动报》《嘉应文学》等打工文学刊物发表，我也被一些新闻媒体誉为"打工作家"。

■ 真本事胜过高学历

1997 年的秋天很快来了，工业区路两旁稀疏的梧桐树叶由绿变黄了，一片又一片的，在秋风中依依不舍地飘荡着，然后冷清地蜷缩在墙壁里，直到被环卫工人用扫帚把它从我们的视线中消失。每当这个季节，我总是把它们从好的方面想，这些在风中漂泊的落叶，也许被风帮它们找到了另一个更好的归宿，这时我的心情，总会跟着秋风起舞，万里无云。在这个季节，我也从虎门镇新联管理区的那家五金厂转到虎门镇虎门寨的一家玩具厂任主管，月薪从以前的几百元提高到 1500 元，虽然还常常加班加点，但比一般员工轻松多了，心情也越来越好了，不知不觉就过了 1 个月。这时，我又接到了《东莞日报》社记者卢伟明的电话。

"何真宗，东莞市公安局交通警察支队篁村中队需要一个写材料的文书，你去吗？""我想去，但我行吗？这个是写公文呢！"这样的好消息，令我十分兴奋，但又怕做不好。

"只要你想去的话，那你明天先过来去试试吧，你的文笔，我还是挺有信心的。"卢伟明在电话里鼓励我。于是,我答应了并到老板那里请了一天的假。

第二天一大早,我急匆匆地赶到《东莞日报》社政文部,见到了正在办公室里忙碌的卢伟明,原来在电话里声音甜美的她,虽然长得不属于十分漂亮的那种类型,但从她的谈吐中非常明显地透露出一个女强人特有的气质,特别是她那份热情与坦率,让我感动不已。后来才知道,她是湖南长沙人,从《东莞日报》成立之初就在报社做记者和编辑,她的工作量非常地大,光负责的版面就有"法制""校园""家庭"等专版,不仅做编辑,同时还做采访,尽管日子过的匆忙,但她却跟她的先生在箃村宏远工业区开了一家电脑培训班,同时也在爱迪花园等买了几套房出租,事业可以说是蒸蒸日上。

"请把你的证件和你发表的作品拿给我看看吧!"卢伟明对我说。

"啊?我真大意,我啥也没带来哦。"天真的我,此刻羞愧不已,心里却想"熟人介绍工作,难道还要看硬件的本本吗"?

"哎,真宗,不是我说你,哪个找工作不带证件的呢?这样吧,交警队下午三点钟才上班,有的是时间,你现在赶快回虎门去把你发表的作品剪辑本和你所有的证件带在身上,然后就直接坐车到东莞箃村交警中队找张稳友中队长,我现在就给你写封介绍信你带去!"卢伟明对我的马虎行为虽有抱怨,但马上给我写了一封介绍信,然后又十分心细地给我讲了一些应聘的注意事项。在我离开报社之前,她握着我的手对我说:"真宗,出门打工,最重要的是自信,我相信你做得下来的,而且会做得很好!"

"谢谢您了,卢老师,我一定尽力而为!"我望着卢伟明对我投射过来的鼓励眼神,心里充满了感激,但不知说些啥才能表达此刻的心情,只是不停地说"谢谢",然后就告辞走出报社大楼,急急忙忙赶到东莞汽车站坐回虎门的公交车。

下午3时,我带着曾发表的作品剪辑本和几本特约记者证、创作员证准时地走进了东莞市交通警察支队箃村中队张稳友中队长的办公室。张稳友是一位具有20多年工龄的老警察,慈眉善目,平易近人。我走到张稳友面前,小心翼翼地掏出卢伟明写的介绍信。

"哦,你好,何先生,你到隔壁办公室找赵玉辉指导员,这件事由他负责!"张稳友说着,一边放下手中正在翻阅的文件,一边起身把我带到了指导员办公室。

在指导员办公室,见他正坐在办公桌旁的座位上,待张稳友中队长离开后,我马上对赵指导员作了自我介绍。

赵玉辉抬头看了一下我，立即放下手中的文件，指着他办公桌前的一张椅子说："哦，你请坐吧。"随后，他走出座位，从靠门边摆放的消毒柜里取出一个茶杯并从旁边的饮水机里倒了杯水放到我的面前。

"你好，指导员，这是我在《东莞日报》等一些报纸杂志上发表的作品剪辑本，这些是我被某某文学研究所聘为文学创作员的创作证和记者证。"见指导员重新回到他的座位上后，我连忙从一个透明塑料薄膜袋里掏出我的"硬件"递交到指导员的面前。

赵玉辉接过我的作品剪辑本，从头到尾地翻阅起来。这本作品剪辑本，是我从1993年到1997年8月间发表的作品剪辑，约有200多篇10万多字，这些作品，有散文有诗歌，都是我在工作之余，俯卧在工厂宿舍的铁架床上写出来的。这时，赵玉辉一边翻看着，一边问："阿宗，你是哪所大学毕业的呢？"

"不瞒您说，指导员，我的学历不高，只是高中毕业。"我毫不掩饰自己的缺点，也不怕他不要我，实事求是地回答了赵玉辉指导员的问话。

"哇，那真不简单啊，一个高中生能写出这么多作品不容易！特别是在《东莞日报》发表作品，更不容易啊！"赵玉辉指导员夸赞我说。

我忙说："过奖了指导员，为了生存，我们不得不努力学习提高自己啊！"赵玉辉指导员说："是的，做人总要不断进步才行的！这样吧，阿宗，我看你是个勤奋好学的人，也发表了这么多的作品，我相信你的写作水平，加上你又是《东莞日报》社记者介绍来的，我相信你的人品，现在我决定聘用你来我们交警中队做文书！"赵玉辉望着我，停顿了一下，接着又问道："阿宗，你几时能来上班呢？"

"请问工资多少一个月呢？"出门打工，工资是我们最先关心的问题。望着眼前热情的赵指导员，我没有放弃自己最关心的工资待遇问题，没有直接回答他的问话，而是反问了他一句。

"我们工资比较低，每月850元，过年过节有一些福利！你来就包吃包住。"赵玉辉指导员告诉我，除了基本工资，每年的元旦、春节、五一、国庆等节假日会有几百元的福利，也有单位发放的节日慰问品。

"哦，这样啊，我现在在工厂里是主管，工资有1500元一个月，在你这里的工资太少了，不过，我很喜爱文书这个工作，更重要的是，这里可以让我跟你们本地人有个交流的平台,能向你们学到很多东西! 指导员,你让我回工厂考虑一下吧,最迟一个礼拜答复您!"我说。说真的,我一听说这个工资,我有些犹豫不决,但又舍不得放弃这次人生转型的机会。我这样回答赵玉辉指导员,就是容我一个思考的余地。

"那就这样说定了,为了让你早日加入我们的队伍,我现在把你的记者证押在我这里,你来上班那天就还给你吧!"赵玉辉指导员曾是个军人,说话也直来直去,现在主管全队警察的政治思想工作,可以说是用人唯贤。此时的他,担心我不来上班,竟然要扣押我的证件来"迫使"我去赴任,此情此景,令我十分感动,想起五年前的 1992 年在深圳被公安部门的治安队员以"三无人员"抓到收容所的往事,内心涌动着一种说不出道不明的滋味,顿觉眼前的这位警察,是多么的平易近人,是多么的和蔼可亲——真正的警察,是令人敬佩和感动的。赵玉辉就是这样一个人。想到这里,我更多了份勇气,不管怎么样,我都要到交警队里试试。

"指导员,扣押我的证件,似乎有点不合法吧,我说来,一定会来。我的承诺,就是诚信!"我见赵玉辉指导员要扣我的记者证,虽然感动于他对我的执著,但还是不想他做出让我不满意的行为。

"好,就信你这句话! 我等你来上班!"赵玉辉指导员一边把我的作品剪辑本和证件还给我,一边把他的办公电话和手机号码写给了我。

回到虎门工厂后,想起才 850 元的工资,我又犹疑起来。如今我在这家玩具厂做主管,这 1500 元的工资,可以说是我奋斗了 5 年的时间才一步一步走到这一天的啊,难道就这样放弃吗? 最主要的是,一个爱好写诗歌的,去写公文能行吗? 如果不行被炒了鱿鱼,那我又去哪里再找到 1500 元的高工资呢? 这几个问题,一直在我的脑海里出现,一时拿不定主意。于是,我把这些心事悄悄地告诉了在虎门田氏化工厂打工的何映春和在《虎啸》报任主编的钟鸣。何映春说:"真宗,我认为你还是去试试,能进入交警队工作,也许真的是你人生最好的转折点! 如果转正了,你的命运将会彻底改变好起来的。"而钟鸣却告诉我:"你现在已是主管了,工资 1500 元一个月了,工作是得心应手,如果去交警队做,工资不仅少了一半,而且写公文不是你的强项!"他们的看法,都对。一连几天,我仍然拿不定主意。直到我承诺去报到的前一天,我才决定了下来。

那时我想,其实这份工作轻松,每周只上五天班,周六和周日,我可以拥有大量的写作时间，作为一个写作者，应该不仅限于生活在最底层，需要接触不同层次的人群，不同的工作环境，社会在进步在发展，我们又作为外来工，或者说他乡城市的建设者，不仅得到的是应该得到的工资，而更多的是主动与广东当地人去接触和共同学习，即便现在广东人对我们这群外来工仍然充满了歧视与排斥。

就这样，在 1997 年 9 月 2 日，我辞去了虎门镇某玩具厂主管的工作，到东莞市公安局篁村交警中队当上了一名文书。从工厂打工打到交警队里，从心底里都得感谢《东莞日报》社记者卢伟明的引荐，是她把这个机会留给了我。同时，也让我领悟到，机遇，往往垂青于有思想头脑的人。所以，命运往往是，好文凭不如有个真本事，好本事胜过高学历。

■ 进入交警队，我是唯一的外来工

进入交警队后，中队指导员说，我的主要工作就是写工作方案、工作总结、情况汇报等公文材料，采写中队工作动态、先进事迹等各类新闻稿件并作好对外宣传报道，同时每月编写一期《篁村交警简报》上报城区交警大队和东莞交警支队以及篁村区政府；每天给交通违章司机办学习班，配合中队搞好交通安全宣传教育工作。用一句话概括说，那就是文书兼宣传员。

俗话说："师傅领进门，修行在自身。"在新的工作环境中，我将面临新的挑战和考验。而这种挑战和考验，不是职场上的竞争，而是在交警队里，我是唯一的一名外来工。

1997 年 9 月 3 日，是我到东莞市公安局篁村交警中队报到的那一天，也算是正式上班的第一天。那天，在中队指导员赵玉辉的安排下，我先被在办公室工作的民警刘建高带到了二楼中队长张稳友办公室对面的一间宽敞明亮的单套间宿舍里，说是单位给我提供的免费宿舍。我放下行李，眼前的一切让我惊呆了——光洁的瓷砖地板，洁白的墙壁，一缕温和的阳光透过明亮的玻璃窗，绕过半拉开的高档窗帘，柔和地照在 1 米 5 的席梦思大床上，床上摆好了一床崭新的军用棉被和崭新的蚊帐。床前有个大的十分精致的梳妆台和一张书桌，书桌上摆放着一盏崭新的台灯。在靠窗的一边，一台挂式空调正无声地吹着冷气，让人倍感温馨和亲切，对一个来自农村，又经历过无数次睡荒上和铁架床的打工仔来说，显得如此奢华。可是,在我心里,眼前的一切,只不过是过眼云烟,说不定瞬间即逝。因为,对于交警队的文书工作,一切都是陌生的,这次来,只是抱着试一试的态度。

"真宗,你先把行李放好,然后跟我下去一楼办公室,我把领导给你的工作安排一下。"这时,刘建高见我小心翼翼地把行李放下了,用普通话跟我说。

"好的!"我回答说。我和他一起走出宿舍,并轻轻把门关上,就随他来到了一楼大堂右边的一个大大的房间。房间里摆放了一排排的长条木椅,木椅正对方的一张办公桌上摆放着一台 29 英寸的大彩电,旁边放着几个写有《道路交通管理条例》和《交通事故案例》的录像带,在进门靠右边的门边,放着一张朱红色的红木办公桌,桌面上压着一块透明的厚玻璃,桌上有一台台式电话。

"真宗,这里就是办公的地方,你的工作除了领导交办的文字材料工作外,就是每天给来中队处理交通违章的司机办学习班。所谓的办学习班,就是让违章司机坐在这里,等到约十来个人后,你就打开电视机和录像机,让他们把录像看完了就算办完班了。"刘建高一边带我在房间里转了一圈,一边从手里递过来一盒印泥和一枚长方形的印章,一边详尽地给我安排着工作。这时我真诚地望着他的眼睛,认真地听着,不时地点着头,也不时"嗯、嗯"地应和着。

接着,刘建高又说:"真宗,办班的时候,首先是每进来一个交通违章司机,你就要让他们把一张叫交通违章暂扣凭证(以下简称《凭证》)的纸条拿给你,然后就让他们看录像,录像看完后,你就在凭证的背面空白处盖上我给你的这枚"已办班"的长形印章,再签上你的名字,最后就把凭证发还给每个违章司机,同时叫他们到中队的办证大厅交给违章处理窗口接受交通违章处理!"

"明白!"在刘建高介绍办班程序时,我一边听一边快速地作了笔记,所以在他把话一说完,我就几乎同时记了下来。刘建高给我安排好工作后,他就回到自己的办公室工作去了。

上午 9 时许,中队大厅了里就排满了许多前来办事的司机和群众。在这些人群中,有前来处里交通违章的司机,也有前来处理交通事故的群众和司机。在我办公的地方,不一会儿就坐满了违章司机。我就按办公室民警刘建高的吩咐,认真地将违章司机的暂扣凭证收集起来,然后就打开电视机和录像机,把一个个血淋淋的交通违章造成的交通事故案例呈现在违章司机的眼前。这是我第一天上班,对这里的一切都充满了好奇,在播放交通案例录像片时,被片中的交通事故案例吓得浑身打颤,整个身子像被摇曳一样,背心拔凉拔凉的,但从这一刻起,让我明白了————一个违章司机和一个不懂得交通安全的人,后果将是如何的不堪设想。

当我正与这群违章司机一起看这些交通违章录像片时,这些司机却坐不住了,陆续有人跑到我的跟前哀求说:"阿 SIR,我公司还有客户接待呢?别再让我看了,太耽误时间了!""大哥,求你让我先去处理违章吧,我真的还有急事呢!""大哥,你给我签字放行吧,我给你钱!"……听了这些,我的心里有种说不出来的恶心,真想吼他们几句,谁的时间不宝贵啊,出了交通事故命都会丢呢!可是,我没有说话,也没有听任何人的哀求,而是让他们老老实实地看完了录像带。一个上午,我分批为近 200 个交通违章司机办理了"学习班"。

11 时 30 分,全中队的人都下班去一楼的饭堂吃饭去了。这时,指导员赵玉辉走到我跟前笑着对我说:"阿宗,走,跟我去饭堂吃饭吧!"

我关好门窗和电视机的电源,跟他一起来到了中队饭堂。这个饭堂不大,跟我办公的房间差不多,隔了三间,里面是厨房,中间进去的是吃饭的大堂,旁边是堆放杂物的房间。这时,大堂的三张桌子旁,有七八个民警正在就餐,在中间的那张桌子旁,中队长张稳友正在吃饭,他见我和指导员进去,马上对我笑着说:"真宗,去厨房的窗口拿饭菜过来坐这里!"

我和中队长、指导员三个人围坐在一张桌前。他俩一边关切地问我吃不吃得来广东菜啊?要不要辣椒啊?一边聊着,一边对厨房的阿姨说,明天买菜时买瓶辣椒回来让我下饭菜,一边对其他两桌的民警说:"这是新来的文书,叫何真宗,是个记者来的,以后有要写的东西就交给他写就是了!"我抬起头,转过身对两桌的民警点了点头。而这些民警,连看都不看我一眼,只是叽里呱啦地用粤语与中队长张稳友和指导员赵玉辉说些我听不懂的话。

下午 3 时,中队又上班了,我又重复着上午的工作,真正的材料一个字没写,写自己的名字却写到手软,直到下午 5 时 30 分下班,中队的民警除了值班的在饭堂吃饭外,大都回家吃饭了。所以,整栋大楼,安静下来。这时我觉得十分无聊,于是来到办公室打开电视看起电视来。

不知什么时候,一位女孩敲门走了进来。我一看,是这里的清洁工,她说她要来打扫卫生,因为楼高房间多,好多卫生都是晚上来清扫。她自我介绍说她不是东莞人,是广东河源的。她说我是篁村交警中队第五位前来做文书的人了,前几个男的女的都有,都是大学生,没做几天就被炒掉了,要我好自为之。我忙说谢谢提醒。

听了这位清洁工的话,我倒吸了口冷气,心想一个外地人进入到交警队工作是多不容易。在这里,我是唯一的外省民工,连看大门的门卫和做饭的阿姨,都是本地人。也许是我刚来上班,跟他们不熟悉,也许正如那位清洁工所说的,这个中队文书来的多,被领导留下来的没有一个,因此在这里好几天的时间里,没有一个民警跟我主动说过话,甚至守大门的本地老头。这时我才意识到,在交警队里打工,我面临的不仅是工作能力的挑战,还有语言和心理素质的挑战。

面对越来越多的困难和生存中的压力,我决定重新摆正心态,尽快熟悉业务,加强语言沟通能力,提高公文写作水平,用能力征服本地人排外的思想,用能力坚守自己的尊严!

■ 考验,我坚守尊严

第二天一早,我到饭堂吃过早餐后,提前来到办公室,想第一时间找出中队以前留下的文件熟悉一下业务,然而,这里没有一份文件夹,没有一个档案室,心中不免多了一份迷惘。

8时40分许,前来交警中队办事的人越来越多,到我这里办学习班的违章司机成群结队。我按照昨天的工作流程,收集好违章司机的《交通违章暂扣凭证》,打开录像机,让他们认认真真地看交通安全教育片。等一切安排妥当后,我拿出自己从虎门带来的一本《现代公文写作》书认真翻阅起来。

一个小时后,首批前来参加学习班的违章司机离开了,第二批也正式开始看录相了。这时,指导员赵玉辉打来电话叫我到他的办公室。

"阿宗,你帮我写一篇关于交通事故的原因分析和解决方案给我吧,下午下班前交给我!"赵玉辉吩咐我说。这是我进入交警队里他给我安排的第一份要写的材料,得认真写好,也许,就这一份材料,就是决定我去留的关键。我知道,在广东,时间就是金钱,时间就是效率,时间就是生命,大多数的企业和老板,是不会给你任何时间去学习和培训,要你做的工作,行就行,不行你就卷起铺盖走人。正如那位清洁工说的那样，这个中队来应聘文书的多，留下来的少。

"好，指导员，一定完成任务！"在警队里上班，我模仿着电视里的片段，十分响亮地回答。

赵玉辉一听，笑了起来，说："阿宗，不要那样严肃嘛，好好工作就是！"

回到座位上，我心里一点谱都没有。上班第二天，中队领导就要我写一个对东莞篁村辖区道路交通、事故原因等完全陌生的书面材料，一时让我措手不及。要知道，我是一个刚从工厂里出来的外乡人，不但不熟悉这里的交通情况，而且对事故发生的原因更是一窍不通，更莫说要写出让他心服口服的解决方案。这样一个大问题，说白了，只有事故专家才能写出来的啊。真是越想越害怕，越害怕我心里越没底了。"怎么办呢？怎么办呢？"我在心里一边自问，一边想着怎么完成这个决定我去留的"第一份材料"。

一阵紧张过后，我变得冷静下来，脑海像放电影一样，对过去自学《现代公文写作》的内容进行一次又一次的过滤，这时才想起，写调研类文章，对问题要有自己独到的见解，要全面细致，考虑问题既要有长远打算，又要有近期目标，思考细致全面，按计划推进工作。而要完成这些，必须要找交警中队处理事故的民警进行采访，对辖区交通道路要深入全面细致地了解，包括每一条道路的里长、路口有多少个，事故多发点，事故多发原因等等，都要全面深入地走访和进行统计。想到这些，这可是个大的工程啊？可是指导员给我的时间只有几个小时！

事不宜迟，马上行动。我来到指导员办公室向赵玉辉请示：第一，请指定一位处理交通事故的民警配合我提供篁村辖区道路的交通事故宗数、受伤人数、死亡人数等四项指数及发生事故的原因；第二，请安排一位民警开车送我到辖区国道、省道、市道等主干道路以及工业区道路和村级道路进行里程、路口等数据进行统计。

赵玉辉一听，马上给中队事故组曾海林、办公室刘建高分别打去电话，要他们积极配合我完成上述工作。

就这样，一个上午，我很快完成了数据收集和熟悉辖区道路情况，对1997年上半年东莞篁村辖区道路交通事故发生的原因和道路存在的问题了如指掌，对如何解决问题的方案也心中有数。中午下班吃完饭后，我回到办公室，关上大门，一个人坐在办公桌前，奋笔疾书，一篇洋洋洒洒三千多字的调研报告，终于赶在下午 3 时上班前完成了。

当天下午 3 时许,当我把这篇《篁村区道路交通事故分析报告暨解决方案》呈递到指导员赵玉辉手中时,他顿时傻了眼,惊诧地对我说:"阿宗,这么快就写好了啊!"那时,中队没有一台电脑,三千多的文字,都是我一笔一画用手写出来的,有时写错了字或需要删改内容,都要重写一篇。如此快的速度,对他和中队的每一个民警来说,莫说是动脑筋写,就是去抄,也未必能在短时间里抄得完。

我忙回答说:"是我中午加班写出来的,有你和民警的支持,我就好写多了!不过这些行不行,麻烦请您先看看,我初出茅庐,对交警工作不熟,还请指导员你多多包涵!"

赵玉辉接着说:"阿宗,你说得对,我们做事不仅要快,更要写好。你先坐一会,让我看看先!"

我坐在指导员的办公桌前,一边把目光顺着他的目光游离在我写的文字里,一边悄悄地抬起眼神,望着他的表情。令我没想到的是,指导员边看边微笑着点了点头,口里还不时说"写得好,写得好"。看完后,他站起身,拿起我写的那份材料,对我说声再坐一会儿后,就走出办公室来到中队长张稳友的办公室里。

大约半个小时候,指导员赵玉辉从中队长办公室里回来了,不等他开口说话,我就从他满面春风的脸色里,看到了他和中队长对我那篇调研报告的满意。

"阿宗,真不愧是作家啊,你写的这份材料,我刚拿给中队长张稳友和处理事故的民警看了,认为你的文笔流畅,分析透彻,见解独到,把我们领导想说的意见和建议你都写出来了!"赵玉辉一回到座位上,马上高兴地对我说。

见他一脸兴奋的样子,我的心里虽然十分开心,但是我仍然冷静地对指导员说:"不是我写的好,是你们领导重视的好,下面的民警配合的好!而我,只不过是照您的意思把文字写了出来而已!"

"我们一定会支持你的,过几天有空了,我再带你到辖区转一转,让你尽快熟悉这里的一切",赵玉辉说,"国庆节要到了,工厂企业都要放假,特别是宏远工业区,外来人口特别多,也是交通事故多发人群。所以,过几天东莞市交警支队要到宏远工业区新科电子厂里搞一次大型的宣传活动,到时你跟我去采访一下,回来写篇新闻稿投给《东莞日报》和《东莞交通安全报》,让更多的人知道交通安全的重要性!"

"好的，我一定尽力而为！"听了指导员的话，我心里的石头总算落了地，因为，他们至少把我留了下来，并一致认为我写的材料令他们领导满意。用后来我们常说的话，就是符合指导员的"口味"。

其实，这件事，给我一个深刻的体会就是，凡事就要深入生活，深入实际，特别是公文写作，一定要实事求是，才能写出熟悉的东西，才能让人一目了然，这一点，犹如做人，无论在何时何地，都应脚踏实地，认真工作，做好工作，只有这样，尊严这个东西，才不分贵贱，更不论贫富地守护在你的身边，不离不弃。

■ 一不小心成了"名文书"

1997 年 9 月 7 日上午，刚吃过早餐，我就被中队指导员赵玉辉急匆匆地叫到他的办公室里。

"阿宗，前两天跟你说的由东莞市公安局交通警察支队主办，篁村交警中队承办的东莞市交通安全宣传活动，今天上午九点半要在宏远工业区新科电子厂举行，你现在拿着这个相机，跟我一起到新科电子厂去，回来给我写条新闻稿对外宣传报道一下！"指导员赵玉辉说着从抽屉里拿出一个傻瓜照相机，还问我会不会照，我说会，于是，就坐上他开的一辆三菱吉普警车来到了新科电子厂。

这是我第一次跟领导出来采访，也是第一次享受领导给我开车的待遇，心里既高兴又紧张。到了新科电子厂，我看到许多来自交警支队的民警和篁村中队的民警在这里紧张地布置"交通安全知识流动宣传栏"，有的民警在摆设交通安全知识咨询点，有的民警手托一大叠交通安全宣传单和《东莞交通安全报》准备在现场向工厂员工免费派发。

不一会儿，百米来长的"交通安全知识流动宣传栏"在几位民警的摆布下，很快就有条不紊地摆好了。这时，指导员赵玉辉走过来带我走到一位瘦高的民警身旁，用手指着他说："阿宗，这是交警支队宣传科的彭建国，也是《东莞交通安全报》主编，以后你可要多向彭主编学习和投稿啊，彭主编还是你们四川老乡呢！"

我抬起头，望着比我高一个头的四川老乡彭建国，十分谦逊地用四川话对他说："你好，彭老师，我叫何真宗，来自四川万县，刚到中队当文书，以后请多多关照哈！"

"何真宗,我经常在《东莞日报》上看到你的大作,文笔很好,相信你写这些新闻稿也不在话下的,你只管写来就是!"彭建国对我笑着说。他说话的声音十分响亮、干脆,没有丝毫傲慢与偏见,言语中充满了热情与鼓舞。

九点半到了,宣传活动正式开始,没有领导讲话,没有举行仪式。说是正式开始,其实这里早就围观了许多工厂员工,三五成群的,有的在流动宣传栏看看,有的在交通安全咨询点问问,也有的接过民警手中的宣传单,拿在手里认真地阅读起来。这时,我拿起指导员给我的傻瓜照相机,对准这些人群,以不同角度疯狂地按下了快门。为了真正把自己当作一名"记者",我还来到这些围观的人群中,选了几位工厂员工问问他们的感受。他们每说的一句话,我都用笔快速地记录下来。

中午 12 点,在新科电子厂有关负责人的安排下,我和指导员赵玉辉以及篁村中队、市交警支队的民警一起,被邀请到新科厂的贵宾饭堂就餐。在这个时候,我主动跟支队宣传科的彭建国碰杯喝了酒,言谈之中知道他是个性情中人,老家是达县的,当兵退伍来广东之前在达县某单位就是科级干部,后来到东莞电视台工作,两年后就调任到交警支队至今。因为是老乡,我的心里也倍感亲切和亲近,所以在他面前,少了些拘束,多了一份信任。

吃过午饭,宣传活动照常进行。在下午五点多钟时,也是快要到下班的时候,指导员赵玉辉就把我送回了篁村交警中队,因为这天是周日,他就直接回到家里了。而此刻,我的文字工作才刚刚开始,我的任务是要写一篇新闻稿,然后投给《东莞日报》发表,这样我的工作才是做到最完美的一步。

说真的,我没有写过新闻和消息之类的稿件,想不到在中队却成了我的主要工作。回想起一天的经历,站在篁村交警中队的角度,我铺开中队印刷的专用稿纸,用钢笔一笔一画地写下了题目为《送交通安全知识进工厂》的短稿。

写完这篇稿后,我马上拿着相机跑到宏远工业区里的一家篁村交警中队指定的照片冲印店里,把今天我拍摄的照片冲洗出来。第二天,我把这篇稿和选出来的两张照片装进信封里,通过邮寄的方式把它们寄给了《东莞日报》社政文部的编辑记者卢伟明;与此同时,我又把稿子重抄了一份,亲自把稿子送到了广东宏远公司主办的《宏远报》编辑部。一切办妥后,我每天都留意着这两份报纸,期待这稿件能够发表。

1997年9月12日,星期五,农历丁丑年八月十一。这一天,令我十分兴奋的消息接踵而来,我写的新闻稿在《东莞日报》和《宏远报》同一天发表出来了!这个关系着我的工作前途与中队领导对我重视的事,让我喜不自禁,马上拿着写有关于中队宣传活动这条稿的《东莞日报》和《宏远报》来到指导员赵玉辉的办公室里,展开报纸高兴地对他说:"指导员,今天的《东莞日报》和《宏远报》都发表了我写的9月7日在新科电子厂搞宣传活动的新闻!"

赵玉辉一听,马上放下手中正在翻阅的文件,一把抢过我手中的报纸,认真地看起来。

"哇,我们中队见报了,真是太好了!"赵玉辉看完新闻稿后,脸上露出的喜悦之情比我还兴奋,马上拿着报纸走到中队长张稳友的办公室里,用粤语大声地交谈起来。见指导员走出他的办公室,我也跟着出来,回到了自己的办公室里。

中午吃饭时,篁村交警中队见报的事,经指导员赵玉辉一宣扬,不管在一起吃饭的还是没在一起吃饭的民警,当天全部都知道了。从这以后,每一位民警,无论上班还是下班,他们都对我另眼相看,说话做事都对我十分客气起来。

在两个月之内,我在中共东莞市委主办的机关报《东莞日报》上接二连三地发表了八篇新闻稿,同时也在东莞的其他主要报刊发表,这在当时新闻报道只凭报社记者采写为主的年代来说,不得不说是一个奇迹。我在工作上一个接着一个的出色表现和采写篁村交警中队的稿件频频见诸报端,加上我的文学作品与篁村交警中队的名字一并在珠三角的一些报刊出现,不知不觉引起了东莞市公安局交警支队领导和全市各镇交警大队、交警中队领导的广泛关注。"篁村交警队有个材料员叫何真宗"也一下子传开了,说我是交警队里的"记者",篁村中队里的"作家",此时篁村交警中队的领导也因我的出色表现常常引以为荣。每当这个时候,我心里更清楚该做些什么,也该放弃些什么,一个人越是名声在外,越是要小心翼翼,人生道路漫长,每走一步,都得脚踏实地。

这一年,只在篁村交警中队工作了近四个月的我,就被东莞市公安局交通警察支队主办的《东莞交通安全报》评为先进通讯员,获得500元的奖励。领奖那一刻,我感动得掉下了眼泪,因为,此刻我才感到,东莞不相信眼泪!东莞,只属于懂得抓住机遇的人!

■ 领导带我到省电视演播厅做嘉宾

1997 年 12 月某天,东莞市公安局交警支队篁村中队指导员赵玉辉告诉我一个令我彻夜难眠的好消息。

赵玉辉说,东莞市首届外来工、驾驶员道路交通安全知识竞赛将于 12 月 23 日晚上 8 时 05 分在广东电视卫星频道《欢乐有约》节目面向全国进行现场直播。而我也受到邀请作为外来工代表参加现场观摩。听了这个消息后,觉得到电视演播厅做嘉宾,还是大姑娘上轿,头一回,挺新鲜的,这也是一个锻炼和学习的机会。因此,我工作起来更加热情,更加精神抖擞,一直期盼着那一天的到来。

这天,终于来了。我们在几辆警车的护送下,一路畅通无阻,准时在当天下午 5 时左右就赶到了广东电视中心大楼门口。我们一行刚一下车,就被节目组的人热情地邀请到附近的汉宝酒楼吃晚餐,还嘱咐我们吃了晚饭后准时在 7 时 30 分统一到广东电视中心大楼的大堂集中,随工作人员的安排走进演播厅。这时,尽管我在心里对自己说"我只是个现场嘉宾而已,我只是个观众而已",但我的心里还是有些兴奋和紧张,仿佛这次在演播厅里上台答题的人是我自己,以为再过两个小时,我要与千家万户的观众见面了一样,心中不禁升起了一种庄严的感觉。

吃晚饭的时候,我跟中队长张稳友、指导员赵玉辉以及交警支队的几个领导围坐一席,其中还有一位来自广东电视台某部门的负责人。据这位负责人介绍,广东电视台成立于 1959 年,是我国建台最早、发展最快、最具有影响力的省级主流媒体之一。最初是以"广州电视台"的呼号用二频道试播黑白电视节目,1960 年 7 月 1 日正式开播。1974 年 12 月 26 日开办第二套节目,以八频道试播彩色电视节目,1976 年,第一套节目也改为彩色电视节目。1979 年 1 月 1 日改名为广东电视台。1996 年 7 月 8 日,广东电视台更换台标,同时广东电视台一频道(即现广东卫视)上星。广东卫视全称"广东电视卫星频道",是广东省最具权威的电视频道。以新形象、高品位、大视角和贴近生活、服务大众为宗旨,使用普通话及少量广东省内方言和英语,全天 24 小时不停放送。听到这里,我的心中又多了一份期待,恨不得马上就能走进那个演播厅先睹为快。

晚上 7 时 30 分,我们在广东电视中心直播厅工作人员的安排下,依次坐到了直播厅的嘉宾位置上。晚上 8 时 05 分，随着一阵悠扬的旋律和柔美的舞蹈徐徐拉开了"东莞市首届外来工、驾驶员道路交通安全知识竞赛"的帷幕。整个竞赛分速答题、必答题和风险题三轮，并在广东省交警总队有关领导的监督下进行。经过《欢乐有约》节目组的精心组织、精心编排和精心设计，所有的竞赛题目采取生动的电视画面、幽默的文艺小品和别具一格的出题形式，让所有的参赛者都能在一种平和、轻松、热烈的环境中答题，演播厅里不时爆发出热烈的掌声。看到这里，我不禁由衷地感到，"东莞市首届外来工、驾驶员道路交通安全知识竞赛"不论从策划，还是到竞赛现场，都搞得非常成功，它不仅让广大现场观众和电视机前的观众欣赏了一些有意义的以宣传交通安全知识为主题的文艺表演，也接受了一次交通安全教育，比某种按铃抢答和程序呆板的笔答题更新鲜、更灵活、更富有宣传力度和宣传效果。

活动临近结束时，《欢乐有约》节目组还特别邀请了广东著名歌手张东为我们演唱了歌曲《他乡的日子》，那充满沧桑和悲壮的歌词，尽管勾起我对家乡无比的怀念，但我从它的旋律中找到了一股温暖，像一句来自他乡的问候，让我感到欣慰和感激。

是的，一个外来工，能在东莞与当地交警队的领导一起走进省台的电视演播厅里做《欢乐有约》节目嘉宾，对我来说是一种从未有过的开心与幸福。我也知道，这次机会，是东莞市委、市政府对数百万外来工和驾驶员的关爱，也是东莞市公安局交通警察支队的高度重视和精心策划、组织下，才有了这场"东莞市首届外来工、驾驶员道路交通安全知识竞赛"，我也才有幸被作为外来工代表受邀到广东电视卫星频道演播厅现场观摩。因此，在 1998 年 2 月 13 日的《东莞日报》上发表了署名文章《我进了电视演播厅》，记下了人生中最美好的时刻，也写下了当地政府和交警队对广大外来工的关怀之情。

■ 春运，一次惊心动魄的采访

我不是记者，却要在篁村交警中队里充当着这样一个角色。作为中队的一名宣传员，每年春运期间，我每天都要编写一期《春运快讯》简报向上级汇报。因此，每年春运，无论领导有没有安排，我都会主动请战，跟随执勤民警到春运第一线采访。而每一次采访，都会给我留下深刻的印象，让我亲历了东莞公安交警发挥一警多能奏响的一个个可歌可泣的凯歌。

1998年春运期间，篁村交警中队将安排民警到广深高速公路石鼓路段出入口处执行春运盘查任务。得知此消息后，我觉得是一个锻炼我现场采访能力的机会，也能保证完成编写《春运快讯》的任务。于是我立即跑到中队指导员赵玉辉办公室，主动要求随行采访。

"春运道路交通繁忙，过往车流非常多，人员也较复杂，你去，怕有危险，再说，站在光秃秃的公路边，天冷，容易感冒！"赵玉辉见我要跟民警去春运一线采访，担心会发生意外，于是关切地婉言谢绝了我。

"指导员，虽然我初来乍到，但我懂得怎么保护自己，在执勤现场，多一个人或许我能给他们帮点啥忙！再说，我对中队工作还不熟，跟他们去春运第一线，这可是我更加了解交警的一个难得机会！"我望着赵指导员，诚恳地请求道。

"那好，我同意你跟他们去，但一定得注意安全！"赵玉辉见我一脸的真诚，犹豫片刻后，终于答应我了，还亲自开警车把我送到了广深高速公路石鼓路口篁村交警春运执勤点。

在春运执勤点，正如赵玉辉所说的，这里人烟稀少，抬头只能看到远处的高楼大厦和高速公路上来回奔驰的车流，寒风呼啦啦地叫着，吹得心里直发麻。特别是每过一辆九座以上的小客车、商务车或大巴车，执勤民警都要挥动手中的指示标志牌，叫司机停车接受全面检查。就在这些被接受检查的车辆中，有超载的，也有私自改装车辆的，甚至有些车辆有可能隐藏着一些车匪路霸或在逃嫌疑犯，而这些都随时威胁着每个旅客和执勤民警的生命与财产安全。因此，篁村交警中队全体民警充分发挥一警多能作用，既要确保道路畅通无阻，还要打击车匪路霸，确保人民生命财产安全。

1月24日上午11时许，篁村交警中队黄伟林、张兆阳等民警正在广深高速公路石鼓路口篁村交警春运执勤点执勤时，突然一位满脸血迹，全身泥垢的年轻男子急匆匆地赶到他们面前，慌张地说："在与白马出入口临界的厚街镇路段，一辆双层卧铺大客车与一辆大货车相撞。大客车上跳下四名身强体壮的汉子来到大货车驾驶室前，用力拉开车门，揪出开车的司机就是一阵拳打脚踢，有的还用铁棍猛打他的头部和背部，当场把大货车司机打得头破血流，直到该司机趴在地上站不起来后，他们才开着大客车扬长而去，直奔广州方向逃跑。"这时，被打的司机却忍痛记下了那辆逃逸车辆的车牌号。而被打的人就是正在报案之人。

"太嚣张了！"交警被这群车匪路霸激怒了，于是走到莞太公路旁，拦截了一辆小汽车，让司机先将伤者送到医院治疗，同时留下几位民警继续守住春运路口后，黄伟林和张兆阳立即联系也在该路口执行打击车匪路霸任务的篁村公安分局的民警驾驶警车朝那辆大巴车逃跑的方向展开追捕。在我的要求下，也随车同行。

警灯闪烁，警笛声声。高速公路的车流像珠江的水浪一样，见高声鸣叫着的警车开来，每个驾驶汽车的司机心想肯定有紧急情况，于是纷纷让出车道。不一会儿，一辆与受害者提供的车牌号吻合的双层大客车出现在民警们的眼前。

"×××号牌大客车请靠路边停车接受检查，×××号牌大客车请靠路边停车接受检查，×××号牌大客车请靠路边停车接受检查。"交警黄伟林见状，马上拿起警车上的话筒朝前面那辆飞奔的大客车反复喊话。

然而，×××号牌大客车不但不停，反而加大了车速，还不时左冲右突，试图挡住警车去路。大客车这种不顾车上乘客安危的行为再一次激怒了警车上的民警，于是猛踩油门，用平时训练有素的追逃技术，对大客车进行追截。20多分钟后，这辆满载乘客的大客车，终于被勇敢的东莞警察拦截下来。而就在此刻，大客车上跳下四名手持铁棒的歹徒，挥舞着铁棒直奔警车。

说时迟，那时快，东莞篁村公安分局的民警眼疾手快，从腰间迅速拔出手枪，

指着一名歹徒的脑袋厉声喝道："放下凶器，举起手来，否则打破你的头！"四名歹徒见状，顿时傻了眼，握着铁棒的双手一松，举起手来乖乖地投了降。

"咔嚓、咔嚓"，连着四声清脆的金属声

响,四名歹徒一一被民警戴上了手铐。

"警察同志,真是多谢你们及时赶到啊,要不然,我们生死不明呢!"这时,一位来自湖南的乘客走下车来,握着东莞警察的手,激动地说。

说话间,篁村交警中队民警黄伟林、张兆阳走上大客车,一清点装载人数,不禁让他们大吃一惊,其中黄伟林清点完人数后情不自禁地叫了起来:"妈呀,核载45座的客车,却装了近70人,超载20多人啊,多险哦!"

1998年2月7日,一篇由我撰写的《凶徒逃跑,警察追捕》的新闻稿件发表在《东莞日报》,篁村交警一警多能,与公安分局民警英勇追逃的事迹一时在东莞市民口里传为佳话。

而我,也因这次冒险采访,亲历了一次惊心动魄的警匪大追捕,让我对东莞警察有了一个重新的认识,他们充满了正义与勇敢,在人民生命和财产受到威胁的关键时刻,真正能够挺身而出的,还是人民警察。

■ 面对诱惑,假如我是个不正派的人

在交警队工作的时间长了,因工作表现优秀和突出,很快就赢得单位的同事和领导的好评。这个时候,总有一些诱惑汹涌而来:比如帮一些违章司机取回暂扣的车辆,比如帮交通事故肇事司机说个情让交警放他们一马,还比如考摩托车驾驶证时帮人代考啥的,等等,稍一松懈正义的神经,求你帮忙的人,准会让你转眼即富起来。

1998年春节过后的某天上午,我像往常一样坐在办公室里,给一些违章司机办学习班。大约到了十点多钟时,在交警中队门口附近开士多店的老板急匆匆地来到我面前,拿出一张交通违章暂扣凭证递到我面前后,焦急地对我说:"宗哥,帮我一个忙吧,我有个老乡的车被这里的交警给扣了,原因是无证驾驶和不戴安全头盔,并非法搭客营运,听说要人车扣留,麻烦你帮我找领导说个情,把人放了,少罚款。"

说真的,在交警队里工作了几个月,我还从未去找过中队领导"开后门",这倒不是我身边没有朋友,其实从进交警队后,每天都有人求我,而每个求我之人都会明目张胆跟我说:兄弟,我给你多少多少钱,你帮我放个人,取辆车。更有甚

者，门外几个摩托车搭客仔见我下班后，还主动跑来鼓动我跟他们合作，他们在外面"接单"，我在里面找领导"开后门"，然后"赚"来的"好处费"我七他们三的分了，但都被我一口拒绝了。后来有些人对我说："你这个人，人不为己，天诛地灭。你看看某某，他们一年赚的钱，买了房又买了车，还有女人玩。"每每听到这些话，我就非常生气，就干脆不再理他们，即便少了些这样的朋友，我也不足为惜。

今天，站在我面前的这个士多店老板，是我到中队以来认识最早的一个非东莞本地人，因我常去他那里买些日常用品，偶尔也到他那里聊聊天打发一下无聊的时间，一来二去，彼此之间就熟悉起来。如今见他焦头烂额的样子，我心里一软，于是答应帮他找领导问问。

当我拿着士多店老板交给我的那张《暂扣凭证》来到中队领导面前，说明来意时，没想到这位领导只说了一句"阿宗，我们信任你"的话，就马上签字放行了。我拿回他签了字的《暂扣凭证》，深感领导对我的信任，是多么珍贵，让我珍惜一生。

晚上下班后，我正在一楼办公室里看电视，突然听到窗外有人在敲打窗户那茶色的玻璃门，我推开一看，原来是士多店的老板拿来一条555牌香烟递给我，说："兄弟，谢谢你帮我一个大忙，这条烟是我答谢你的。"

"你也是哦，朋友嘛，谁不求人呢是不？你拿回去吧，我不要！"我一说完，马上就把窗户玻璃关上了。

可是，不到三两分钟，士多店的老板又来敲窗了，这时，他手里又多了一条555牌香烟，一起硬塞进来给了我。他这一举动，感觉我的人格被他侮辱了一番，当场拿起那两条香烟投了出去，没好气地对士多店老板吼道："吊你老母，你把我当作什么人了？我好心好意帮你，你却这样侮辱我的人格。你嫌我拿你的烟少了你又去加一条啊是不？你他妈的见我抽过烟吗？老实告诉你，我这个人不贪，我帮人只帮懂得尊重他人也懂得尊重自己的人！"说完，我把窗户一关，再也不理他了。尽管第二天他一早就跑到我办公室里赔不是，但我从此以后对他不冷不热的，表面过得去就行了。

后来时间长了，才知道这个士多店的老板，在这里开店只是个幌子，帮人拿车放人赚钱才是真。不久，在全市掀起的一场严打整治工作中，这位士多店老板也被执法人员"请"进了公安机关，受到了应有的法律制裁。

这样的事,在东莞交警队伍里时有发生,我为自己能够工作和生活在这样的环境里倍感骄傲和自豪,更为自己虽还在生存挣扎但不为金钱所动倍感幸福。因为,在我看来,人生中最大的幸福,就是高枕无忧。《孟子·滕文公下》:"富贵不能淫,贫贱不能移,威武不能屈,此之谓大丈夫。"无论在何时何地,我都会告诫自己,做人,要正,要不贪,才能拥有真正的幸福,那就是高枕无忧。

■ 一个简介引起的一场风波

1998 年 4 月,著名企业广东宏远集团主办的《宏远报》在第三版"青草地"文艺副刊上,发表了由副刊主编胡宏彬小姐用秦月这个笔名采写我的一篇专题报道《家园,他梦中的憩息地——何真宗其人其诗》,并以专版的形式选发了《走不出的乡音》等六首诗歌。时任报社主编朱剑飞告诉我,这是他们开设副刊专版以来首次发表文学作者个人专版,所以版面编得非常隆重,不但有编辑按语,还要我写了一段作者简介和作者自白。然而,这次专版的隆重推出,却在东莞市公安局交通警察支队引起了轩然大波。

当时,广东宏远篮球队可以说是在国内球坛上所向披靡,叱咤风云,而该集团公司主办的《宏远报》虽只是个内部刊物,但每期免费赠阅量竟然是数万份,用当时一些人的调侃语来说,发行量比《东莞日报》还要大。一份覆盖率如此强大的企业报刊,读者知晓率可想而知,加上每期刊有大量有关宏远篮球队最新新闻和内部消息的文章,以及编辑们海纳百川的风格,《宏远报》在东莞人心目中更是一份期待和精神家园。因此,1998 年 4 月的《宏远报》刊发我的专题报道和诗歌作品专版出版发行后,在读者群中引起了强烈的共鸣,并得到了新科电子厂以及珠三角一些企业员工的追捧。读者一封封真诚的来信,感动了我,他们每一句赞美,是对我作品的肯定,也是对我写作方向的认可。从这一刻起,我暗下决心,不仅要在交警队里做一名优秀的文书,还要做一名真正的人民作家。可是,当我还沉醉于《宏远报》带给我的喜悦中时,一个不好的消息从篁村交警中队领导的口中传到了我的耳朵里——发表在《宏远报》专版里的那个《作者自白》中有句话让东莞交警支队政工科里的同志看了有意见,准备对我的身份进行调查!

是哪句话让他们大动干戈啊?中队领导告诉我,支队政工科里的一个蔡姓科长说你作者自白里有句话不该写"宣传干事"四个字。我马上重新拿出《宏远报》,其中那句话的全部文字是这样的"现任东莞市篁村交警中队宣传干事"。我问中队领导,我这样写错了吗?他说不算错,也说得过去,你在我们中队就是写材料搞宣传的嘛,何必要小题大做呢!你还是写一份检查报告交上去,应付他们一下算了。中队领导说:"不管怎么样我都不会炒你鱿鱼的。你的为人和处事,我比他们更清楚。"

听了中队领导的话,我心里好生感动,但心里还是担心,东莞交警支队是我们中队的上上级单位,中队上面有城区大队,大队上面就是交警支队,官大压死人呢!到时,我怕你这个中队领导就保不住我了。

这时中队领导又说:"支队政工科蔡科长要你跟《宏远报》的编辑说,下期出报时在头版拿点版面刊登个更正启事,就说你不是宣传干事。"

"我可做不了主,我不过是他们报的一个普通作者,我凭啥叫他们刊登这个呢?再说,登广告要给钱的,而《宏远报》不登广告,我怕你拿钱给他们都不会登的。"我接过中队领导的话说。

可是话虽这么说,想到中队领导一片爱心,我还是来到了广东宏远大厦《宏远报》编辑部,把情况向副刊主编胡宏彬说了。她说:"交警支队能有你这样优秀的人才,他们应该感到高兴和自豪,他们应本着爱护人才来支持你而不是找借口排挤你才对嘛!关于登更正申明的事,我们不登,你回去跟中队领导说,叫支队谁叫你登更正的人直接跟我们说好了。"

坐在旁边的主编朱剑飞听了我和胡编辑的谈话,马上转过身来对我说:"真宗,这件事你不要紧张,你是个人才,如果你在交警队待不下去,我这里请你来做,我说话算话!"

下午上班的时候,我来到中队领导的办公室,我刚一坐下,交警支队政工科的蔡科长与秦展鸿两人也赶来了。蔡科问,秦展鸿记录。他们对我的出生地址、籍贯、性别、学历、打工经历和是如何进入交警队工作的事进行了盘问,我都老老实实地做了回答。完后,他们站起身来,跟领导说了几句话后就离开了。

"阿宗啊,这件事就到此为止了,你别担心,以后该干嘛就干嘛,他们这次来也只是作个了解,不会影响你的工作的。"支队政工科的人走了以后,一位中队领导马上就安慰我说。

"那在《宏远报》刊登更正启事的事还登吗?"我马上问跟我说话的那个领导说。

"你还是去说说吧,不登也就算了,就说我们做不了主!"这位领导回答说。

一个月过去了,新的一期《宏远报》出来了,我的更正启事也就不了了之,一个作者简介引发的风波也风平浪静,什么事都没发生过。然而,这件事对我来说却是一个深刻的教训,凡事都要小心谨慎,不可马马虎虎。特别是作为一个在公安机关从事文书工作的人,对单位、对个人,都要谨小慎微,才不会给单位、给他人、给自己带来不必要的麻烦,甚至铸成大错特错。

■ 真本事,岂在乎一朝天子一朝臣

一朝天子一朝臣。此话出自明汤显祖《牡丹亭·虏谍》,原诗为"万里江山万里尘,一朝天子一朝臣",其本义指封建王朝最高权力更替之下人事随之发生较大变化甚至整体性变化的情况,现泛指一个地方和单位的"一把手"变动带来的人事上的较大变化。

1998 年下半年,篁村交警中队中队长张稳友要调到高步交警中队任中队长。一时间,中队一些同志开始议论纷纷,见面就互相问"谁会来这里当一把手呢"。这里面,有的民警早已听到了风声,说某某过来当"一把手"八九不离十;有的民警却说,谁来当都一样,站岗、指挥交通、纠正违章、处理事故、一警多能,叫我做啥就做啥,没有啥大惊小怪的,有的民警却不是这样想的,在他们看来,这是"乱世出英雄"的大好时机……

在这样的工作情绪中,有的人时间过得漫长,有的人觉得时间过得真快。这天早上上班的时候,中队长张稳友没有来上班,听说他去高步交警队报到去了;而新来的中队长,是从东莞石排交警中队副中队长升起来的。这时,民警们又开始议论起来,不过说的是新来的中队长在石排如何的有威严,对民警是如何的严格,对工作是如何的亲历亲为……说到底,新官上任三把火,谁都要小心从事,否则,嘿嘿,不知他怎么收拾你呢?

猜测归猜测,几天过去了,一个月过去了,新任中队长方肖雄在中队的民警里一把火也没放,只见每天一大早,还没到 8 时 30 分正式上班时间,在莞太公路海关路口，过往车流里的人们总会发现，这个路口多了一道风景线，一个交警每天在 7 时左右，守在这里，一边指挥着交通，一边查看这里的车辆流量。每天如此。

这时，交警队里的民警又议论起来，怎么搞的，这个领导不好好在办公室里待着，一大早就跑到路上去吃城市里的"废气"，值得吗？有的人说，当领导，就是要呼风唤雨的嘛！

一个月后，交警中队里爆出一个猛料：办公室、事故组、机动组、违章窗口等，原来的民警作了一次大调整——以前坐办公室的民警去机动组当巡逻民警，事故组的民警去守岗亭，巡逻民警却去了事故组，单位财务和会计，也作了调整。一个新的组织机构，就这样重新组建了。呵呵，聪明的领导，是威而不怒。

单位的民警岗位进行重新调整后，这下该轮到协管员了。当时，协管员不多，临工主要是开摩托车的，协助民警执勤的还没有。新任中队长来后，一下子招聘了好几个，大大充实了中队警力。这一来，抓来办学习班的违章司机多了，我忙了。忙还无所谓，听一个交警说，新任中队长想把我给炒了！

这位民警说，现在全交警支队和各大队、各中队都重视宣传了，每个单位都请了文书，而每个领导的调任，是领导走到哪里，文书就走到哪里。这不，这位新来的中队长，听说也要带他的文书来篁村交警中队呢。而我，却被指导员赵玉辉留下来，没让张稳友带到新单位去。

一个单位，往往都是一把手说了算。中队一把手当然是中队长，指导员是二当家的了。这个时候，二当家的能不能把我留住呢？

事实上，又过了十多天后，新来的文书没有来，中队的文书还是我。

1998 年 7~10 月，一场声势浩大的狠抓队伍素质教育活动在全市公安部门展开，经过一段时间的刻苦训练后，要使全体公安干警的文化素质和身体素质百分之百过关。为了达到这个要求，新任中队长方肖雄在中队经费十分紧张的情况下，仍然挤出部分资金购买了一批体育设施和用品，每天请来武警部队的教练对中队民警进行 1~2 个小时的培训和操练。看到中队民警在中队长方肖雄的带领下，既保证了正常工作，又一边刻苦训练，他们的精神感动了我，情不自禁地握住手中的笔，真实地把这些动人的场景写了出来。当我拿着《东莞日报》《南方经济信息报》《广东公安报》等报刊发表我采写的新闻报道来到中队长方肖雄的眼前时,当他看到自己带领民警在炎炎烈日下刻苦训练的新闻图片时,他感动了。

过了几天,方肖雄带我到交警支队开会时,他开车,我坐在他车的副驾上。途中,方肖雄中队长饶有兴趣地对我说:"真宗啊,我本来想把你给炒了的,后来见你写的材料不错,宣传工作非常到位,所以就把你留了下来!"

"方队长,就冲你这句话,我就得好好跟你干,好好地把工作干的更好!"我说。

从这以后,方肖雄把中队整个办公环境进行了一次不大不小的装修,他把中队长的办公室腾了出来,改成阅览室和我的办公室,把我的宿舍也给安排在办公室的旁边,也就是说在办公室打开另一道门就是我的宿舍,而这宿舍就是前中队长住的,里面床、书桌、沙发、空调、热水器、衣柜等家私一应俱全,条件比全队民警还要好个几倍,俨然享受起中队领导级别待遇。为交通违章办学习班的工作,也不再让我去做了。方肖雄说:"你以后就只管写材料和做好内外宣传工作就是了,你在一楼办公太吵,这里环境清静些!"

整栋楼改装后,这二层楼的办公室,从左边楼梯上来第一间是阅览室兼我的办公室和我的宿舍,接着是中队指导员赵玉辉的办公室和宿舍,靠里边那两间,就是中队长方肖雄的办公室和宿舍,对面是中队大会议室和其他办公室。

一年以后,方肖雄中队长被调到市交警支队宣传科工作,指导员赵玉辉被调任东莞市交警支队车管所任职,城区交警大队机动巡逻大队长张金汉被升任篁村交警中队长。

时间过得真快,从 1997 年 9 月到 1999 年 7 月,在篁村交警中队当文书近三年的时间里,我经历了三次中队领导交替,在"万里江山万里尘,一朝天子一朝臣"的人事沉浮中,先后给三个中队长、两个指导员当文书。先后在广东省交警总队主办的《伴你同行》杂志、广东省公安厅主办的《广东公安报》《东莞日报》《南方信息时报》《东莞交通安全报》《东莞公汽》等报纸杂志分别发表了我采写篁村交警的宣传报道稿件 200 多篇,近 10 万字。连续三年被东莞市交警支队《东莞交通安全报》社评为先进材料员后,再次获得先进材料员的光荣称号。

在篁村交警中队的三年,是我人在职场的一个大转折,从工厂打工打到交警队,几经风吹雨打,感悟出这样一个道理:人在职场,要想赢得同事和领导的尊重和信任，不仅要凭自己的不断努力提高自己的业务水平和工作能力，更要善于积极主动，想他人所想，解他人之急，干出一番成绩来，让身边的同事心服口服，让你的上司由衷地敬佩你、喜爱你。

■ 一封信拯救一个被拐女孩

1998 年，正是我文学创作的一个高峰期，那时，我几乎每天写一首诗，每隔几天在一些正规的报纸杂志发表一篇文章。光稿费和奖金，算起来比我每月的工资还领得多。那个时候，手机和 BP 机还没普及，人与外界的联系方式，主要还是靠写信。也在那个时候，一些报纸杂志社的编辑为了方便读者与作者交流心得，或交朋结友，抒解孤寂，于是在每次发表作品时，编辑都喜欢把作者的通信地址和姓名给刊登在作品后面，所以，经常在报刊发表作品的我，每天都能收到众多读者来信。

这年 9 月某天，我又像平常一样，重复着拆信和看信。突然，一封来自广东普宁的求助信让我惊诧不已，信中一位来自四川的女孩告诉我——

她来自四川某县，在 1996 年被老乡以介绍工作进厂为名骗到广东普宁市，然后卖给普宁一个偏僻的乡村里一位五十多岁的老人为妻。情急之下，这位女孩每天哭泣不停，哀求这位可以做她爷爷的老人积德行善，放她一马。可这位老人对她说："媳妇啊，你是我用 3000 元钱从别人手中买来的呢，我们这里穷，这三千块钱可是我一生的积蓄啊！"这位女孩用红肿的眼睛望着他，伤心地哀求道："我知道这钱不容易，可是我才 18 岁，你都五十几了，我年轻，你不但养我你会更累的，生理需求对你来说也对你有伤害，人活着，最重要的是身体健康，长命百岁……"这位老人说，"是的，我跟你两个月以来，身体越来越差了，也老爱生病，难道跟这有关吗？"女孩说"那还用说嘛，人老肾亏，那种事做多了，你也死得早的！"老人说："不管怎么说，我那三千块钱总不能白给了啊！"女孩见老人心有些软了，也想想自己命该如此，于是试探着问："要不这样吧，你把我找个年轻的后生仔卖了，我跟他过日子，这钱不就还给你了吗？"。

三个月后，这位女孩就被这位老人卖到普宁市另一个偏远山区的一个村庄，"嫁"给了一个黄姓后生崽。八个多月后，女孩生了一个女孩，长得非常可爱，令这个黄姓后生高兴得合不拢嘴。本来,女孩想随遇而安了。可是,不知从哪里吹来一股邪风,让这个黄姓后生仔不再对她娘俩好了,整天对她吆三喝四,稍不顺心就对女孩拳打脚踢。原来,村里的人都说女孩生的娃不是黄家的,理由是女人怀胎十月,可这个女孩到黄家总共不足十个月哩。

第二年,也就是 1998 年,这女孩又怀孕了,明知肚里的娃是黄家的,可这个后生仔还是想不通,对女孩还是每天一小吵,三天一大吵。渐渐地,女孩绝望了,自认命苦得比黄连还要苦个几十倍,甚至几百倍。"我要回家,我要回家!"这个念头,在女孩的心里长成了一棵参天大树,家的影子和亲人的呼唤,每时每刻都在她的耳畔回响。女孩为此天天失眠,天天想着法子逃出这个被她称之为"魔鬼"的地方。其实,这种想法在之前不是没有,在被老乡拐卖给那个老头子时,曾经跑了好几次,结果都是被抓了回来,全身打得遍体鳞伤,腿都被打断几回,后来被接上了,现在还有后遗症呢。在黄家,他们怕她再次逃离,还养了两条大黄狗守住她。"这次逃不出来,只有带着女儿和肚里的娃娃同归于尽了。"女孩说,"一个偶然的机会,我在一本叫《现代青年》的杂志上读到你的诗后,被你顽强的抗争力所震撼,文如其人,我想你一定是个充满正义和善良的人,你又在交警队里工作,你一定会想办法救我的,对吗?于是便按照你作品后面留下的地址偷偷地写了一封信给你,希望你能帮忙解救。"

是的,我是个善良的人,是的,我是个充满正义感的人!这句话,换了任何一个有良知的人,都会伸出援助之手。救人一命胜造七级浮屠。何况,这是三条人命呢!我愤然而起,决定想尽一切办法把女孩拯救出来。

我来到中队长办公室里,十分严肃地对中队长请求道:"我今天刚收到一封求助信,一位四川女孩被拐卖到普宁市某地,现她向我求救呢,您看该怎么办呢?"

"这样啊,可她不是在东莞啊,我们怎么去救她呢?"中队长说,"真宗,你看我们东莞正在开展创建'平安大道'活动,每个交警都忙不过来,再说,交警管不了这事,要不这样吧,你马上想办法跟普宁警方联系上,让他们尽快派出警力去解救被拐女孩!"

"哦,这样啊!那我下去想办法吧。"我退出中队长办公室,心里很不是滋味。但不容我多想,最要紧的是怎样才能把女孩救出来。

回到办公室，我铺开写有"东莞市公安局交通警察支队篁村中队"字样的稿笺，奋笔疾书，给广东省普宁市公安局局长写了一封信。

写好这封信，连同被拐卖女孩的来信，一起寄了出去。人民警察为人民，我记住这句话，期待着普宁的人民警察去为人民。

几天后，我就接到一个夹杂着广东话的普通话的来电。

"你好，你是何真宗先生吗，我是广东普宁市公安局的教导员王翠元（同音），昨天下午收到你的来信和转来的求救信，看完后我们局领导高度重视，马上派出警力深入到当地进行排查，最后连夜将该女子成功解救出来了，你们安排人过来领人吧！"

"哦，太好了，真是太好了，感谢你们！"我双手握着话筒，激动得连声称谢。我放下话筒，一阵风似的来到中队长办公室，把普宁警方解救被拐女孩的事如实作了汇报。

"嗯，这真是太好了，普宁警方真是领导有方，用兵神速啊。"中队长听完我的简单汇报后，高兴地对我说："好是好，可你真的要去接那个女孩过来吗？你跟那个女孩认识吗？你接过来了怎么办？呵呵，你娶她做老婆吗？"中队长那一连串的问号，顿时让我手足无措，不知如何回答。

"这样好啦，你马上跟王教导员回个电话，一是代表我们中队向他们表示感谢，二是让他们与女孩家乡公安局或派出所联系，直接把人交回女孩四川老家，与他的父母兄弟姐妹们团聚！"中队长严肃地说。

"好的，我这就照办。"说完，我马上回到自己的办公室里，照中队长的意思跟王教导员回了个电话。

第二天刚上班，我又接到了普宁市公安局王教导员的来电："你好，何先生，昨晚我们跟被救女孩沟通了一下，她有她的意见，我现在把电话给她让她跟你直接通话吧！"

电话那头传来一位女子的声音，带着哭腔说："你好，何大哥，我是×××，非常感谢您和这里的公安民警，把我从火坑里救了出来。昨晚我想了一下，我还是不能回四川老家。你看嘛，我现在已有个女儿了，肚里又怀了一个，如果真的回到家里了，没人会瞧得起我的，更要命的是，我回家了，这两个孩子的抚养费谁来出啊，家里本来就穷得丁当响，所以，我决定不回去了，就跟这个姓黄的人过日子算了！"

"哦，这样啊，你说的是实情，哥我理解你。这样吧，你把电话给那位警察领导，让我跟他说说话，让他们以后多帮帮你。"

"你好，教导员，刚才这女孩也说了她不想回家的理由，我看是实情，我们尊重她个人的意见吧，只不过……"女孩把电话拿给王教导员后，我对教导员说。

"只不过啥呢？你尽管说吧，何先生。"教导员说。

"为了保证女子和她孩子的安全，我想还要麻烦您，希望你们尽快跟女子所在地派出所和民政部门沟通一下，给女子和她的那个男人把结婚证给办了，大人和孩子的户口给上了，让她与那个黄姓后生结为合法夫妻，只有这样，才能保证她的合法权益和人身安全！"我说。

"那是的，这件事，我们接着就去办啦，你放心吧！"王教导员果断的答复和爽朗的笑声，让我心情开朗起来。

放下电话后，心里情不自禁感慨起来。普宁警察，真的好称职啊，一封信，竟让他们领导高度重视，全力以赴，很快就把被拐女子给救了出来，这还不算，教导员还亲自多次打来电话与我耐心的解释有关情况，这是何等的一种令人敬佩的办事风格和领导作风啊！想想有些民警，办事拖拖沓沓，推三阻四的，把人民警察的职责丢在一边，得过且过，真是鲜明的对比啊。从这件事，我看到了普宁警察的办事风格，我代表人民向他们致以崇高的敬意和谢意！

十多年过去了，当我写下这段远去的故事时，我对人民警察为人民的那份崇敬与热爱更加浓烈，这是一种骄傲，不仅为他们，也为自己，在和平年代，我们更需要人民警察，更需要人民警察为人民。

■ 从中队到大队，请来请去的漂泊

1999 年 8 月中旬，我被请到东莞市交通警察支队石龙大队当文书。之所以说是被请，这里有一段故事，让我不得不相信世上存在着一种美好的缘分，在你感动之余，你不得不放弃拥有的一切，去追寻另一个令你向往的梦想。

这年 6 月开始，篁村交警中队按省、市交警部门的指示精神，抓好自己的样板路，切实实现"交通安全畅通，治安秩序良好，执法公正文明，警务保障有力，人民群众满意"的要求,在 107 国道篁村辖区 16.5 公里的主干路段开展创建"平安大道"活动。活动中,为了充实警力,交警支队在全市各交警部门抽调了一大批领导和基层民警增援篁村交警中队,采取全天 16 小时不间断地对辖区路段进行巡逻和监控,督促执勤民警提高快速反应能力,及时清除路障,纠正违章,打击车匪路霸,确保东莞的"黄金大道"为"平安大道"。这段时间以来,其中被抽调到篁村交警中队的,就有东莞市交通警察支队石龙大队教导员李树锐。

"你是何真宗,对吗?"七月的某天上午,我正在二楼的办公室里写有关"平安大道"的材料。突然,一个瘦高个,戴眼镜的民警走进来,很有礼貌的问我。

我抬起头,微笑着看了他一眼,然后点了点头,说"是的,请问?"

"哦,我是石龙交警大队的教导员李树锐,我经常在《广东公安报》和《东莞日报》上看到你写的文章,写得很好,特别是最近创建'平安大道'的文章,写得很生动,这些,都是我亲身经历的,所以很有感触。"李树锐说。

"谢谢夸奖!不过我还得向你们学习呢!"我低下头不好意思的回敬道。

"你现在在这里工资怎么样?工作顺心吗?"李树锐关切地问。

"还算马马虎虎吧,只是工资低了点。"我回答说。

"这样吧,你跟我到石龙大队去做文书,我给你的工资比这里多三百元如何?"李树锐说。

"谢谢您的关心,你们大队管辖石龙、石排、企石、茶山、石碣等五个镇的交通和五个交警中队,我怕我不能胜任这份工作呢!"我心里有些犹豫不决。

"其实,大队工作比中队工作好做,大队工作基本上是收集汇总各中队的工作情况后再上报市交警支队,而中队,是每个字都要自己去动脑筋去完成……"李树锐劝我道,接着又说,"要不你先考虑一下吧,想好了给我电话。"说话间,李树锐就把他的手机号码写在我递给他的纸上。

从这以后,李树锐只要有空,他都跑到我的办公室里,跟我聊天,拉家常。这时我才知道,他到石龙交警大队任领导职务前,在市交警支队办公室工作,其办事能力和为人处事深得领导推崇并深得民心。特别是单位的材料,他能亲力亲为的,他都自己做了,也很少麻烦手下的材料员。他说,石龙大队做了很多工作,可是就没有在《东莞日报》等报刊发表过,让支队领导很难看到石龙的事迹。所以,他要我过去,主要是写材料和宣传。

李树锐说的很真诚,我心想一个领导来我这里好多次了,就算刘备三顾茅庐请来了诸葛亮,现在李树锐又亲自来我办公室好几次了,我再不动心,也太"那个"了吧,更何况,我还不能与诸葛亮相提并论呢!"人往高处走,水往低处流",出门在外,是求财,哪里工资高,就往哪里去。

于是,在 1999 年 8 月 9 日,我在《东莞日报》最后一次发表篁村交警中队的新闻稿后,辞职来到了石龙交警大队,给大队长黄灿、教导员李树锐当了文书。不久,石龙交警大队又改为东莞市交警支队第四大队。

2000 年 11 月,东莞第一条高速公路正式通车,莞深高速公路交警大队应运而生。当时被称为东莞门户,形象窗口的莞深高速公路大队急需一位资深的材料员。因此,在东莞市交警支队交管股民警刘建广的推荐下,我又来到莞深高速公路交警大队,直至 2002 年 11 月,我再次被刚到樟木头镇交警第二大队任教导员的李树锐请到了他的身边,但由于种种原因,于 2003 年 9 月离开了交警第二大队,被主管全面工作的交警第四大队教导员吴剑洪请去该大队当文书。

在交警队做文书,一转眼就是 9 年了。从篁村到石龙,从石龙到莞深高速公路大队,再到樟木头镇,转了一个圈,又回到石龙镇,长达 9 年的文书生涯,风吹雨打,好多记忆已随岁月淡去,物是人非。

曾有人说过,交通肇事是没有炮火硝烟、不宣而战的特殊战争。而交通肇事逃逸者就是这场战争中卑鄙的偷袭者。

随着东莞经济社会的持续、高速发展,吸引了大量商人前来投资、大批外来工前来谋职,人口的激增,使得交通形势极为严峻。尽管交通部门投入了大量人力物力,可是随着公路交通运输业的飞速发展,交通管理结构和机制的改变,以及某些从业者人性道德的嬗变,对法律的漠视和轻慢,使得交通肇事逃逸案呈现日益上升的局面。那些交通肇事者们,既像幽灵一样无处不在、无时不有,又出其不意的销声匿迹,严重地危害了社会的安定和广大人民群众的生命财产安全,也深深地困扰着交通民警,成了人们深恶痛绝而又挥之不去的社会痼疾。但是,广东省东莞市交警第四大队的全体民警却用责任和使命,用智慧和勤勉,以高尚的敬业精神和凌厉的战斗作风,编织了一张令交通肇事者胆战心寒的天网,为保一方平安作出了卓越贡献,体现了良好的作战能力和深厚的爱民情怀。

烟波浩渺的东江水作证，身在警营多年的我作证，东莞市交警是一支用实际行动践行"三个代表"的精锐警队，担负着全市的交通安全，打击交通犯罪，以维护群众的生命财产安全为己任，时时刻刻迎难而上。多年来，他们多方开辟破案渠道，案件侦破率明显提高，办案执法质量名列全市前茅，每起案件都办成了经得起历史检验的铁案。有力地震慑了交通肇事犯罪，维护了社会安定和人民生命财产安全，让中华人民共和国的金盾闪闪发光，被人们爱戴地称赞："铁拳神警：托起了一片平安的天空。"

2005年11月我主动辞职，到东莞市文联主办的《南飞燕》杂志社任副主编，从此走上了编辑、策划和市场营销的道路。

当我背着行囊，告别交警队的领导和民警时，我的眼眶湿润了，一种莫名的悲壮感油然而生。难道我真的舍得离开这个单位吗？难道我真的舍得离开这个"文明警队，威武之师"吗？真的舍不得啊！

然而，一个人的一生有几个9年啊？青春易逝，人生易老。想起自己在交警队工作走过的路，虽有荣耀，更多的是悲哀！在这9年的时间里，尽管我的辛勤劳动也得到了一些回报，连续9年被东莞市公安局交通警察支队和《东莞交通安全报》评为先进材料员，被《东莞日报》和《深圳商报》评为优秀通讯员，2005年还评为"东莞市优秀青年"。然而，我仍然摆脱不了一个中国农民工的宿命，仍然摆脱不了一个中国式打工人的归宿——没有转正的资格，没有社保没有医保，没有一般工人应得到的社会福利，9年里工资从850元起，直到2003年才达到最高工资为1300元。

从1999年这一年起，我辞去篁村中队的工作，先后被请到石龙交警大队、莞深高速公路大队、交警第二大队，最后又回到石龙交警大队。这种被领导请来请去的游离状态，有种说不出来的酸楚和无奈。因为是被请过去的，说明我的工作能力和为人还是得到一些领导的认可的，也正因为是被请去的，使我这个无根的浮萍更加远离了根。

1234567**08**9……
文学梦想抒写辉煌人生

　　文学可以改变命运！从工厂打工仔到交警队，是文学的力量，让我从流水线走进了"白领"阶层。2005 年，我以一首 26 行的短诗获得共青团中央、全国青联主办的"首届全国鲲鹏文学奖"诗歌类唯一一等奖，获得奖金 1 万元，成为新华社、人民日报等中央、省市新闻媒体关注的焦点。2006 年，"提案王"汤瑞刚常委将这首 26 行的短诗在东莞人大、政协"两会"上大声朗读，从而推动了东莞人民政府维护在莞 800 万外来工权益的进程——从人权、医保、社保、户口、文化、教育等等，直到"新莞人"的诞生。这是一个伟大的社会变迁和历史变革。

■ 文学，让我走进电台做直播节目

　　打工意味着远离家乡，如同一粒种子在一块陌生的地方生根、发芽、开花、结果。面对艰辛的打工生活，我没有退缩，主要是因为作家梦在我的生活视野里成长。业余时间，更多的时候是蜗居在窄窄的铁架床边，将人生的际遇和心中的感悟付诸一行行文字，将打工生涯中所有的烦闷与愁绪宣泄，勾画出自已心灵深处一道道美丽的风景……

　　1993 年的一天深夜，我翻阅着一本杂志，偶然看到书中介绍了一个打工者，

只念过 4 年书，将自己平时生活积累，历经数年寒暑的故事汇集成文字，出版了自己的著作。我一气呵成读完后，心里也萌生一种著书的念头，相信自己也能够写出符合时代特色的作品来。

梦想是人类的翅膀，没有梦想，人生将是暗淡、乏味、平庸的。一个打工者因为有了一个梦想，从而写出更多反映生活反映打工者生存环境和动态的作品，这时我的生活已不再是车间、宿舍两点一线，而是生长出翅膀，朝着理想飞翔。1993年年底，我的父亲因肝癌医治无效离开了人世，远在广东谋生的我最终没有见到父亲最后一面。父亲的离世，自己未尽的心愿，成了我内心永远的痛！

那是永远的父亲，也是一个儿子永远深入骨髓的痛。我用心写着、用血写着对父亲的缅怀，对家乡的眷恋，对亲情的呼唤。那首《永远的父亲》成了一个远方游子对亲情的呼唤，对家园的眷恋，是一首外出打工者的心灵之歌，是游子远离家乡心系家园的真情诠注。

苦难能将意志薄弱的人击垮，但对日趋成熟的我，苦难却成了一份鞭策一种激励，而写作，渐渐成为我打工生活中的一部分。那段时间以来，我知道，要想写出好的作品，不断学习是必不可少的。于是用节衣缩食积蓄的 100 来元钱买来字典、词典、纸张、笔墨和诗歌写作的书籍，白天上班，就利用晚上时间去钻研求索。一天深夜，看完书，上床睡觉不久，室友发现我一边用手指在自己的肚皮上画着什么，一边呓语地诵读，室友还以为我发烧了，仔细一看原来是我在睡梦中吟诵着我正在酝酿的诗作。人生似船，从岁月与机遇的河床漂过，随时会遇上急流险滩，搁浅甚至触礁。人生给我以苦难，漂泊馈赠了我以沧桑，但我却并没有因此沉沦，而是以生命的执著唱出了一曲漂泊之歌，把苦难的沧桑抒写成了青春美丽的诗行。

打工的人

打工的人　大汗淋漓
厂房和工地
他们在喘息与心跳中劳动

走进喧嚣的人群

或灯红酒绿的生活

打工的人

身影像一只掘开乡土的蚯蚓

或者　从哪个款爷的衣襟

轻弹掉的一粒尘土

打工的人　劳作的身姿

模拟一把生锈的镰刀

哪一滴汗水哪一滴血泪

都能霍霍地磨亮行程

握着工具如握一把嫩嫩的青草

或蓬勃的生命……

打工的人

生活中越磨越亮的镰刀

再艰辛的路

再漫长的人生

也能被他

一点一点地割倒

　　这是我发表在全国各地许多报刊上的一首诗歌,题目叫《打工的人》,至今还被许多报刊和网络转载,也是许多研究"打工文学"专家、学者引用最多的一首诗。古人云:十年铸一剑。一把剑,经过十年才磨成,那一定锋利无比。一个人,一个作家、一个拥抱缪斯的人,如果在打工这个各形各色的人群中磨炼,能够脱颖而出,那一定出类拔萃。寒暑易节,十年过去了,勤于笔耕的我累计有100多万字在《南方日报》《诗刊》《诗选刊》等报刊上发表,诗作陆续在中央、省、市报刊获奖,先后被吸收为中国诗歌学会和广东省作家协会会员,作为一名外来工,我对生活满怀感激。

1999 年年底，某天的一个上午，我正在石龙交警大队办公室里紧张地忙碌着，突然接到一个女子的电话，对方自称是东莞人民广播电台文学栏目主持人叶纯。

"你好，何先生吗？久闻你在打工文学上有一定的成就，我们台里从这周六开始增加一个新的栏目，名字叫'周末风雅二人行'，专门谈人生、谈文学、谈理想，所以我们想第一个邀请您做嘉宾。"

叶纯，一个来自江西的女孩，东莞著名广播主持人，曾获东莞广播电台最受欢迎主持人的称号、南方传媒集团最佳广播访谈类主持人大奖以及荣获共青团中央颁授的"全国进城务工青年良师益友"称号。她所主持的节目《城市的声音》关注人间真情、社会变迁，深受听众信赖与支持，被誉为"城市夜空最温暖的声音"。

这是我在广东打工几年来第一次接到电台主持人的来电，心里十分紧张，不知该怎么回答她。我知道，在电台节目里做嘉宾，因是现场直播，所以要口才好，博学多才。而我，生活中是个十分寡言的人，谈到写作，我更在乎的是写，不善言谈，怕上了节目后尴尬，丢不起男人这个面子。如果推辞，又怕失去这次锻炼的机会。于是我问："叶小姐，能不能先给我个提纲啊？"

"可以，不过我们有个互动节目，就是对外开通了热线电话，听众提问你解答的环节，所以，你可要做好思想准备哦。"叶纯在电话里说。

"好的，我试试吧，如果做不好，你可要多多包涵啊。"我说。

时间一下子就滑到了周末。我去电台做节目嘉宾的时间是晚上 8 点，为了适应环境，我提前走进了东莞电台的直播室。不一会儿，叶纯也来到了直播室，把一切注意事项跟我交代清楚了。

节目准时在晚上 8:05 开始了。我的心却还是紧张起来。后来在插播广告时段时叶纯对我说："真宗，你别紧张，你现在和我是在聊天，你不要去想有人在看着你，你只管讲出你想要说的话，该多说的话你不要惜字如金，只回答是与不是的问题，你就直接说是或不是就行了。"就这样，在叶纯的鼓励和指导下，我那紧张的心情慢慢舒缓下来，说话的语气也平稳多了，气氛也融洽起来。

可是，到了接听听众热线的互动节目环节中，打电话来跟我交谈的"何粉"越来越多,聊的话题也越来越广泛,从人生到理想,从文学到生存,从诗歌谈到美女作家等等,一些爱好文学的打工仔和打工妹,更多的是在热线中对我发表的诗歌作品进行赞美。

这个节目时长一个多小时,节目很快接近了尾声,但听众热线还在不断地打进来。这时叶纯灵机一动,把我的 BP 机号码向听众公布后,不到一分钟时间,我那能存 20 条短信的 BP 机就爆满了听众的留言。想不到我的读者真多,使我更加坚定了自己的文学爱好和写作方向。

■ 被"粉丝"们逼出来的第一本诗集

2000 年 8 月,我的第一本诗集《在南方等你的消息》在众多"何粉"的期待中,终于由中国文联出版社出版发行了。书中选编了我在东莞打工几年来业余创作的诗歌,分《在南方等你的消息》《走不出的乡音》《春天一直在路上》《向打工者致敬》等四辑。从不同角度、采用多变的写法轻松自如地抒写了打工生活的起伏、心灵永不过时的困惑与向往和对生命的鼓励与赞美。

其实,这本书是被我的打工读者"粉丝"们逼出来的。自上次在东莞电台"周末风雅二人行"节目中做完嘉宾主持后,我似乎一夜之间在东莞乃至整个珠三角的打工群体中出了名,特别是曾经在《外来工》《江门文艺》《南叶文艺》《侨乡文学》《飞霞文学》《嘉应文学》等全国畅销打工杂志上经常读到我诗歌作品的读者和文学爱好者,被我坎坷的经历和博爱精神感动了,信件像雪花一样纷纷扬扬的飘到我的手上。看着一封封的读者来信,我被他们的真诚和简单的要求震撼了,一句"希望能读到你更多的打工诗歌"让我的内心充满感动。他们是来自最底层的倾听和呐喊,使我深感,这群背井离乡的打工人,不仅需要用赚到的钱去改变家庭的贫穷,更需要一种精神来寄托,去安慰枯燥乏味的打工生活。他们每个人的经历,也许就是我的经历,我在工厂打工的经历,也正是每个打工人共同的经历和命运。他们干最苦最累最脏的活,有时连饭都吃不饱,却只能领最廉价的工资,有些打工人更是不幸,甚至还会被老板拖欠工资……每当这时,我的耳畔总会响起著名诗人艾青《我爱这土地》这首诗歌。

"为什么我的眼里常含泪水？因为我对这土地爱得深沉"为什么我总是为打工读者的每一封来信而感动，为什么我就会看着看着眼含热泪，因为我爱这片土地，这是中国的土地，可为什么在改革开放以来，我们这群推动沿海经济发展的打工人，却在这里得不到一点点人文关怀。我们期待着，我们《在南方等你的消息》——

在南方　寻觅故乡的路
我看见蓓蕾在悄然爆开
北方暮霭　马蹄嘚嘚
沿着一点惊喜　一点欢愉
一点柔情　一点忧郁
在我沉实的心田
在我婆娑的疏影里
默默长出　一派新绿

在南方　等你的消息
我的耳和额灼满深深浅浅的标志
昔日岁月斑驳的忆忆
荡着的水波仿若钟声
使风雨　使鸟群
也为之翩翩起舞

我深深眷恋的彼岸是你
浪迹在人生海角天涯
想起北方的你也并不是
比南方的我顺利
我们的身影只能在
水纹里若即若离
在月下为了我们虔诚祈祷

祈祷好人一生平安

祈祷年轻的心事如美丽的花朵

蓬勃盛开……

　　1998 年年底，当我写下这首《在南方等你的消息》后，我的心里久久不能平静，工业区里那些老乡之间相见的一幕幕场景在我的脑海中不停的浮现，辛酸的眼泪让我流淌出一首《拜见老乡》的诗歌——

在打工的岁月里

老乡，只有在法定的假日中

才难得一见

汽车与人流

流成一条思乡的河

流向故乡的村落

故乡的草

总是在瘦弱地表达心情

沿着工业区士多店那张圆桌的边沿

一斤花生米和八毛钱的柠檬茶

或每人一瓶啤酒

便足以抚平一路风尘

彼此在普通话的夹缝中寻找一句

曾血液一样穿透着周身的乡音

调拌一盘热烙烙的故事

一口柠檬茶，一杯啤酒

让打工仔打工妹一口就尝出

无根的辛酸……

1998年9月，这首诗发表在全国首家打工畅销期刊《外来工》第九期上，再次引起数千万在广东打工人的共鸣。我的诗歌，在广东沿海和内地工厂的流水线上，被一个又一个打工仔打工妹记录着，他们的笔记本上又多了一个新的内容"何真宗的诗歌"。他们把发有我诗歌的报纸和杂志在工厂的宿舍里传阅、转抄。这些信息，除了在他们的来信中告诉我，也在我出席的一些领奖活动中和后来的励志演讲中，见到了曾经读过我诗歌并抄录或打印下来保存的读者，他们后来不仅是我忠实的"粉丝"，更加成为了朋友。一个背井离乡的打工人，在他乡加班加点的劳动中，是多么的知足啊！

一个人的作品，能有人读，我想就是作者的幸福，也是对作者的肯定。而我面对的，不仅是文学作品，而且是一个打工时代的精神需要。他们跟我当年一样，生活在底层，最怕的是寂寞的时候想家。

为回报生活和关注我成长的师长、朋友，凝聚了我一腔真情和心血的诗集《在南方等你的消息》，在2000年8月终于由中国文联出版社出版了，国家一级作家、广东省作家协会专业作家陈庆祥老师还专门为诗集写了序。2000年9月11日，《东莞日报》文艺副刊版给予发表。

2000年10月1日，我在东莞市篁村美新电器广场举行了"何真宗与你相约签名售书活动"，有的打工朋友一口气购买了十几本作为一种礼物送人。连踩三轮车捡破烂、搞建筑的农民工等生活在社会底层的打工人也都争着购买。有几位在中山和深圳打工的朋友听说我出版了诗集，特意从那里赶过来，参加读者见面会，索要我的签名诗集。一时间，《深圳商报》《东莞日报》《南方都市报》《南方日报》《羊城晚报》《深圳特区报》《四川农村日报》《万州日报》《三峡都市报》等媒体专题报道了我在广东顽强拼搏的历程，在打工群落里反响颇为热烈。我多次应邀到广东卫星广播电台、东莞人民广播电台做节目嘉宾，先后被邀请到石龙镇政府、东莞大型工厂、人才市场、学校等地演讲。

从这以后，我又陆续被吸收为中国诗歌学会、广东省作家协会会员和重庆市作家协会会员。

■ 文学的力量,让失意人找到温暖

我的第一本诗集《在南方等你的消息》出版并举行签名售书活动后,一夜之间仿佛我就出了名似的,每天都要收到好几封求助信件,有的是向我求教如何写诗,更多的是工厂不发工资,像员工工伤,索赔未果等等,我都一一回复。虽然这些花去我很多写作时间,回信邮寄费、电话费对于一个打工者来说也不是一个小数目。但面对堆积如山的信件,我越来越感到肩上的责任。

2000年9月,一位来自湖南在东莞石碣镇桔州工业区打工的李某在来信中说"真宗大哥,我是在一位工友那里读到你的诗集《在南方等你的消息》,你的诗说出了我们的心里话,把我们想说的都说了出来。"看了他的赞美之词,我心里十分开心,可是在看了以下这段文字后,我大吃一惊,他说"真宗大哥,你是我们打工人的骄傲,只是我这是给你写的第一封信,也许是最后一封信了。"

原来,这位李姓读者来自湖南娄底一个最偏远的山村,家中有两兄弟,他在家中排行最小。在5岁那年,本来就十分贫穷的家,因一场大火被烧毁了,父亲也在那场大火中烧死了。家里的顶梁柱倒了,一家三口人的生活重担全压在了他母亲的肩上。后来在亲戚和邻居的帮助下,才在原地搭起了两间半的土砖瓦房。兄弟二人渐渐长大,一家人的日子越过越艰难,村里有好多人来给他母亲做媒让她改嫁,但母亲舍不得他兄弟俩,所以没答应。后来兄弟俩长大了,哥哥还考上了大学,成了母亲的最大安慰。哥哥大学毕业后,在当地一家企业里做了一名会计。李某初中毕业后,为了减轻母亲的负担,1999年,便来到东莞打工了。本来日子会慢慢好转起来,可是,大哥的婚事,却让家里又陷入困境。

2000年9月的一天,是哥哥结婚的大喜日子。哥哥为了面子,硬让母亲去找三亲六戚借了一屁股的债。喜事办完客人散去后,母亲因想不开,便拿出家中的农药喝了下去,当哥哥从外面回来时,母亲却早已死了。消息传到李某这里后,刚谈的女朋友也弃他而去。深受双重打击的李某悲痛欲绝,觉得生活走到了尽头。于是,在给我写完这封信后,准备选择时日自杀。

捧着这封信,心里沉甸甸的,马上向大队教导员请了假,来到石碣镇交警中队,在一个文书的带领下,来到桔州工业区找到李某所在的工厂见到了他本人。

我带着李某，来到一家川菜馆里，一边吃饭一边给他讲起了我的打工经历。我说："上帝对每个人都是公平的，生活的坎坷说明了道路的不平坦，但是，路有上坡就一定有下坡，有坑坑洼洼就一定有平路，所以，我们在爬坡的时候不要埋怨路太陡走得太慢，应该想到，我们爬上坡地后，下来就会很容易；当我们走在不平坦的道路上时，不要去埋怨路上的障碍太多，应想到走过这些障碍后，就是我们冲刺的时候……"听完这些话，他的双眼湿润了，激动地说："真宗大哥，你的经历比我还苦，你都能走出了辉煌人生，那以后你多多鼓励我吧，我收回我要自杀的话。"就这样，李某留在了工厂，从员工做到组长，再从组长到主管。两年后，家里的债款，由他全部还清了。2005 年，在我从石龙交警大队离开跟他告别时，他带着老婆和孩子对我说："真宗大哥，是你的诗，让我认识了你，是你的人格魅力，重新让我站起来了。"

■ 文学改变了一个打工妹的命运

几个月前还在一家工厂的流水线上打工的龙川籍打工妹骆添梅，只有初中文化，但一年内竟写出七部爱情小说，共计 70 多万字，其中有三部长篇小说即将被《河源青年》杂志连载，河源作家协会也破格将其吸收为作协会员，终于圆了她的作家梦，今年 10 月，骆添梅被家乡一家报社慧眼识中，破格将其聘为记者，从而改变了她的人生路。

上面这段话，是我发表在 2002 年 11 月 15 日《广州日报》上的一篇长篇报道《流水线上圆了作家梦》中的开篇语。在这之前，我与南方都市报的记者方常君（笔名筑丹）一起采访过她，文章于 2002 年 7 月 30 日发表在《南方都市报》，而改变这位女孩命运的，也就是这份报道。

认识骆添梅，还是因为我的第一本诗集《在南方等你的消息》。2000 年 12 月底，骆添梅从她所在的东莞协益电子厂里写来一封信，说是在宏远工业区我签名售书活动现场买回了我这本诗集后，加班加点后抽空看完的。《在南方等你的消息》这本诗集的创作经历深深鼓舞了她。信中又提到："真宗大哥，你可以做我的老师吗？我已完成了七部小说，也交给了花城出版社，想卖些钱，帮一帮贫困的家。"

原来，今年刚满 22 岁的骆添梅，出生在龙川县回龙镇群光村一个普通农民家庭，她从小读书勤奋努力，门门功课都是优秀，上了初中以后，骆添梅更加珍惜读书机会，努力学习，成绩也很优秀，16 岁那年中考，骆添梅不负众望，考了 700 多分，是全镇前 5 名，女生中第一名。

可是一贫如洗的家庭难以让她再继续求学，加上弟弟妹妹也上了学，面对家庭的困境，想着自己的大学梦，骆添梅心如刀割。但懂事的骆添梅深知家里的困境和父母的艰难，深思了几个晚上，最后她无奈地藏起了录取通知书。

1997 年，辍学的骆添梅来到东莞，几经奔波终于在东莞南城区某电子厂当了一位流水线员工，繁忙的工作，陌生的环境，加上对故乡的思念，骆添梅开始感到一阵阵失落，为了排遣这种落寞，她开始看小说。

半年后，她又跳槽到厚街一家鞋厂，最让她兴奋的是，厂里有一个小型的图书馆，从此以后，她下班第一件事就是跑进图书馆，不到一年时间，图书馆的书便让她全部看完了。这时，她有一股强烈的写作冲动，于是拿起笔，用工余时间躲在宿舍里开始了写作。

由于满脑子充满幻想，生活中的骆添梅显得沉默寡言，同事们都觉得这个姑娘很清高，也不太跟她来往。

1999 年，她再次跳槽进了东莞一家电子厂，为了多得到每月 180 元补贴，她上夜班，一个晚上下来，累得疲惫不堪的她稍事休息后就开始趴在铁架床上写小说。上班时，她脑海里就构思着一个个美丽的爱情故事，下了班就开始动笔，加上读书时打好的文学底子，她写得很快。2000 年 4 月，她的第一部小说《山路弯弯》就完稿了。接下来，《等你每一天》《寻找你的眼睛》《宝贝对不起》《爱你没理由》《请你不要走》《都是你的错》等小说相继完稿，几乎是一个月一部小说，每部大概在 10 万字左右，半年时间，她写下了 70 多万字。

1999 年 10 月，当她的第七部小说完稿后，有同事发现她的脖子上有一异物突出，她赶紧到医院检查，原来是一个肿瘤。医生说，虽然是良性肿瘤，也要及早动手术摘除，以免发生病变。这个手术的费用大概要五六千元，这对靠打工维持生计同时要贴补家用的骆添梅无异于天文数字，她只好用仅有的几百元买了些药离开了医院。为了负担已经上中学的弟妹的生活学习费用，同时攒够做手术的钱，骆添梅想出版自己写的几部小说，期望能获得一些稿费。于是，她把小说陆续寄到出版社，但时间不长，寄出去的稿子又纷纷原封不动地退回来了。连续的退稿给她满怀的创作激情泼了一头冷水。她开始怀疑自己是否真的有写作能力，人也非常失落。

了解骆添梅的情况后，我马上给她回了信，并要求她把她写的几部小说寄给我看看。当我读完了骆添梅的小说后，为这样一个普通流水线上的女工居然有如此毅力而感动，她写的小说细节感人，也完全超出了我的想象。

我给她回了封信，决定帮助这个不同寻常的女工，并鼓励她多写身边人、身边事，特别是打工的这个群体，我们不需要去体验生活，因为我们就生活在其中。一年以后，骆添梅就在《特区窗口》《嘉应文学》《东莞日报》等报纸杂志以绪研的笔名发表了多篇散文和诗歌。这时，我见时机已经成熟，便邀约了《南方日报》东莞站的记者方常君一起，把骆添梅的事迹写了出来，先后在《南方都市报》《南方工报》和《广州日报》等报刊上发表，立即引起了多方关注，河源市作协有关负责人看过她的小说后，认为她是一个难得的文学新人，作协很快召开理事会，决定破格吸收骆添梅为该市作协会员，这是作协吸收的第一个"打工妹作家"。同时，《河源青年》杂志已经选定其中的 3 篇小说，进行连载。2009 年 10 月，骆添梅又被家乡一家报社看中，聘请为该报记者。

类似这样的事迹，也发生了许多。每当看到他们的人生因文学而改变了命运，我的心里就有种说不出来的喜悦，就像这个人，就是我自己，再一次翻阅了人生最美丽的生命，是缠绵的幸福和友爱，鼓舞着我一路前行。

■ 开通专家热线，"失意者的裘皮大衣"

何真宗：

你好！能否与你相识呢？在不同的心情下，品味着你的《午夜，列车从出租屋的窗口经过》这首诗，所得到的感想是完全不同的，不知能否还记得那时的感觉？还会有无奈、叹息和盈满了无尽的乡愁？过年回家的车票买到了吗？希望你能实现你的小小心愿。

其实，在外的日子充满了无奈和艰辛，这些只有我们亲身经历过的人才会真正明白其中的酸甜苦辣，父母有他们的负担，我们也有自己的烦恼,你说是吗?外面细雨绵绵地下了一整天了,你的诗我也读了好几遍了,想家的心情越来越强烈,如窗外的雨,湿湿的!

我是一名来自北方的女孩,但也不是天寒地冻的地方。到了广东这个异乡才慢慢地发觉,周围的一切是那么的适合自己,很奇怪啊,也许是因为自己的适应能力强吧!你在那边的工作怎么样?累不累呢?现在是感冒流行期,你一定要小心哦,别被传染了哦,做好防疫工作就好了!时间也不早了,下次再聊,还有收到信后,来电通知我一下,好吗?我的电话是131××××××95。祝工作顺利,爱情事业双丰收!

韩蕊

我经常会收到全国各地打工者的来信,有人说:"虽然我们从未相识,但我早已认识你的诗歌。"

"何先生,你的'何粉'多,何不开通一个热线啊?这样既可以帮助需要帮助的人,也可以让你从中赚钱。"2001年10月1日国庆节那天,我随著名打工歌手、轮椅作家黄任锋在东莞兆龙通讯科技公司作完报告后,公司老总刘某对我说。

在当时,兆龙公司是一家非常有名的一家信息公司,是两家最大的咨询服务公司之一,员工近百多人,光接线员就有几十号人。说是咨询服务,其实就是聊天。在东莞这块土地上,啥鸟都有,特别是忙碌背后隐藏着无聊的寂寞,这种寂寞就来自人与人之间信任的缺失和沟通渠道的单调。而这个时候,空白的心灵、受伤的心灵、孤独的心灵、无助的心灵,只需要一种听得见看不见的声音,去安抚他们,让他们感到繁华的都市里,这里才是远航中的港湾,心灵的家园。

"你是东莞的名人,很有必要开通一个文学专家热线,就目前来说,我们东莞还没有一个文学专家热线,希望你来填这个空白。"刘总说。

"好是好,只是怕我忙不过来,没空到你公司来接听电话啊。"我问。

"这个你放心好了,你只把你的小灵通电话号码给我就行了,你走到哪里,哪里就可以接听的。技术上的问题,一切由公司来负责。"刘总回答。

"请问怎么计费呢?一般打工人承受得了吗?"我又问,"每分钟一元钱,你每接听一个电话,你都跟对方说清楚,这个热线是要收费的,当然,这个费用,你跟我们公司按五五分成吧,这样实际上你比我分的多,因为我还要给中国电信上交一部分风险金啥的。"刘总解释道。

一周以后，一个秉着"为打工者服务"为宗旨的"何真宗文学热线"开通了。为了让更多的人知道这条热线和功能，东莞兆龙通信公司立即投入宣传和营运，每周印刷宣传单和宣传小册子数万份，每天安排几辆面包车行走东莞各镇区大街小巷和生活区，直接送到行人手中。而我，又依托《外来工》《侨乡文艺》《南叶文学》《南飞燕》等报刊免费刊登信息。就这样，"何真宗文学热线"可以说是无处不在，受到读者朋友的热烈拥护。

每一个故事，感动着我，也感动了身边的每一个听众。

很快，我的热线电话不断，最多的一天有 100 多个，在电话中，我向他们阐述打工者的生存环境和面对生活与现实的落差，鼓舞他们要有面对生活的勇气与能力，特别是在打工生活中，打工人的喜怒哀乐，他们的人生和事业，都需要人关注。

由于是收费的，每次来电，我都提醒他们说："兄弟，我这电话一元钱一分钟，如果只是聊天，你可以写信给我，如果有急事，你就直说，但我最多只让你说十分钟。"我的真诚和耐心感动了他们，后来，被那些打工朋友称之为"失意者的裘皮大衣"。

随着几次工作的调动，一年后，我放弃了。至于赚了多少钱，我从来没有去找兆龙公司问过，也没有去领过。在我看来，这条热线，让我看到了打工人的精神需要，那就是文化，或者说是一种适合打工人自己的文化，就是"打工文化"。所以，一个新的计划在我的思想里形成了。

■ 创办《打工文化》报，塑造打工者城市认同感

2004 年 9 月 16 日，中共广东省委机关报《南方日报》在东莞专版最显著的位置，发表本报记者廖奕文采写的《打工者离不开打工文化》文章，大篇幅报道了我创办《打工作家》报的事迹；2005 年 1 月 28 日，新华社记者周婷玉也发表通电，在《人民日报》《中国青年报》《解放日报》等全国的报刊上对我创办《打工作家》报的事迹作了重点介绍。事隔一年后的 2005 年 11 月 18 日，作为世界一流的都市报——《南方都市报》也发表了该报记者丘想明采写的《石龙打工者有了文化家

园》的文章,专题报道了我主编的《打工作家》改为《打工文化》报后举行的首发式等报道。这是何等的开心啊! 现在想来,往事还历历在目,催人奋进。

在广东打工十几年来,让我感触最深的是,广东最缺的就是文化。而打工人最缺的,不是钱,也是文化。这种文化,我认为就是打工文化。在这 10 余年的打工生涯中,可以说我见证了东莞打工文学发展的点点滴滴。

1993 年,我第一次来到东莞。那时,一股打工文学潮正在珠三角地区兴起,但在东莞,只有《东莞日报》的文艺副刊上有个栏目叫《打工天地》,由于是党报,在书摊上根本无法买到,更别说让外来工看了。在我看来,这个栏目,如同虚设,对打工人来说没有效果。当时最畅销的打工刊物就是《外来工》和《大鹏湾》,工业区里到处都有,一出厂门口就可以买到,可以说,那种读书的场面,犹如见工一样急迫和热闹。后来,自己开始写东西,还买来想要投稿的杂志"研究研究",但老是发不了。有一次,终于发了第一首诗,慢慢地又有小说见报,每次好几十块钱的稿费,要比我原来 180 元的工资看起来更诱人一些。那两年间,创作热情高涨,晚班回来,还能趴在床上写作,总是感慨不已。有一段时间每个月都能拿到 1000 多块钱的稿费。

我印象最深的一次是,在厂里的垃圾堆里,我无意间发现一份叫《劳动报》的报纸,它的副刊版面定位与我的创作格调非常接近,于是我立即记下地址,接下来的日子"有稿就投",结果"每投必中"。

那个时候,尽管生活和环境的压力让人透不过气来,但那种创作热情却时时在身体内涌动。那似乎是一个"革命"的年代,附近的很多打工青年都是文学爱好者,他们习惯了先是随处流浪,积攒生活体验,然后找一份工作,白天加班加点工作,晚上挑灯夜战,写作不断。

那个年代,不仅东莞,整个珠三角地区都呈现出打工文学的热潮。一批有着与我同样经历的打工者,用他们手中的笔记录了那个时代的生活体验和人生激情。他们中有人圆了自己的"文学梦",也有人用手中的笔改变了自己的命运。最令我意外的是创作群体自身变化的速度实在是太快了,这恐怕是打工文学出现低潮的根本原因所在。当时,很多写打工文学题材的打工作家,有了名气之后,或到政府、报社工作,或做了工厂里的领导,我感觉这些人已经失去了创作的激情。等他们"混"好了,正好也遇上了社会对打工文学产生偏见的高峰,很大一部分原来的打工作家认为，自己好不容易从打工者行列中跳了出来，对那些名讳早就敬而远之。可有意思的是，他们一方面不断地与打工文学拉开距离，否认自己是打工作家，一方面却又不断地参加各种活动，拿出一些质量远远不及当年的稿件到处发表，说白了就是放不下这一块利益。这样一来，不仅失去了读者的认同，失去了市场，更是一步步地丢掉了赖以生存的文学阵地。与此同时，一批批充斥着色情、暴力等低俗内容的非法刊物，大大降低了打工文学的格调，也搅乱了整个文学市场，使得一些著名的杂志刊物不再为打工文学提供阵地，甚至有些编辑只要看到这类题材的稿件，不用考虑就退回了。他们误解了我们的意思，我们的思想阵地也在逐步地丧失。

东莞的打工者有好几百万人，伴随着城市经济的发展，他们在物质生活水平提高的同时，精神需求也提高了。可眼下，广播、电视、网络等媒体远远不能满足他们的需求，直到现在，仍然缺少一种为他们而生的精神文化，或者更纯粹地说就是"打工文化"。我们所要做的，就是在我们所提倡的"打工文学"中注入文学、思想、艺术三方面的融合，从而正确引导打工者的生活状态，提倡积极进取的人生态度。

2002 年，我与几个打工诗人合作办了一份叫《行吟诗人》的小报，但做了两期之后，我发觉诗歌并不能全面、完整地表达打工者的原生态生活，而且仅有少数打工者能读懂诗，加上他们的文化水平和个人生活多种多样，办诗刊远远不能适应他们的需求，最后我就选择了退出。

2004 年 7 月，由我自己独立出资，自任总编辑和总策划的《打工作家》月报在东莞创刊了，邀请了中国作家协会会员、重庆市作家协会副主席、重庆万州区作家协会主席向求纬，中国著名打工作家周崇贤做顾问，并题词鼓励。每期报纸出来，都是以赠送的方式发行的，还邮寄了一些给部分省级报纸和杂志。东莞、广州等地的一些民间刊物为《打工作家》做了免费的创刊广告宣传；有一些读者来电来信对我们的报道提出反馈意见；投稿也很丰富，作者包括一些打工者和一些诗选刊物的编辑，还有一些关注打工文学的作家。这说明，大家对我们还是比较支持的，我期待着这份报纸能有更大的影响。从出版第三期起，我拿到了部分赞助，这使我信心大增。一口气就出了五期，每期发行 2 万余份，在文化界和社会上引起了强烈反响，成为新华通讯社、《中国青年报》《解放日报》《南方日报》等媒体争相报道的对象。

"几百万外来工需要精神食粮,我们必须给出让他们满意的东西。"这句话,在我心里琢磨了好几个月,东莞的打工者有好几百万人,日常工作很辛苦,但精神文化相对缺乏,那么东莞需要什么文化来补充呢?我的回答还是打工文化。因为,打工文化是在城市新生过程中,伴随着从农村到城市就业空间的变化,从农业到工业就业方式的变化和农民到工人职业角色的变化,而在打工者这种群体中产生的反映他们生存状态的一种文化。可以说,打工文化代表着东莞 800 万外来务工人员的文化需求,对于提升他们的人文素质,防止和减少他们的道德滑坡有着潜移默化的作用,从这个层面来说,打工文化代表着东莞先进文化,是东莞文化的特征和品牌,也是东莞文化中的"骨干"。

2005 年 11 月,在我的努力下,终于得到了时任东莞市石龙镇主管文化工作的副镇长陈建宁的关心和支持,并在东莞作协石龙分会会长朱茹保的帮助下,我把《打工作家》报改为了《打工文化》报,挂靠东莞石龙镇文化体育服务中心主管,东莞作协石龙分会主办,邀请了时任副镇长陈建宁做顾问,中国作协和省、市作协有关领导作名誉顾问,朱茹保任主编,由我亲自担任总编辑。与此同时,由我出面向东莞市文广新局申请了准印证(证号为 DG2005-192 号)。之后,组稿、排版、校稿、印刷、发行,全部由我一个人一气呵成。11 月 17 日,一份对开四版、全部彩印的《打工文化》报正式在石龙最高档的旺角酒店举行了首发式,首印 2000 份报纸随后在广州日报石龙发行站站长的支持下,免费送进了该报订阅户手中。首发当天,时任副镇长陈建宁,镇宣传办主任邓柏春以及本镇文化知名人士和东莞各镇知名企业文化主管以上领导参加,并出席了首届打工文化论坛。

2005 年 11 月 18 日,《南方都市报》记者丘想明在该报东莞文化专版头版头条发表了署名文章《石龙打工者有了文化家园——〈打工文化〉报昨日石龙创刊,主要反映外来工生活》,全文如下:

石龙打工者有了文化家园

《打工文化》报创刊,主要反映外来工生活

《南方都市报》记者/丘想明

石龙打工者有了文化家园!2005 年 11 月 17 日,市作家协会石龙

分会第二届理事会议暨首届企业与打工文化论坛在石龙召开,首家以打工文化为主的报刊《打工文化》报也正式创刊,一个属于打工者的文化舞台终于出现。据悉,东莞有几百万外来员工,但真正拥有自己的正式文化报刊还是第一次,这对广大打工者来说是一个福音。

20 打工文化精英论坛论剑

昨日,市作家协会石龙分会召开了第二届理事会议,同时举行了首届企业与打工文化论坛,20 多名来自石龙各企业、工厂的打工文化精英和爱好者齐聚石龙旺角,共同探讨"企业与打工文化构建和谐社会"。

论坛上,石龙文学会的广大会员广泛的交流了关于打工文化与企业文化的一些看法,一些企业、公司的代表还就《企业文化构造品牌核心》《企业文化如何影响、干预组织流程》等专题演讲。作为石龙镇主管文化的陈建宁副镇长则表示,石龙文化是具有包容性的,打工人同样是石龙的主人。

报纸成了外来员工的文化舞台

在昨日的论坛上,《打工文化》报正式创刊,《打工文化》报何真宗总编表示,"打工文化"是伴随着农民工由农村到城市的就业空间变化、由从事农业到从事工业或服务业的就业方式变化、由农民到工人(雇工)的职业变化过程产生的社会文化现象,以前真正以"打工文化"作为正式报刊出现在东莞还是第一次,它的创刊也体现了一个属于打工者文化舞台的出现,一个属于未来打工人员的文化家园。

塑造打工者城市认同感

据何真宗总编介绍,《打工文化》报的前身是《打工作家》,它最早创刊于 2004 年 6 月,前后出版发行了 6 期,先后向国家图书馆、文化部门以及全国各省市文联、作协等团体和个人免费赠阅,在社会上引起了积极的影响。《打工文化》报是经过了市文化广电新闻出版局审核同意,在石龙文化广播电视中心的指导下,由市作协石龙分会主办的一份民间、面向企事业打工文化的报刊,坚持"扎根石龙、立足东莞、辐射全国"的办报方针,以"服务企业打工文化,提高城市打工人员素质,提升城市内涵"为宗旨。东莞有几百万外来员工,他们的文化生活一直都被遗忘在角落。目前,市场上到处充斥着暴力、色情、低俗等文化内容,并且文化活动也相当贫乏,严重地影响了打工人的思想和文化品味。为了能够积极推动打工文化的发展,《打工文化》报就在《打工作家》的基础上应运而生,它的目的就是建设"先进打工文化",抵制落后和腐朽的"打工文化"。因此,《打工文化》报具有独特的价值。

何真宗总编还表示,要让《打工文化》报成为广大进城务工青年学习进步的大熔炉,体现先进的"打工文化",塑造他们对城市的认同感,从而推动打工群体发展和建设打工文化。

第一期观感:打工者自己的报纸

从《打工文化》报第一期,记者看到,报纸共分为"ABCD"四个版面,属于每月出一期的月刊报纸,除了刊登一些有关打工文化方面的新闻外,还专门设有打工者会员的作品专栏以及打工诗歌选刊,既有《打工者的礼赞》也有广大打工人熟悉的《加班》,整个篇幅都围绕着"打工者"这一个特殊的群体而设立,报纸上文章的作者有大家都熟悉的打工作家,也有来自不同企业、工厂里的文学爱好者。前来参加论坛的石龙某电子公司的余小姐说,《打工文化》报是一份真正的打工者的报纸。

■ 好评如潮的《纪念碑》

纪念碑

在南方
在一栋栋拔地而起的摩天大厦的缝隙里
我不止一次地从媒体上看到
类似的新闻——
某年某月某日某时某分
某地某街某座正在封顶的大厦
一个外省民工"不幸"

从楼顶摔下

一根或数根大拇指粗的钢筋

从其大腿臀部斜插进肌体

穿肉而过

命根险遭不测……

经抢救

有的奇迹生还　有的

永远停止了呼吸停止了工作

这可是我的打工兄弟呀

抛家舍亲　风餐露宿

抽劣质香烟

病了　喝一碗姜汤

背着铺盖卷四海为家

向一切需要力量的地方涌动的兄弟

汗水却相当廉价

梦却又十分沉重

这就是我的打工兄弟

常常用自己的梦装饰别人的梦

别人的梦

恰好成了他的纪念碑

　　2002 年的一天，在东莞石龙镇交警大队办公室里，我翻阅着当天的《广州日报》，突然被一条新闻震撼了。新闻大意是，某日一栋正在建工地大厦，一民工从作业的楼层上摔了下来，结果被一根大拇指粗的铁条从大腿和臀部斜插而过，险些丧命。类似的事件，仅隔数日，我又在该报上看到。这时，我的心在滴血，为"不幸"的民工感到十分同情和心痛，更为一个城市的发展而缺少对农民工的关爱感到愤愤不平。于是，我写下了这首《纪念碑》。

　　2002 年 9 月，这首诗先后在《民间诗刊》《三峡诗刊》(2002 年 2~3 期)和《打工诗人报》上发表,随后才在国内的正规期刊——广东省劳动和社会保障厅主办的《创业者》杂志首发,一时好评如潮,后又被中国著名诗歌选刊《诗选刊》选用。有评论家说,"《纪念碑》一诗深深地揳入了建筑工人的生存状态和精神状态,哀而不伤,传达着诗人对人性的关怀和悲悯"。很快,这首诗在打工部落里传诵,成为打工者的代表之作。

2002年年底,时任东莞市文联主办的《南飞燕》杂志社的副主编胡海洋向我约稿,说要对我重点推介一下。当时由于我工作太忙,没有时间创作新的作品给他,于是,就把《纪念碑》这首诗歌投给了胡海洋。

"我是闻着何真宗的气味读完这篇稿件的,这首只有26行的诗歌,以平白的语言展示进城务工青年勤劳朴实、奋发有为的群体形象,让人们从中了解到进城务工青年这个群体的生存状态、情感世界、理想追求,唤起全社会对进城务工青年的理解与关怀,折射出和谐广东的生动景象。他反映了打工者的生存环境,反映了现实生活,读后荡气回肠。"《南飞燕》副主编胡海洋在发稿签发栏上这样写道。

2005年2月,东莞市电视台著名品牌栏目《乡音》为我作了一个长达20分钟的《打工诗人何真宗》专题节目,广东省文艺批评家协会会员、东莞市作家协会副主席何超群在接受采访时说:"《纪念碑》有三个特点:第一它贴近生活,生活的点找得准,比如里面'钢筋穿过身体''病了喝一碗姜汤''抽劣质香烟'等等这些事件抓得比较准;第二个特点就是语言朴实、直接;第三个方面我认为这首诗是哀而不伤,以一种悲悯的情怀关注当下打工者生活境况,纪念碑这个事物包容的精神

这些高楼大厦就是我们在城市的纪念碑!

分量非常重，它不仅仅是打工者对自己身份的确认，也是打工者生命价值意义的一种凝结和呈现，也就是说他们的生命意义得到这个时代和历史的承认。"

广东省作协会员、畅销书作家汪洋在网上发表三千多字的长篇评论时指出："何真宗，仅以这首只有 26 行的《纪念碑》，发自内心地呐喊和祈求，以朴素的情感，平白的语言，直指这一弱势群体的生存状态和精神状态，具有非常的感染力和强烈的精神震撼。可以说，何真宗在诗中立足现实，直面问题，视界开阔，观察深入，发人深省；他在诗中表达了一种深切的人文关怀，这不是一种情绪的宣泄，也不仅仅是激情的呐喊和慷慨陈述，诗人更主要是为了提出民工存在的问题，让大家共同关注，让社会协力去解决。我想这才是诗人何真宗写成《纪念碑》真正的意愿和目的……"

网络作家赤足而舞在读完《纪念碑》这首诗后，也写了上千字的评论，其中一段文字是这样写的："何真宗的目光投向生活在社会底层的民工们，他以正直、刚正、深广的情怀和优秀的才华，关注他们，贴近他们，融入他们，代表他们发出既微弱又铿锵的声音。他的诗歌语言是朴素的，甚至是不经雕琢的，质朴的语言加上真挚的情感，读起来倍觉亲切自然之余，还有一股震撼力。"

让我感动的是，东莞市人大常委汤瑞刚在 2006 年 4 月份的东莞人大、政协两会上递交保护外来工权益的提案时，面对"两会"代表大声朗读起了这首《纪念碑》。他说："这首以真情打动了诗坛、打动了媒体的诗歌，也同样打动了我。事实上，作为东莞市民，读到这样一首呼吁关注外来工境遇、给予他们认同与尊重的诗歌，我除了被打动，更多的是惭愧。'抛家舍亲 风餐露宿/抽劣质香烟/病了喝一碗姜汤/背起铺盖卷四海为家/向一切需要力量的地方涌动的兄弟/汗水却相当廉价/梦却十分沉重/这就是我的打工兄弟/常常用自己的梦装饰别人的梦/别人的梦/恰好成了他的纪念碑'这是他在《纪念碑》里的诗句，也是他为自己树起的灵魂的标志，字里行间深深地揳入了建筑工人的生存状态和精神状态，哀而不伤，传达着诗人对人性的关怀和悲悯。"这是汤常委之所以关注外来工权益的真正原因。

"《纪念碑》这首诗是值得一读的，何真宗的《纪念碑》获得全国大奖，这不仅是何真宗个人的荣誉，更是东莞的荣誉，是数百万打工朋友的荣誉。"东莞市机关事务局副局长、时任市作家协会主席黄少峰得悉何真宗获得全国大奖后，与团委书记李庆新在东莞宾馆会见何真宗,并鼓励何真宗以此为起点,写出更多更好的作品,为东莞打造文化新城出力。

著名作家,本届大奖评委陆天明在接受众多媒体记者采访时表示:"《纪念碑》尽管有些粗糙,还不够很好,虽然在写作上没有好的技巧,但却真实地反映了打工人群的呐喊和祈求,写得很真实很真诚,有真血肉真情感,有真痛苦真追求!可以说是血泪之作,没有无病呻吟。"

■中国最值钱的诗歌:一首诗一万元

2004年7月6日晚上下班后,刚刚学会上网的我正打开新华网看新闻,突然一条消息让我眼前一亮——

面向打工青年　首届鲲鹏文学奖评选工作启动

新华网北京7月6日电(记者朱玉、李亚杰)由团中央、全国青联开展的进城务工青年鲲鹏文学奖评选活动日前启动,这是我国首次面向进城务工青年群体开设的文学奖项。

据介绍,鲲鹏文学奖评选的目的是活跃打工文化、发掘文学新人、诠释奋斗历程、体现人文关怀,向社会推荐一批思想性、文学性、现实性相结合的优秀务工文学作品,展示进城务工青年勤劳朴实、诚实劳动、奋发有为的群体形象,唤起全社会对进城务工青年的理解与关怀。

鲲鹏文学奖面向广大进城务工青年中热爱文学创作的文学新人和文学骨干,同时欢迎文学爱好者和专业作家参加;进城务工青年创作的、近年来正式出版物刊发的反映进城务工青年的小说、诗歌、散文、报告文学等均可在9月15日前投稿至广州市人民北路873号共青团广州市委社区与权益工作部,邮编:510170,在信封上注明"鲲鹏文学奖"的字样,也可以将作品发至文学奖专用信箱(kpwx@cycnet.com)。

首届鲲鹏文学奖评选由人民文学杂志社、中国青年出版(总)社、共青团广东省委等协办,共青团广州市委承办。(完)(来源:新华网)

　　这是一条令人振奋的新闻，不仅是打工文学的一个好的开端，更是政府部门对外来工合法权益的人文关怀。这等好事，我要把他告诉那些不会上网或没空上网的打工朋友，我要告诉我主编的《打工作家》报的读者朋友们。2004 年 8 月，我在《打工作家》报头最突出的位置以《打工青年首次有了"鲲鹏文学奖"》为题报道了此消息，希望更多的文学爱好者去参与。同时，我把创作的那首《纪念碑》诗歌投了过去。

　　也许是工作太忙，这件事我渐渐的淡忘了。可是，在 2005 年 1 月 13 日，我接到鲲鹏文学奖组委会来电，对我的真实身份进行了询问，并说要安排南方日报社的记者到东莞来采访我。接到这个电话，心里有种预感，肯定是获了奖，而且这个奖还不小，虽然他们在电话里没有提到。

　　1 月 18 日一大早，我又接到鲲鹏文学奖组委会来电称，说时间来不及了，请我亲自到共青团广州市委一趟，准备接受媒体采访。于是我请了假，从东莞赶到了广州。随后就被送到增城凤凰城大酒店，然后被告知："何先生，今天你就不回东莞了，要到 1 月 21 日后才可以回去，这几天你们就准备接受媒体采访和领奖。"

　　在这里，我见到并重新认识了同来领奖的有著名作家、编辑于晓威、马忠静、安昌河、赵美萍、毛甲申、王恒绩、周崇贤、夏天敏、林灵、王十月等。然而，此刻我还是不知道我到底获了几等奖。直到 1 月 20 日上午 10 时许，我被安排到颁奖现场进行领奖彩排时，我被中国著名作家，权威老诗人柯岩叫了去才知道，我获了诗歌类唯一的一等奖，而且是她老人家给我颁奖。在她下榻酒店的房间里，柯岩前辈亲切的接见了我。房间里面，挤满了《人民日报》《中国青年报》《南方日报》《南方都市报》《广州日报》《羊城晚报》等中央、省、市新闻媒体的记者。

　　这时，柯岩见我进来，亲切的与我握手，并指着她对面的空位对我说："何真宗，你请坐，我有话对你说，对所有的获奖者说几句话。"我说："请柯老师教诲。"

　　柯岩前辈抬起头，和蔼可亲的望着我，然后把身子朝前挪了挪，对我和众媒体记者说："文学的道路并不平坦，年轻人在荣誉面前，如果不自我把持，往往更容易接受误导。"谈话中，她老人家用了好几个"PASS"来表达文学淘汰的残酷性，认为文学的淘汰仅次于芭蕾舞。她一边说，还一边做些手势，有时说着说着，就大声朗诵起她曾经写过的诗歌,声音浑厚响亮,抑扬顿挫,充满激情,令我们在场的人无不为之动容。

这时,我很想请柯老前辈帮我办的《打工作家》报题个词,鼓励我坚定我的信心。可是,话刚到嘴边,我又把它咽下去了。心想与其让她留言,不如给我们这些文学晚辈说些经验性的话,"金玉良言",可能会让我们牢记一辈子,受益一生。于是我小心翼翼的问道:"柯老师,能给我们这些打工文学作者指明一个创作方向吗?"

柯老前辈顿了一下饱含深情地说:"希望打工文学作者们永远不要脱离生活,尤其是最基层的生活,即使日后成了大作家,也要永远保持对劳苦大众的尊重。其次,年轻的作者要多读书,善于思考,一个不懂得历史的人,绝不会正确的看待现在。当然,要写好作品,也离不开对技巧的学习。要扩大美学视野,广泛浏览各种流派,取其所长,为我所用,而不是生搬硬套,食洋不化。"

当记者向柯岩前辈问起我那首《纪念碑》的评价时,柯岩充满激情说:"《纪念碑》是一首非常好的诗,首先这个名字就给人震撼,因为劳动是客观存在了,像纪念碑一样矗立在大地上,这种想法只有通过他自己的劳动,通过他对这个劳动群体的感情和尊重,他才会写出来。他看问题比较辩证的:既看到苦难,也展示了希望,既描写了血泪人生,也表现了人间温暖。不但反映了民工的生活,而且提炼到艺术的美感,使读者看到他们生活的原生态,因为他有理想、有希望,所以,他进入文学的层次,它就有艺术的美。"

大约半个小时,一位领导走过来十分客气地对我和众媒体记者说:"柯老已七十几高龄了,加上又刚从北京飞过来,现在很累了,请让她老人家休息一会儿吧,晚上她还要出席颁奖晚会呢。如需要采访,晚点再与我们工作人员预约好吗?"我连忙起身,毕恭毕敬地对柯老说谢谢,柯老也十分客气,站起来与我们一一握手告别。走出柯老的房间后,众媒体记者几乎同时发出一个感叹:"柯老作为家喻户晓的《周总理,你在哪里》《寻找回来的世界》的作者,中国最权威老诗人,与我们这些年轻人交流起来,总是那么平易近人,毫无文坛大腕脾气,真是难得啊。"

当天晚上的宴会上,我作为此次大赛诗歌类一等奖的获得者,被大赛组委会安排在主嘉宾位上,与著名诗人柯岩、著名作家陆天明、中国青年出版总社副社

长柳宗宣、共青团中央书记杨岳、著名歌手光头李进,以及团省委书记白航、增城市市长朱泽君,市委副书记罗奋等领导一起就餐。

晚上 8 时,由共青团中央、中华全国青年联合会,人民文学杂志社、中国青年出版(总)社、共青团广东省委、新浪网、中青网、打工青年发展网、共青团广州市委联合举办的首届全国鲲鹏文学奖颁奖晚会正式隆重举行。站在领奖台上,面对众多记者的镜头,我接过由原中国作协书记处书记、中国作家协会党组成员、中国诗歌学会副会长、本届大奖评委著名诗人柯岩颁发的万元奖金、奖杯和奖状,憨厚的我激动得热泪盈眶,此时感到一种力量正沿着经脉,在全身沸腾起来。

活动结束后,在回东莞的大巴车上,我一直在想,这次领奖,最大的收获不是这个名次,也不是这万元奖金与荣誉,而是柯岩老前辈给我说的一席话,不仅是鼓劲,更多的是对我们年轻人的关爱。她的话语,没有豪言壮语,却又掷地有声,让我们受益匪浅,并把此当做一生的鞭策,赶着我的脚步不断的前行。

这以后,2006 年,我又先后出版了打工文学专著《纪念碑》和长篇小说《找个陌生人说话——一个高三女生的日记》、诗文集《望一眼就心动》等多部。作品先后入选《2006 中国年度诗歌》《2008 中国诗歌年选》《中国诗库》等权威选本。继获共青团中央"首届全国鲲鹏文学奖"诗歌类唯一一等奖后,又先后荣获中华全国总工会"2006 全国职工文学创作优秀作品征集"铜奖;新浪、搜狐、网易、千龙、tom.com、中华、和讯、第 1 视频等著名网站"我的经历——纪念改革开放 30 年"征文优秀奖;《星星》诗刊社"辉煌 30 年首届农民工诗歌大赛优秀奖";中国散文学会、中国纪实文学研究会"首届优秀文学作品大赛"二等奖;中国散文学会、神州诗书画报社"全国诗文书画大赛"一等奖等各种奖项 60 多个。

■ 《纪念碑》牵动"两会"关注外来工权益

"真宗,你快看,《南方日报》上这篇报道说东莞人大常委汤瑞刚在正在召开的东莞市人大、政协两会上大声朗读《纪念碑》这首诗,呼吁东莞关注和保护外来工权益啊。这首诗不就是你写的那篇嘛。"

2006 年,我被聘请为东莞市文联《南飞燕》杂志社副主编。4 月的一天,我正在办公室审稿,文联副秘书长张淑玲拿着一张《南方日报》从她的办公室里走过来,指着报纸里的一篇醒目"两会"报道问我。

"是的,是的。"我拿过报纸一看,果然是我那首诗,心里十分高兴,觉得比去年获那一万元大奖还开心,没想到,一首诗,将会给东莞的 800 万外来工带来实际性的好处。

中午,我与同事到一家湘菜馆吃饭时,邻桌的一位食客正翻阅着当天的《广州日报》,我无意中瞟了一下那报纸,让我大吃一惊,这张报纸也同样刊登了《南方日报》上的那条消息。这时,我再也坐不住了,跑到附近的书报亭买了份当天的《广州日报》。回到办公室后,我打开东莞最大的网站——《东莞阳光网》,在"两会"专题报道栏,一个标题赫然醒目——《一首诗歌牵动两会代表关注外来工权益》,于是,我复制了下来:

> 我市青年作家、《南飞燕》杂志社副主编何真宗的一首诗歌《纪念碑》,促成了在今年"两会"上提交 10 件提案的市政协常委汤瑞刚重点关注外来员工权益。

一首诗歌牵动两会代表关注外来工权益

获团中央首届全国鲲鹏文学奖诗歌类唯一一等奖的诗歌《纪念碑》,以反映外来工生活为题材,里面写道:"抛家舍亲,风餐露宿,抽劣质香烟,病了,喝一碗姜汤,背起铺盖卷四海为家,向一切需要力量的地方涌动的兄弟,汗水却相当廉价,梦却十分沉重……"面对记者的采访,汤瑞刚说："这首诗以真情打动了诗坛，也同样打动了我。作为东莞市民，读到这样一首呼吁关注外来工境遇、给予他们认同与尊重的诗歌，我除了被打动，更多的是惭愧。这便是我重点关注外来员工权益保护的主要原因。"

汤瑞刚的10件提案中，有一半涉及了关注企业员工权益保障的内容。

在他向大会提交的10件提案中，有3件是关注外来员工权益保护问题的。汤瑞刚认为，关爱外来员工、让他们在城市中得到应有的认同感与尊重已是整个社会必须补上的一课。

汤瑞刚，武汉大学法学硕士毕业，从事法律研究、法律服务二十多年，现任东莞市律师协会副会长，自2004年至今担任东莞市第十届政协常委。作为"提案王"，他向本次大会提交的关注外来劳动者的3件提案中，分别从精神层面、物质层面谈到了社会对外来员工认同与尊重以及权益保障等问题。

汤瑞刚提出：关爱外来工，包括他们的学习、生活、健康、工作及劳动保护等方方面面。在此，我要强调的是对他们的认同与尊重。事实上，问题的根源源于城市对来自贫穷农村外来工根深蒂固的成见，导致对他们的奉献视而不见。因此，我认为关爱外来工、改善他们的境遇在根本上应寻求社会对他们的普遍认同与尊重，让人们记住并真诚感谢他们所做的努力与奉献，形成社会对他们的良好评价，唯有如此，外来工的价值才能被真正肯定，他们也才能真正产生身为东莞市民的归属感，保障外来工权益也才不至于流于形式。

12345678**09**······

策划,其实很简单

> 当然,想要杂志成为一个品牌杂志,首先得学会如何去打造品牌。打造品牌首要的是在最短的时间内,创造出最大利润。

2005 年 11 月,我辞去了已工作了九年的东莞交警部门文书的工作随后历任了东莞文联《南飞燕》杂志副主编,共青团东莞市委主办的《东莞青年》杂志策划总监,中国新闻社东莞支社文化传播中心主任等职。在做好杂志栏目策划、稿件统筹、采访编辑、版式设计等工作的同时,曾独立成功策划执行了期刊品牌推广、市场营销、作家采风、模特大赛、中国新诗人诗歌节、"5·12 汶川地震慈善义演"以及各类大型文化活动,受到国内众多新闻媒体的广泛关注和报道。

■ 辞职:不当文书当副主编

一年 25 万,多吗?不多!但对于一本内刊来说,对于一个新手来说,对于一个人的策划和执行来说,我认为,还算是可以的了!至少,这是对一个"初出茅庐"的策划人的肯定。

2005 年 11 月,我终于狠下心来,辞去了东莞市交警队任文书的工作,被邀请担任东莞市文联主办的一份面向外来工读者的《南飞燕》杂志副主编。

这是一本东莞市文化局批发准印证的双月内刊杂志,杂志创刊之初,也曾在东莞打工读者中起到一定反响,后来,因杂志栏目设置单调,内容和稿件缺乏生活性和可读性，加上编辑部人手不足，从而造成错别字连篇，后来杂志连卖几毛钱一本都卖不掉。不久，文联的主席换了，由时任东莞市文化广电新闻出版局局长林某出任，这个对新闻出版十分精通的老领导，过来大笔一挥："决定把《南飞燕》承包出去，双月改为月刊，大量做广告，对外发行！"

这让时任《南飞燕》杂志的主编胡某信心倍增，马上就在东莞寻找承包商，而我，也是被老胡找来的其中之一。当时对承包者提出了几个要求，其中一条是承包者一定要懂得市场运营，办刊定位一定是打工综合期刊，读者群一定要是外来工。经过老胡的紧张张罗，东莞包括最具整体实力的新文传媒集团等多家文化传播公司都做好策划方案前来竞争。但终因杂志定位要求过严，导致前来竞争的公司都不战而退。后来，胡某找到我，有意让我承包。

经过考虑后，我请来几个会计对《南飞燕》杂志进行了成本核算又找了几个在广州办杂志的资深策划总监和老板，一起对东莞及邻边县市的图书市场和读者群进行了全方位的分析，同时结合文联给出的条件，最后得出，由于杂志、广告和读者群过窄，我若接手《南飞燕》杂志，半年内一定会亏，而且会亏得很惨，于是我婉拒了胡某的好意。

本来以为这件事就过去了，没想到在11月初，被老胡请去《东莞文艺》做编辑的刘某，这时打给我电话说："何真宗，你来《南飞燕》杂志社跟我一起做吧，我相信你的能力！"我说："你不是跟老胡一起做《东莞文艺》吗？"刘说："你不承包了，文联就叫我负责《南飞燕》了。真宗，你过来吧，你做副主编，我们一起把杂志做起来！"

几天后，我辞去了交警队文书工作，来到文联与刘某并肩作战起来。

《南飞燕》杂志社改刊前的办公地址在向阳路，整个文联就一层楼，每个房间多人办公，每个房间挂几个办公牌。那时整个杂志社就两个人，刘是主编，我是副主编，与其说是当副主编，不如说就是兵将合一，头衔如空挂着一样，都是来做事的。杂志社连一张办公桌都没有，后来还是在老胡的帮助下，才在他的办公室里腾出一张办公桌和一台电脑。

上班第二天，林老板（我们对文联主席的叫法）走到我们面前说："东莞文联准备召开文代会，所以，改版后第一期的《南飞燕》杂志，从组稿采编到出版发行，必须在一周内完成，准时在文代会那天与东莞文艺界领导和代表们见面！"末了，林老板加了一句"尽量有广告"。老板一句话,让我和刘某顿时傻了眼:"哇,时间太紧了啊!"说归说,事情总得要做嘛。我见人多嘴杂,就跟刘说:"我回家办公吧,我用自己的电脑,自己出水电费给公家办事去吧。"刘说:"没办法,那你就去吧。"

■ 拉广告,其实就是做策划

一本双月刊,现在改成月刊,两个人的力量,一周内完成组稿采编到发行,还要拉广告!难度,可想而知。然而,对于一个策划人来说,是不准对自己说"有困难"这三个字的。

很明显,作为一本书刊,首先是要有内容才能叫书刊,然后才靠广告来支撑它的运行。于是,我一边忙着编稿组稿,一边给杂志拉广告。

在我看来,拉广告,是要讲策划的,就是说,这本杂志只是给我们提供了一个平台,但对方在选择一家传媒做广告时,他们最先考虑的是,这个平台的受众群体有多大,就是你这本杂志发行量有多大多广?读者定位是哪个层次?广告价值即广告效应有多大?一句话,就是你的回报率和他登了广告后达成什么样的效果!所以,如果单纯的做广告,一本内刊,特别是打工读者类的刊物做广告,是日益困难,何况,我是一位新手,一个不敢开口找人要钱的文学青年。

这时,我想起一位朋友,她是一位律师,从湖南到东莞执业不久,很需要"影响力",而且她主要工作就是帮外来工维权。这样一个人,对我来说是个机会,对朋友来说,《南飞燕》正是一个最适合的平台。然而,朋友之间,一提到钱的事,都容易伤感情。为此,我把我们改刊的宗旨、读者对象、发行范围等如实告诉了她。我说作为朋友,我盛情邀请她作为本刊法律顾问,并在每期刊登她的"以案说法",同时在刊的页脚免费赠送几期信息广告。朋友一听,觉得我不是跟她谈业务,而是在为朋友的事业发展建言献策,于是欣然答应先做几期法律顾问和加盟我策划的"以案说法"这个栏目。就这样,朋友在我们交版付印的前一天,一次性将1800元的"合作经费"亲自送到我的手里,促成我完成了首个广告业务。这次,虽然只有不到两千元的合作,但却给我无比的信心和力量,使我感到,拉广告,是个不卑不亢的职业,是业务人员与客户之间一种"合作互助",而不是祈求与施舍的关系,彼此之间是伙伴,是战友!

这一期,我不仅拉到了第一笔业务,而且还采写了《你在他乡还好吗》的演唱者,曾经流行歌坛的著名歌手光头李进的最新事迹,引起读者强烈共鸣。

我的第二笔业务是与中国电信博路科技公司合作。他们是一家相当有实力的信息公司,在东莞有自己的网站——《东莞视窗》。与他们接触之初是经石龙电信局一位大客户经理黄某介绍的。我去谈了一次后,他们马上就派出信息人员,跑遍全市书报刊亭进行市场调查,得出的结论是:改版后的《南飞燕》杂志销量十分乐观,合作前景看好。但面对当时整个信息公司业务低迷的情况,他们还是犹豫不决,提出杂志做宣传赢利分成的合作要求。这被我一口拒绝,坚持一次性付款合作一年的原则。事隔半个月后,他们的老总亲自把我叫到她的办公室,说先给 50%广告费,合作一年,余款满一年后付清,我还是婉言谢绝了。杂志排版的时候,我再次亲自打电话给他们相关负责人,说东莞的主流媒体只有一家,就是《东莞日报》,可是他们又不会发布你们这种广告,即便是发,广告费也是我们的好几倍或几十倍,而读者群的受众率还不如对口的专业杂志。我当时就对他们保证,他们提供资料,我们免费设计和排版。他们再三衡量后,很快就跟我签下了一份5500 元的合同,并支付了首期款项。这次,对我来说,又是一次鼓励,再一次证明了,拉广告,一定要帮客户解决后顾之忧,晓之以理,动之以情,同时要坚定自己的立场,该让步时就让步,不该让步时就毫不动摇,方才能体现自己刊物的价值和地位,同时也坚定客户对我们的信心。只有这样,他们才放心。

在与东莞交警支队合作时,给我留下了深刻的印象。当时,文联的张某劝我说:"真宗,你在支队的人缘那么好,何不去找他们跟我们合作一把啊。"我说:"越是熟人,我越不好开口。在交警队工作九年,我都是脚踏实地的工作,从没向领导提过加工资啥的要求。"张某又说:"那边政工科有个领导跟我是党校同学,我们一起去找他,看行不?"我说:"去试试吧。"说实在的,东莞交警队不缺钱用,缺的就是宣传方面的策划和宣传平台。我对张说:"马上做一个策划方案给他们,每期开设一个有关交通安全知识方面的《漫画安全》栏目。一本杂志,不仅只发广告,更重要的是栏目策划,把广告植入栏目,寓教于乐,杂志才有生命力,否则,一本没有生命力的杂志,广告就自然而然流失了。"

经过几次电话沟通和面谈,我策划的交通宣传策划案一次性通过了支队领导的同意,并一次性将合作经费打入了我们的账户。这次成功合作,使我十分自然的,先后与东莞塘厦、清溪、石龙等镇的交警队和镇政府签订了合作合同,一时成为本刊业务量最多的一个"业务人员"。

后来,随着杂志的发行量越来越大,印刷成本也与日俱增。为了减轻我们的工作量和提高广告收入,我们招聘了专门的发行员和业务人员,同时请了一些其他媒体业务员兼职。

2006 年年底,我策划了"东莞作家看东莞"的活动,组织东莞作家到全市各镇采风,并完成一定的文学作品,然后在《东莞文艺》上设专栏发表。我把这个策划分别列成 32 个镇,然后找张某审核并盖上文联的公章后,我用一整天的时间,把我做的方案全部传真到各镇各区。

出乎我意料之外的是,第二天,时任虎门镇党委委员、副镇长刘劲智就打电话给文联主席林某,问文联是否在搞"东莞作家看东莞"这个活动。说实在的,当我们在做这个方案时,我们也没多大的把握是否成功,所以在没把握之前一直也没告诉林主席,这也是张某跟我商量好了的,主要是怕麻烦当家的。这时,当家的接到刘副镇长的电话后,聪明的他马上说:"是的是的,有这回事。"挂完电话后,他问张某关于东莞作家看东莞的事,张某才把我的策划活动如实相告。"好啊,这个活动好啊,不但让作家深入了生活,还有钱挣,很好嘛!"林当家的听完张某的介绍后,不禁哈哈大笑。

这次活动做得非常成功,成为《南方日报》《南方都市报》《羊城晚报》《东莞日报》等媒体报道的焦点。

随后的一个月内,我又先后与谢岗、大朗、沙田等镇进行了合作,月进账 17 万多。

然而,树大招风。这时,《东莞文艺》主编老胡见我月提成收入过四万元,马上跑到林当家面前,说杂志是他主编的,我策划的活动应由他们去拉。林当家的说:"不管白猫黑猫,只要抓到老鼠就是好猫,那你就去把何真宗的方案拿过来自己去拉啊。"

"急流勇退",是我突然想起的一个词。一个做策划做市场营销的人,宁可放弃一时的眼前利益,也不要把自己往死胡同里逼。人与人之间,总会存在或多或少的矛盾,若处理不好这之间的矛盾,则往往会把你身边的人脉丢掉。而且做策划与执行,得靠你的人际关系去完成。所以,我这时选择了放弃这个活动方案,决心从文化活动策划做起，利用和发挥身边的人脉关系，在广告业务领域开辟一条新道路。因为，我坚信，只要我有信心，再加上多年的积累，没有什么是做不成的。

■ 做策划，其实就是做人

2005年11月，当改版后的《南飞燕》第一期印刷出来后，我和文联的张某、主编刘某一起定下目标，首印2万册全部打入全市各大书店、报刊亭，同时努力扩大征订用户的范围。当时我想，一本杂志，如果想要有更多的广告收入，那就得做品牌杂志。好比这本杂志只做花朵，不做蜜蜂。因为蜜蜂太苦太累的去采花粉才能酿出最美最甜的蜂蜜，如果我们是一朵最美艳的花朵，那么蜜蜂就来采这朵花了。杂志与广告客户的关系，就像这种关系一样，杂志品牌出来了，发行范围广了，读者群多了，那么，主动找你刊登广告的客户就自然而然的多起来了。

当然，想要杂志成为一个品牌杂志，首先得学会如何去打造品牌。打造品牌首要的是在最短的时间内，创造出最大利润。所以，我再三思考后，认为借助文化娱乐活动，是最快抵达读者和客户视野和心灵的捷径。

2006年1月1日，我独立策划、组织和实施了一场声势浩大的"《南飞燕》杂志三周年庆典暨全新改版巡回签售活动"，第一站在石龙镇。当晚的晚会邀请了著名相声演员、笑星安冬，神童宋金林及其母亲吴丹女士和她的新理念幼儿园的部分老师、学生以及复旦大学西湖电脑职业学校师生作了精彩的文艺节目表演，观众上万人次。东莞电视台、石龙电视台、东莞时尚杂志、东莞生活消费指南报和红袖添香等网站先后进行了报道。东莞电视一套《今日莞事》播出的《打工文学的春天》称这次活动为至今最集中展示打工者的一次大型活动。

2006年7月19日，由我独立策划的《〈南飞燕〉欢乐进万家打工文艺演出走进基业人才市场》活动在南城基业人才市场举行，东莞电台著名主持人方亮、张卡主持本次活动，邀请中国歌舞团东莞分团歌唱演员唐萱、阮慧慧，金色旋风艺术团友情演出，现场举行了东莞作家签名售书活动，吸引了数千观众。为《南飞燕》赢得7000元活动经费。此后，本次活动先后走进石碣镇崇焕故园等多个镇区工厂，为宣传《南飞燕》杂志品牌起到了推波助澜的作用。

2006年8月，我成功策划了第二届东莞读书节"我的打工成才路"巡回演讲；

先后走进大朗、厚街、南城、东坑、桥头等镇区。东莞电视台、《南方日报》等媒体进行了报道。

2007 年 7 月,我独立策划和执行了东莞市石龙镇首届"青少年、儿童时装模特大赛"。邀请真维斯世界模特亚军史水莲、香港歌星许秋怡等演出,共产生经济效益近 30 万元,《中国纺织报》等全国各大媒体进行了报道。

2007 年 9 月,我独立策划和执行了东莞市"携手新莞人,建设新东莞"大型文艺慰问巡回演出暨"关爱新莞人励志大行动"大型活动。

2007 年 9 月,我又独立策划和执行了南城区第三届读书节"关爱'新莞人'励志演讲暨新莞人作家签名赠书活动"。《广州日报》《东莞日报》进行了专题报道。

2007 年国庆节,我成功策划了万江区胜利社区"祝福祖国、和谐社区"建国 58 周年文艺晚会。

在杂志社工作的一年,很苦很累,但我用我的辛勤劳动,在重庆买了一套百多平方米的大房子;第二年,我离开杂志社,做起了专业策划。这两年,我有了爱情,有了家,有了超级可爱的儿子,如今已在广东读镇幼了。

■ "5·12"大地震,我们在行动

2008 年 5 月 12 日, 这个中国最黑暗的日子, 这个举国默哀的日子——"5·12"汶川大地震让整个中国都哭了!

四川,有我血肉相连的兄弟与姐妹啊! 我的心在泣血——血海中的兄弟姐妹啊,我能为你们做些什么呢? 看着电视每天传来的震撼画面,此时此刻,你们最需要我们的帮助,是的,我该为你们筹集善款和物资啊!

5 月 14 日上午,我把电话打到东莞美容美发协会副会长、著名企业家陈麒安那里:"陈总,'5·12'汶川大地震让我彻夜难眠, 我想在东莞搞个赈灾义演活动,为灾区筹款捐物,我需要您的帮助,我们一起来做,好吗? "

"好啊,你不给我电话,我也正找你呢,看来我们都想到一块了! "陈总接到我的电话,心里也非常高兴,说话间露出久违的笑声,忙催促我说:"你快过来我公司吧,我们一起商量该怎么做吧! "她这点性格,跟我一个样,想做的事情,不做还真不罢休。

很快,我与她和她的先生三人,一起聚集在陈麒安的办公室里,互相把自己的想法说了出来,最后,一致决定,我担当赈灾义演义卖活动的总策划和总执行,找合作伙伴、舞台总监、节目统筹、演员表演跟进,灯光

音响设备的安装与调试等工作;陈麒安负责提供本次活动前期的资金启动,场地的联系,布置和治安秩序的维护,活动的批文和领导嘉宾的邀请等具体工作;其先生吴强就负责舞台背景板的设计制作,舞台背投的安装与使用,背投图像的收集与背景音乐,同时还负责印刷宣传单和安排人员散发捐款倡议书等等细节上的工作。

一切分工好后,我立即回到自己家中的工作室,撰写策划方案、倡议书、活动申请公文等内容,然后再用电子文档发给陈麒安处,并定下活动时间为5月16日晚上7时在万江区举行。他们接到方案后,马上各司其责,把工作环节分配到公司的每一个管理层和每一位老师,甚至每一位学员。行动迅速升温,一夜之间,东莞要举办"5·12"汶川大地震赈灾义演活动在举办场地万江区传开了。

陈总这边,也马不停蹄地四处奔波,找市民政局领导请示报告得到了认可,区领导审批了,还亲自派一名宣传委员到现场讲话,区社会事务办的主任伍立君答应亲自到场,监督整个筹款活动并代收善款转交四川灾区。

我写完活动方案等所有文字材料后,马上与东莞著名的相声演员安冬联系,把本次活动的目的一说,作为我多年的合作伙伴和兄弟,他当即在电话那头保证:"何哥,你做得好,做得快,为我们四川灾区做善事,我一定支持!"我马上又说:"兄弟,你真是个爽快人,我需要两个节目主持人,你算一个,你再给我找个女主持,跟你搭档。"安冬说:"没问题,我就给你找白雪吧,她在东莞呢!"我说:"我

相信你，活动成功与否，关键在主持人呢。"

完后，我马上跟我曾经的合作伙伴联系，为本次活动安排相关内容的演出节目和安排好所有的演员。没想到，我的一句话，合作伙伴推掉了当天的商业演出，不仅免费提供灯光音响，而且只象征性的收了几千元演员出场费。

一切是那样顺利的进行着。5月15日晚，我熬夜写完5月16日晚上活动的主持人串词时，已是凌晨一点多钟了，本以为可以好好地休息一下，但汶川大地震一天天上升的死亡人数让我难以入眠，一个个抢救的英雄画面让我热泪盈眶，想起身边还在东莞打工的汶川地震灾区的兄弟姐妹在这里看着自己失去的亲人、倒塌房屋不能回家的悲痛让我十指连心般的疼痛。还没来得及喘口气的我突然热血沸腾，诗情澎湃，一首饱含热泪写出的题为《震灾，让我们的心在一起》的组诗一气呵成，然后在今晚的赈灾义演节目中，穿插了这个节目。一切就绪后，我又连夜将诗稿发送给中国诗歌学会和人民网后才安然入睡。

没想到的是，当天上午10时前我就收到了中国诗歌学会责任编辑周占林先生的电子邮件，说组诗《震灾，让我们的心在一起》已列入学会策划、著名诗人张同吾、李小雨、祁人主编的我国第一部抗震救灾诗歌作品专辑《感天动地的心灵交响》，并在第二天，也就是5月17日出版发行，并制成配乐诗歌朗诵CD专辑全国发行。5月17日，组诗《震灾，让我们的心在一起》很快被人民网《读书》栏目隆重推出，至今还置顶在"心系汶川"征文专辑首页。

5月16日晚，"情系汶川大地震，让我们的心在一起——赈灾义演捐款晚会"如期举行，吸引观众数千人。他们纷纷解囊相助，一夜之间募集善款6万多元和棉被、衣服等物资一批，并当场在万江区党委委员、万江区办事处社会事务办领导和数千观众的监督下，由陈麒安代表我们将善款悉数交给了万江社会事务办，由他们再转交给四川地震灾区民政部门指定的捐款账号。

事后，我与陈麒安在总结活动经验时，才突然发现，我们的办事效率如此之高，从5月14日上午提及搞义演活动到5月16日晚上成功举办，总共只有三天的时间，竟然搞得非常顺利，没有出现任何差错，筹集的善款比我们的预期效果还要好很多。这不得不说，中国人的民族情节和大爱精神，在危难之中显得尤其重要和突出。我被感动了，决定再为灾区做点什么吧！于是，一个新的活动策划在我脑海里形成了！

■ 策划"首届中国新诗人诗歌节"始末

1. 筹备"中国打工诗歌节"

2008 年 5 月 17 日，远在苏州的著名打工诗人许强来电话对我说："兄弟，我们想在东莞搞个打工诗歌朗诵活动，你来帮我们策划嘛。"这时，我已是中国新闻社东莞支社文化传播中心的主任，被文化策划界誉为策划界的一匹"黑马"。

许强这句话，早在去年就对我说了。我说："小打小闹的活动我不做，那样不仅太累，而且没啥意义，要做就做有影响力的活动，特别是文化活动。"

这不，机会来了。诗歌需要呐喊，汶川大地震需要呐喊，我们打工的兄弟姐妹们需要呐喊。

几天后，在广州的打工诗人罗德远也在 QQ 上对我说："兄弟，你帮忙策划个打工诗人朗诵会吧，或者说搞个中国打工诗人节，许强那里有赞助，你跟他谈谈吧。"我说："'中国打工诗人节'这个好，许强也曾说过，那我就照这个'中国'标准做总策划和负责活动批文、会场和吃住、地接以及整个执行等工作，你和许强就负责组织人员前来参加就是，不让你们出一点力气。"

随后不到一天的时间，我做好了一个"首届中国打工诗歌节暨首届中国打工诗人抗震救灾诗歌音乐会"的策划方案。在这个方案里，内容包括首届中国打工诗歌高峰论坛、首届中国打工诗人抗震救灾诗歌音乐会、首届中国打工诗人观音山采风创作活动。这三个大的主题活动，我穿插了赈灾义演捐款活动、打工诗人现场签名售书活动。做完方案后，我发给许强和罗德远看，他们说非常好，就按照这样进行。后来，许强提议，再加个打工诗人文化衫现场签名拍卖会和增设了一个首届中国打工诗人贡献奖颁奖活动。就这样，我们把活动时间定在了 5 月 31 日。地点嘛，由我再想办法敲定后另行通知。然而，这个活动要真正搞下来，就凭许强拿出的 1.2 万元钱可以说是杯水车薪，就连 100 位打工诗人两天吃饭都不够，更别说住四星级酒店了。但是，如果不把这个活动搞得有规模有意义，这不是我的风格。于是，我决定拉赞助，为打工诗人们甘当一回跑腿将军。同时，汶川地震一直牵挂着我的心，我想，这时我还要给他们做点抗震救灾的事。

5 月 18 日，我把做好的方案，发给光大集团的内刊主编曹光森，希望他们能提供活动场所和所有的活动经费。这之前,曹也曾多次找过我,说他们内刊已创刊五周年了,要我帮他策划个应景活动,我就把这个方案给了他。曹看了后,认为非常可行,等给主管高层领导看了就可以开始运作了。5 月 19 日,曹来电说,活动通过了,定在 5 月 26 日,拟把他们的会所作为会场,然后观光光大地产。得到此消息后,我马上跟许强和罗德远联系,把这个消息告诉了他们,还说:"兄弟伙,你们可以通知参会人员了,会场和住宿都是四星酒店,这下,档次就高了哈。"

然而,5 月 23 日,曹光森打来电话对我说,光大因忙着四川"5·12"汶川大地震后参加抗震救灾的事,取消内刊五周年庆典活动了,因此我们的诗歌朗诵活动就自动取消了。"这样啊?"我放下电话,心里一下子紧张起来,因为罗德远和许强已经按我的安排把参会的人员都通知了,如果这个时候再叫他们推掉的话,这不是我的做事风格,也不是我的个性,更不是我的为人。"再大的困难,我也要把中国打工诗人节办下去!"

作为一个人,我不是一个孤立的;作为搞策划,我不是一个容易放弃的人。面对困难,身边的朋友就是最大的力量,面对诚信,客户就是你最大的支柱。我坚信这一点。我拿起电话,马上与万江华南摩尔集团策划部总经理联系,把活动方案传真给了他们。不久,他们看完方案后立即同意与我们合作。经历过一次风波后,我多了一个心眼,那就是"一颗红心,两手准备",想尽一切办法多方联系合作伙伴。

也在这个时候,我想到了国家级森林公园——东莞观音山森林公园。

于是,我放下手中的所有工作,连衣服都没换一件好的,就离开莞城直接赶往樟木头镇,并直奔观音山管委会主任刘志勇的办公室。其实,我跟刘主任并不认识,以前认识的经理们早已离职。

"你好,刘主任,我是何真宗,这是我的名片!"我见刘主任终于放下手中正在接听的电话后,立即敲门走到他的办公桌旁,拿出我的名片递给他。刘志勇接过我的名片,很客气地招呼我坐下。然后疑惑地问我:"何先生,你是怎么知道来找我的,谁叫你来的吗?"

我说:"不是,是我自己找来的,因为在观音山,除了你们老板黄江先生,就是你能做主了!"刘志勇听了我的话,刚才还严肃的脸庞轻描淡写的笑了一笑。这时,我发现他桌面上放有《人民文学》杂志和他跟杂志社的李敬泽等人的合照。我马上从我包里取出一本我去年出版的《纪念碑》这本书呈到他的面前，说："刘主任，你也是个儒商啊，跟这么多的文人留影啊，呵呵，不过我跟你有缘啊，你看，我这本书里也有我和你认识的作家的合影。"

刘志勇笑了。接过我的书，翻了翻。突然变得热情起来，气氛也不再那样拘谨。他说："何先生你就直说吧，你来找我有啥事吗？尽管直说。"

"好，那我就直说了，刘主任，我想在本月31日在你这里搞一个中国打工诗人节活动，这是我的方案。"我一边说话，一边从包里掏出早已准备好的活动方案递给了他。

刘志勇接过我的方案，认真地看了起来。过了一会儿，他看完方案后，抬起头来，满脸笑容地对我说："这个方案不错，我决定跟你合作，不过时间是不是太紧了？"我说："时间是紧了些，但这个活动成本低，社会效益可不小，比如来的都是作家，都是写手，他们一篇文章可以发全国各地的报纸杂志，假如100个作家过来，有50%的作家写观音山的文章发表，你算一下，这要为你节约多少广告费成本啊！"

"这样吧，这个活动我们肯定会搞，但是时间紧，我先找来部门经理人前来讨论一下，你稍等。"说完，刘志勇拨了几个电话，不一会儿，各部门的经理都聚集在一起。一个紧急会议只开了几分钟，最后大多经理表态，活动就定在5月31日这天举办。

第二天，我与刘志勇签订了合同，并一签就是合作五年。答应参会人员吃住樟木头四星级酒店，然后再次召集部门经理。之后，我把我的活动的另一个方案——执行方案交给了崔文经理。就这样，我把活动地点和时间重新告诉了许强和罗德远，由他们组织人员参加，并发动打工诗人现场募捐抗震救灾。罗德远和许强在确认我这边一切顺利后，很快把这个消息发布在网上，几天报名人数超过了100多人，大都是来自全国各大主要城市。

2. 中国新诗人诗歌节的来由

万事俱备，只欠东风。

正当"首届中国打工诗歌节"活动一切准备就绪时，一个新的问题出现了——东莞观音山的老板要把中国打工诗歌节改为中国新诗人诗歌节，否则就取消本次活动。

5月27日，离本次活动的举办时间只有三天了，所有筹备工作都在紧张进行着。然而，这天一大早，观音山管委会主任刘志勇打来电话："何先生，请你马上赶到我们这里，黄总有事要当面协商！"黄总就是观音山的老板黄江先生，我跟他打过交道，一起吃过两次饭，他是一个称得上名副其实的儒商，不仅把观音山经营得风生水起，而且喜爱吟诗作文，在他的朋友圈里，更多的是一些中国著名的作家和书画界的朋友。因此，难得这次机会，也早想好好跟他聊聊了。

当我和刘志勇先生一起来到黄先生的办公室时，他正在读一本有关佛学的书。他见我们进去，热情地招呼我们坐下喝茶。坐下之后，我跟黄先生提起见过面和赞赏他在推广健康文化和打造东莞国家森林公园等作出的贡献，他总是谦和地说："应该的，应该的。"然后就拿出他们刚编辑出版的两本书画作品集和企业文化画册，签下他的大名后递给我说："请笑纳，请斧正！"好一派儒家风范啊。

闲聊后，黄先生说："何先生，你做的中国打工诗歌节活动方案很好啊，我支持你们！"我点点头，表示谢谢。紧接着，黄先生话锋一转说："不过，这个'中国打工诗歌节'建议改为'中国新诗人诗歌节'，不知何先生意下如何啊？"

"你的想法不错，不愧是个国际儒商！"我接着说，"说说你的理由吧。"就这样，黄先生对中国诗歌发展进程中提出了一个全新的理念，他认为自从中国新诗产生以来，随着中国改革开放和社会的进步，人民生活水平的提高，我国作家诗人生活、成长在新的社会制度下，并过上了前所未有的新生活，这是一种社会地位和角色的转换，比如东莞，已经不存在外来人和本地人的区别，以前所有打工人的称呼也已在东莞不复存在，打工人都统称新莞人。因此，诗人的身份和写作状态也应是一种"新"的理念。这其中也包括了写新诗词或学写诗的人，都归纳为新诗人。同时，他也认为，在中国新诗人诗歌节举办"中国打工诗歌高峰论坛"和"打工诗歌音乐朗诵会"，是作为一个民营企业家对中国底层的关注，而这种打工诗歌却以一种积极的状态去关注社会底层生存状态和精神状态，不仅是推动了中国新诗歌的发展，同时也是对构建和谐社会起到推动作用。

听了黄先生的观点，我不禁深深地折服了。他又说："现在的诗人写的都是新诗，我们把这次活动的主题改一下，就是把打工诗人改为新诗人，其他内容都挺好的，很有创意，那就改成首届东莞观音山中国新诗人诗歌节吧。"刘志勇转过头望了望我，我点了点头，就这样，我又马上回到东莞，连夜加班加点地做节目统筹和更改活动执行方案。观音山的策划部经理崔文和策划部的邓华等策划精英接到任务后，马上连夜加班加点的赶了起来。

回到办公室后，我立即用QQ把活动时间和报到时间、地点、路线重新传递给了许强和罗德远，并把观音山改活动名称的事也说给了他们听。几经衡量，许强和罗德远也同意了。

终于，活动时间和地点确定了，为5月30日在东莞樟木头某酒店报道，北京媒体可以提前到29日报到，机票由我何真宗报销。所有打工诗人们的活动场地和吃住问题也解决了。

3. 中国新诗人诗歌节享誉全国

5月31日，中国新诗人诗歌节将在东莞观音山国家森林公园举行！

消息一出，《工人日报》和《信息时报》《广州日报》和当地电视台最先给予预热报道。随后，《工人日报》记者赵亦冬和广东省各大新闻媒体记者纷纷要求现场采访。

在联系赈灾义演过程中，当许多演员和朋友知道我是放下手中的所有工作义务举办这次活动时，都十分感动，特别是来自四川籍的中国著名相声表演艺术家姜昆的入室弟子、东莞著名相声演员安冬更是主动义务投入并担任起我策划义演活动的首席主持人，并创作出抗震救灾专题相声节目，感动着每一位观众。正在广西参加演出的著名轮椅诗人、打工歌手、2004CCTV中国最具经济活力城市东莞形象代言人黄任峰接到我邀请，当即推掉了几场商业演出活动，于5月31日早上本届活动开幕前赶到了现场，为观众献上了自己的原创歌曲，并为灾区捐款数百元。他说："在五月苦难的中国，我是逢箱必捐。"他的表演和善举感动了现场所有的观众，大家纷纷上台捐款。正是有这样感天动地的活动和无限默默支持的力量，鼓舞着我，才能让我不断的学习、不断的进步、不断地走向成功。

用"观音山·首届中国新诗人诗歌节"活动主办单位之一的东莞樟木头镇广东省观音山国家森林公园管委会的刘志勇主任的话来说："我与何真宗开始素不相识，但跟我一接触和看到他的中国打工诗歌音乐朗诵会和作家作品义卖活动策划案后，才发现何真宗是个很朴实的一个人，是个真正做实事的人，是个真正做善事的人,这点也正是我们观音山公园的企业精神。也就是因为这点,我们管委会才在最短的时间内用最快的速度完成了这次活动,而且,我们的合作期限是五年。这一合作计划,也是我们公司董事长黄江先生高瞻远瞩的一个决策。"在当天活动的赈灾义卖活动中, 刘志勇先生再次代表东莞樟木头镇广东省观音山国家森林公园管委会捐出 10000 元,带动了捐款热潮,一小时内现场观众和打工作家向灾区捐款 20000 多元。

成功了!成功了!我为此感到骄傲和自豪。因为,这次活动,不仅仅是首届新诗人诗歌节的开幕活动,更是一场诗人为汶川灾区献爱心的活动。汶川大地震,举国同悲,诗歌何为? 诗人何为? 是的,我们能做些什么? 我们所能做的,仅仅就是用诗歌来表达我们的伤痛,用行动来传递我们的爱心。

活动结束后,海内外的新闻媒体纷纷报道。2008 年 6 月 3 日《香港商报》以《中国打工诗人聚首观音山论剑》为题首次报道了此次活动,随后,6 月 6 日出版的《工人日报》,辟出两个专版,并以《首届中国新诗人诗歌节收获颇丰》和《打工诗歌:时代与情感的特殊记录——首届中国打工诗歌高峰论坛综述》为题用一个整版全面报道了此次活动,一个整版选发了《打工诗人》报"汶川地震诗歌专号"。

随后,《工人日报》《文学报》《广州日报》《信息时报》《羊城晚报》以及东莞电视台、东莞阳光网、打工诗人网等媒体都做了宣传报道。

123456789**10**······

我哭,是因为我可怜,有你
们这样的爸爸妈妈等于没有!
真是的,你看我有父爱吗? 没
有! 我有母爱吗? 也没有!

异乡的爱情没有家

总以为,买了房,这就是给老婆和孩子一个家了。然而,我回到万州能做什么呢? 这座号称重庆第二大城市的地方,看似充满了生机和活力,但我近几年几次回家的体会,才发现长江和大海之间虽同样是水但还是有天壤之别的。

我跟所有的农民工一样,像江上一艘远航的船,船漂泊的感情,暂时是靠岸了,但是,船的命运,船的价值,还要漂泊,还要远航。否则,它就会在停泊的岸边变得枯裂······

■ 熟稔的声音再度响起,15 年弹指一挥间

2007 年 3 月 4 日,广东东莞,我正在筹划当地一家大型企业的"三八妇女节"演出。突然,女友姚玉兰打来了电话,声嘶力竭地骂道:"何真宗,你是个骗子,你和秦葱芬都是大骗子,你给她的几百封信我都看到了!"我慌忙丢下手中的事往出租屋里赶,开门一看,当即傻眼了,"家"里所有的东西都被打翻在地,姚玉兰已不知去向······

正好这时,秦葱芬的电话打来了,责备地说:"真宗,你也是的,将那些信件还留着干什么,玉兰刚才不听我任何解释,狠狠地臭骂了我一顿。"

这是怎么回事呢？

往事不堪回首，而此刻，所有的焦急再也禁不住忍耐，记忆的闸门瞬间被冲开了……

秦葱芬是我的初恋情人。当年确定了恋爱关系，并相约到广东去打工。

1992 年秋天，绵绵的秋雨湿润的吹来，虽冷却充满诗情画意。也就在这样的天气里，我和秦葱芬搭上了开往广州的火车，由于是站票，在十几个小时的漫长旅途中，看着女友跟我一样站得双腿发麻，身子直往下沉。我心疼至极，又无可奈何，因为车上挤得连厕所都站满了人。

看着窗外飘飞的细雨，我灵机一动，对女友说："我来写首诗，给你提提神好吗？"秦葱芬的眉毛欣喜地上扬："好啊，太好了！"我掏出随身带来的笔和纸，略一沉吟，刷刷地写了一首诗。秦葱芬接过轻声念道："毛毛雨/不停地飘来飘去/发髻上/挂满了晶莹的雨滴/那是我送给你的钻石/和一颗颗剔透的心……"

秦葱芬一连读了三遍，爱不释手，说："到了深圳，你帮我重抄一遍，我要永久珍藏。"我有些得意地点了点头。

在龙岗镇时，秦葱芬用贞节将我从收容所里救了出来。那天，夜深了，待我躺下后，秦葱芬像小猫一样偎过来，想要揽住他，秦葱芬却像被蜜蜂蜇了一口似的，浑身哆嗦了一下，然后再也没有动静……

不咸不淡地过了几天，秦葱芬下班回家，忽然带回了毛笔和墨汁，然后缠住我，要我将《毛毛雨》写下来。我摇摇头说："等我找到工作了，也许就会激情飞扬，写的毛笔字就有灵气，会说话。"没想到秦葱芬非常固执，逼着他写。我只好磨墨，稍许斟酌，还是一气呵成了。当秦葱芬轻声念着诗尾的那句"伞柄有两双手撑着阴霾的天空/一双手是你/一双手是我"时，眼里已泛起盈盈的泪光。

第二天早晨 8 点，我从睡梦中醒来时，女友已上班去了。我伸了个懒腰，准备去昨天曾接洽过的那家公司看看，是否需要文秘，但桌上一张纸吸引了我的注意，拿起来一看，竟是秦葱芬写的：

真宗，忘了我吧，有你亲笔为我书写的《毛毛雨》，我已经很满足了！枕头下有 100 元钱，供你求职用。不要找我，你也找不到我的。放心，我绝不会堕落……

1999 年，我将其中饱含对秦葱芬的思念的诗歌精选了数十首，交由中国文联出版社出版了首本个人诗集《在南方等你的消息》。此书一出，犹如春风拂过冬眠的原野，到处生机勃勃，广东各地出现了抢购潮，读者遍布珠江三角洲各地，我因此被称为"打工诗人"。

那几年，我收到的来信有 6000 多封，其中有大量的求爱者，我全都委婉地回绝了。

2005 年 1 月 20 日，由共青团中央、中华全国青联主办的首届全国鲲鹏文学奖在广州揭晓，随后广东电视卫星频道和央视三套还分别直播与录播了此次大型颁奖文艺晚会，由我创作的 26 行短诗《纪念碑》获得万元大奖。没想到，晚会一结束，我的手机就响了，有个熟悉的声音如同天籁般直撞耳膜："真宗，我通过大赛组委会要到了你的手机号，因为我刚在晚会上看到你领奖了。嗯，真好，不愧是我爱过的男人……"

我已忘记了呼吸，甚至无法在一瞬间喊出初恋女友的名字。终于，我失态地喊了一声："秦葱芬，我找你找得好苦——"

2006 年 6 月 22 日上午 10 点，暖暖的阳光照在深圳的蛇口海边，西装革履的我焦急地等在约定地点。不一会儿，有个穿着白色连衣裙的女子沿着椰林徐徐走来。我推了推鼻梁上的眼镜，凝眸打量，是她，是她，我紧跑几步紧紧搂住了她，不想有半秒钟的放松，没想到秦葱芬却轻轻推开了我，告诉了一个我怎么也无法接受的事实，她女儿都上小学三年级了。

1997 年，秦葱芬与一个在深圳工作的江苏连云港的外来青年结了婚，现在一家通讯公司当经理，生活很幸福。

秦葱芬说完还递给我一个提包，沉沉的，我打开一看，竟是我在近几年内公开出版的 3 本诗文集，一本不落。

诗集中间还夹着一张有些泛黄的纸，我轻轻地展开，竟是 10 多年前我磨墨写的《毛毛雨》！秦葱芬淡淡地说，15 年来，《毛毛雨》从没离开过她。我低下头："对不起你，我真的很愧疚！"

秦葱芬的口气忽地变得快活起来："你还愧疚干吗? 你应该高兴，因为我现在过得很好,有车有房有工作有老公还有可爱的女儿,为了适应这里的生存,我还自修拿了深圳大学的大专文凭。"

我说:"秦葱芬,啥也不说了,你离婚嫁给我吧,你本来就是我的。"她努力平静了一下自己说:"你现在找到我了,就应该找个合适的女孩娶了。要不,我帮你介绍一个,是我在深圳读大学的同学,叫姚玉兰,四川内江人,也属牛,比你整整小 12 岁,也是个诗歌发烧友。我约个时间你们见见面,好吗?"

没想到 15 年的执著追恋,居然被初恋女友轻易地打发了。我叹了口气,点点头。

1985 年出生的姚玉兰,热情似火,又泼辣能干。当秦葱芬说将我介绍给她自己做男友时,小姑娘又惊又喜,她没想到,这有名的打工诗人连女友都没有。

2006 年 6 月 17 日,在秦葱芬的引领下,姚玉兰见到了自己的偶像时满心欢喜。岂料那时我心不在焉,目光总落在初恋女友身上,逼得张江艳狠狠地瞪了我几眼。事后,我就连忙给秦葱芬打电话。秦葱芬却抢先说:"不是我心狠,是我要让你回到正确的轨道上来。你写诗都写傻了。请好好爱她,她很单纯。我和你今后只能做好友,而且还得有距离,请不要逼我又与你联系……"

我知道秦葱芬说到做到,这才真正尝试与姚玉兰谈恋爱,并将以前写给秦葱芬的情书和情诗全都包好藏了起来。35 岁的人,是该考虑婚姻了。

2006 年年底,此时的我已受聘于中国新闻社某支社,专门策划演艺活动,承接东莞各镇政府和一些工厂企业的文艺晚会,收入丰厚。这个时候,我与姚玉兰已是形影不离了,于是我就与姚玉兰商量好,打算 2007 年春节回四川内江她老家结婚,给姚玉兰一个真正的家。

但我怎么也没想到,有一天,勤快的姚玉兰翻箱倒柜地整理房间,将我写给秦葱芬的陈年情书全翻了出来!这下如同捅了马蜂窝,便发生了本文开头的一幕,小姑娘离家出走了。

这可急坏了我,秦葱芬也赶来帮我找姚玉兰,还是秦葱芬了解学妹的习惯,很快便在学妹经常去的餐厅的角落里找到了姚玉兰,小姑娘两眼都哭肿了,看到我们两人一起过去,便厉声质问:"你们本来就是老相好,干吗拉我垫背,有这么欺负人的吗?"秦葱芬让我把事实真相告诉姚玉兰,我满头大汗地对姚玉兰说:"听我讲个故事,这个故事讲完后,你作出任何决定我都尊重你的选择。"

我艰难地开了口，而秦葱芬则趴在桌上，用手臂环住自己的脸，在初恋男友的讲述中轻声啜泣……姚玉兰万万没想到打工诗人还有这么离奇而揪心的爱情传奇，她禁不住掏出纸巾替学姐拭泪。姚玉兰对学姐说："我们定于今年春节在四川内江我老家结婚，一定要请你们过去喝喜酒。而且，我还要请学姐当我们的证婚人，好不好？""好！"秦葱芬的一声"好"，结束了男友15年的痴恋，不过，也为他们这场爱情画上了一个甜蜜的句号。

■ 家乡的城市不属于游子，船的价值在于不停的漂泊

我和姚玉兰结了婚，2007年春节回到了她的娘家。也就在这一年，我在重庆万州买了一套一百多平方米的房子，并装修得漂漂亮亮的。"只有装修漂亮些，才对得起我漂亮的老婆啊！"我经常对老婆姚玉兰说。

总以为，买了房，这就是给老婆和孩子一个家了。然而，我回到万州能做什么呢？这座号称重庆第二大城市的地方，看似充满了生机和活力，但我近几年几次回家的体会，才发现长江和大海之间虽同样是水但还是有天壤之别的。

长江水急滩险，纵然有表面平静的时候却也难以掩饰其内心的冲动与炽烈，因此她一直不停的自顾自的流动着，前进着，她的胸襟是窄小的，无法以包容的心态去挽留她身边的每一撮细土和细流；而我在广东看到的大海，无论是多么的汹涌澎湃还是风平浪静，她都是以博大的胸襟，海纳着百川，天高水阔任鸟飞任鱼游。所以，万州的一切，让我流连忘返却又无可奈何。我跟所有的农民工一样，像江上一艘远航的船，船漂泊的感情，暂时是靠岸了，但是，船的命运，船的价值，还要漂泊，还要远航。否则，它就会在停泊的岸边变得枯裂。

于是，婚后不久，我和我老婆姚玉兰再次南下广东，回到东莞干起了策划工作。这个时候，她已怀上了我们爱情的结晶，整日沉浸在爱情的幸福中。

2007年4月28日，农历三月十二日，我和姚玉兰的爱情结晶终于闪亮登场了——我们的儿子在四川省内江姚玉兰的老家诞生了。开心之余，我毫不犹豫的给宝宝取名为何谐。老婆问我为啥取这个名呢？我说何谐是和谐的谐音，一是应当前国家正在倡导构建和谐社会，希望我们一家也要和谐，努力成为和谐社会的一份子，二是谐字多义，左边言字旁喻意能说会道，右边皆旁上半部是个比字，下

半部是个白字,代表我们的爱情比翼双飞,白头到老,皆字也代表一家人都能齐心协力,齐头并进,这不仅是我们的期望也是我们一家人的奋斗目标。老婆听了,情不自禁地拍手叫好。因此,我们的爱情更加充实与幸福。

2008年春节后,我把老婆姚玉兰和儿子何谐的户口都上在了重庆万州城,让他们从真正意义上成为一个城市居民。

可是,万州虽说是我家乡的城市,但这里一切都很陌生,我和我老婆心里都明白:这座城市,还接纳不了我们这群背井离乡的人,这座城市,暂时还不属于我们,因为我们的工作还在广东,我们的智慧和力气,只能在广东那个地方才能发挥出来。想到这里,我们眼眶一热,这种有家难回或回家难过的生活,到底是不是一种悲哀呢?

生活,还得照样继续。路,在脚下。我和我老婆,就这样来来去去的,行走在家乡与他乡之间,没有退路,只有勇往直前。

■ 与你为邻,留守的女儿伤了打工父母的心

"哎,我的女儿又不知去向了。哎,这个娃儿,才来广东几个月啊,就不理她的父母亲了,真是的哟!"2010年7月,在广州的城中村,我租住房的邻居杨新其跑到我家,一把眼泪一把鼻涕地对我和我老婆说。听那声音,嗓子都哭哑了的,还伴着咳嗽。

杨新其跟我老婆是老乡,也来自四川省内江市威远县,他们一家,比我来广东打工还早,从东莞打到广州,一转眼就是20年了。这20年,女儿阿娇今年刚好17岁,才从老家高中毕业。女儿阿娇似乎天生顽皮,叛逆心非常强烈,她那17年,一直都在四川的老家随她的奶奶一起生活,父母和她之间,起初是信鸽在飞,后来改用电话线来连接,反正,一年难见上一面,也许几年才见一面。父母亲是啥样子,每次见面,都是那样陌生。父母亲在阿娇的眼里,还没身边的同学和熟悉的陌生人好。而父母,虽然知道自己对不起女儿阿娇,但一听说女儿成绩不好啊或不听大人的话啥的,总会劈头盖脑的骂阿娇的不是。时间一长,阿娇在电话里,只有听父母亲讲话而自己就话少了。从此,杨新其总认为,女儿阿娇听话了。这种想法,杨新其认为了好几年,也高兴了好几年。然而,在阿娇读初三那年,女儿阿娇

的事，才改变了杨新其的看法，而且让他如梦初醒，后悔了一辈子。

"你好，你是娇的爸爸吗？哦，是的啊，你听我说，你的女儿在学校出事了，请你们大人来学校一趟！"这是女儿阿娇老师从威远打来的电话。女儿阿娇出事了，啥事呢？杨新其追问。老师不说，就说你们尽快赶回来，不然你们会后悔的。杨新其说"那我明天就请假回来吧。"

回到老家，杨新其真的差点气死了。才14岁的女儿阿娇在学校谈恋爱了，而且说好多次在校外悄悄同居了，那个男孩是高二的校友。

杨新其知道了，气血上涌，跑到女儿阿娇的教室，不管三七二十一，把阿娇拖出来就是两个耳光，一边一个，十个鲜红的手指印在脸上，像火红的烙印，痛在杨新其的心里。杨新其马上就后悔了，但女儿阿娇望着几年不见的爸爸却眼都不眨一下，望得杨新其鼻子一酸，坚强的眼泪刷的一下就滚了出来。杨新其心痛得要去抱女儿阿娇，想给予父爱恳求理解或是原谅。可女儿阿娇的双手用力一甩，挣脱出杨新其有力的大手，跑了。

从这以后，杨新其才感到事态的严重性。后来在老师的帮助下，在学校操场边的一棵大榕树下找到了女儿阿娇。杨新其就给她讲道理，从生阿娇时的痛苦说到自己在外打工的辛苦，说打工的辛苦说到父女远离的凄苦，总之，阿娇那天哭了，哭得死去活来。

杨新其以为女儿听了他的一番话，理解了父母亲的苦口婆心。然而，后来才知道，女儿阿娇哭的时候，杨新其说的话他根本就没有听进去一句。用女儿阿娇的话说："我哭，是因为我可怜，有你们这样的爸爸妈妈等于没有！真是的，你看我有父爱吗？没有！我有母爱吗？也没有！你们一回来，就知道打我骂我。"这些话，是杨新其的妈妈在电话中跟他说

我有父爱吗？没有！
我有母爱吗？也没有！

的。杨新其在电话那头，哭了，但没哭出声，只是重复地跟他妈妈说："你跟阿娇说说，我们在广东会努力赚钱的，存够了钱买了房就接女儿到广东跟爸爸妈妈一起生活。"其实，像这样的话，杨新其不知说了好多次，在女儿阿娇的耳朵里，怕早就生了趼了。阿娇听了奶奶转来爸爸的话后，嘴巴一撇，然后用力哼了一声，不说话就独自跑开了。

阿娇谈恋爱的事，以为就此告了一个段落。杨新其和老婆杨小花于是拼命地存钱，每次放假都会跑到工厂附近楼盘去东看看西瞧瞧，心里盘算着看哪天等存够了钱买个房子好把女儿接到广东和他们一起过日子。

几年前，杨新其就听说广东这边可以买房入户和读公校的政策，于是省吃俭用，十几年的打工生活终于存了十几万。在 2003 年这一年，杨新其正准备先交个首付在番禺区钟村生态园买个七十几平方米的房，没想到突如其来的一场大病让他陷入困境。

■ 查出肝病，幸运医死的不是我

如果问：出门在外，打工人最怕的是什么？恐怕不少人会说怕生病。

看不起病，吃不起药，住不起院，这就是打工人面临的困境。

可人吃五谷杂粮，哪有不生病的？杨新其说，几年前生病的日子，至今还让他心有余悸……

"孩子他爸，你这是怎么啦？"妻子杨小花下班一回到出租屋，就看见杨新其在家躺在床上，饭也没有煮。按以往，这个时候杨新其早就把饭煮好了，只等妻子杨小花回来吃。

杨新其在钟村一家印刷厂里开印刷机，经常加班加点。只是到了星期天，他就不用加班。所以，这两天是他心疼老婆的日子，他自己到菜市场买回菜来煮一顿好吃的，慰劳慰劳老婆，也是慰劳自己。时间长了，这倒成了自然，他老婆也习惯了这种周末打牙祭的生活，不知不觉也成了一种期盼。

今天一进门，家里烟火没燃，冷清清的。"孩子他爸，你怎么啦？"杨小花走到杨新其睡着的床边，提高了嗓门问道。

"老婆，我头有点昏沉沉的，全身没有力气。"杨新其听见老婆在问话，用力地起了起身，抬头望了一眼杨小花说。接着又躺下。

杨小花用手摸了摸杨新其，顿时吓了一跳："妈呀，你的头好烫哟！"

"没事的，你帮我熬碗姜汤，喝了就好的！"杨新其对杨小花说。杨小花照做，很快就将一碗红糖姜汤熬好了，然后用口吹着慢慢给杨新其灌了一碗。

"妈呀，孩子他爸，你醒醒啊，你的头好烫哟！"半夜里，杨小花去了一趟厕所，回来后用手一摸杨新其的头，像触了电一样，惊叫了起来。杨新其的烧没有退，好像还变本加厉了的烫。杨小花发现杨新其整个人不大对劲，就摇醒了他，说要背着杨新其上医院。杨新其说一个打工仔，哪能这么娇贵，一点病痛也忍受不了。杨小花说，这次你病得狠啦不去医院老娘跟你一起病下去。杨新其见罩不过，说着想自己走，结果双腿一软瘫在地上。杨小花不容分说把杨新其双手搭在她的背上，踢踢踏踏向楼下冲去。

来到钟村医院，杨小花直奔急诊室。医生简单地询问了病情，初步诊断为诱发性黄疸肝炎，但确诊结果要等明天化验单出来。杨小花问何为诱发性黄疸肝炎？医生说肝炎病毒早就潜伏在他的体内，当感冒持续高烧身体免疫力下降时，肝炎就以并发症形式出现了。这时候如不及时治疗，严重时会死人的。杨新其和杨小花这时都冷汗直冒。医生让杨新其先输液，说先把烧退下去。杨小花二话没说，先去交了费。

输完液出来，已经是凌晨两点了，杨小花正在屋里焦急地等待。杨新其对杨小花说是肝炎，今晚分开睡吧。杨小花嗔怪道："说我们一起生活了这么久，要传染也早传染上了，何必在乎这一个晚上呢？"

第二天，杨小花在杨新其的劝说下去上班了，杨新其一早就起来，遵医嘱不敢吃早餐，7点钟就直奔医院。

杨新其和杨小花本来以为他们来的就算早的，不料看到走廊早就排起了长长的等抽血的队伍。他们已打听清楚，抽血只在每周二和周四早上9点以前进行。错过了这个时间只有等下个星期。

好不容易轮到杨新其时，已是8点钟了。突然后面跑过来一个女孩，望望杨新其又望望护士，请求道："能否让我先抽血，我只有一个小时的假。"护士望着杨新其和后面的人，似乎在征询他们的反应。杨新其和杨小花看女孩还穿着厂服，额头上热汗直冒，不禁有些同病相怜，当即答应了。

抽完血,护士给杨新其一个单子,说要明天下午才可以取化验结果。

第二天下午,杨新其请假去取化验单。主管像看怪物似的看着他:"杨新其,你接二连三地请假,是不是要让我做你那份工作呀?"杨新其恳求地对主管说:"我也是没有办法,我生了病啊。"主管摊摊手:"杨新其,不是我故意与你为难,你是老工人,应该知道公司的制度,一个月请假上三次,要报副总批!"杨新其只好又来到副总办公室。副总审视了他半天,又翻来覆去地看了他从医院带回来的票据,这才大笔一挥签了字。

到医院已是 3 点多钟了。杨新其取过化验单,见上面显示 3 个阳性,但肝功能正常。杨新其拿着化验单去医生那儿开药,并问他化验单上说的是什么意思?医生不耐烦地说:"肝炎,还有什么意思。"医生笔走龙蛇地开了处方,杨新其拿着处方单到收费处划价时,吓了一大跳:竟然要 480 元!而他口袋里只有 180 元。那一刻,杨新其真是欲哭无泪。

杨新其一边往回走,一边绞尽脑汁思考着向谁借这笔钱去。本来,和妻子杨小花打工这几年来,还存有一笔不大不小的积蓄,只是全存了定期,一时取不出来。这时,杨新其想起工业区的一个私人门诊。他心里一动,私人门诊一定便宜,何不去那里看病?

医生是个四十多岁的中年男子,他看了杨新其的化验单后说:"你现在肝功能正常,只要所检查的几项全部阳转阴了,就算治好了。"杨新其问他多长时间能治好,他说如果输液就会快点,如果打屁股针或吃药就会慢点。杨新其说他身上只有一百多元钱,要等到发工资才有更多钱。医生说那也没关系,你可以天天来打屁股针,开些药带回去吃,等发了工资再来挂吊瓶。

杨新其心里一块石头落了地,开始在这里开药打针。医生给他开出的针剂和吃的药共计 160 元,但他的针剂并没有交到他手里,而是开了一张注射卡,说是他每打一针就画个勾。杨新其当时觉得很合理——他大概是不想泄露出去用的是什么药吧。

大约是第 5 天吧,那家诊所忽然关门了。以后两天,仍然没开门。杨新其纳闷:怎么平白无故关门不营业呢? 到了第 8 天,那家诊所的卷闸门上竟然贴上了封条,而且是公安局和卫生局联合查封的。一些看热闹的人议论说,这家诊所的医生是游医,医死了人,现在被抓了。杨新其吓出一身冷汗:幸亏医死的不是我!

■ 死里逃生，活着才会有希望

杨新其再去请假看病时，副总的脸色比较难看了，他说你不知道我们正在赶货吗？杨新其说知道，但同时知道，如果不治病，我就没命了。副总的脸色更加阴沉，他说我可以成全你，让你不再为工作受累。杨新其有些生气，难道生病是我的错？他说："你有权力炒我，我也有权利告你！劳动法明文规定，职工生病治疗期间不能解除劳动关系。"

副总说从今天起你就不用上班了，你要告尽管去告。杨新其满腔悲愤，但却无可奈何。说是要状告厂方，其实不过是一句气话而已，他根本没有时间也没有精力更没有把握打赢这种官司。还好，不知公司是真怕惹麻烦还是出于人道考虑，不但算清了他的工龄补偿，还多给了一个月工资。

接过工资那一刻，杨新其的心情是非常复杂的，既有对未来的恐惧，又有再也不用请假的轻松。

晚上妻子杨小花下班回来听说杨新其失去工作的事，责怪他太冲动，她说这件事本来可以处理得更好些。杨新其心里很苦闷，觉得只要他的病还没有好，迟早都会失去工作。除非他不去看病，一直瞒下去。但是这也不是办法，就是不露馅也总有一天会倒了的。妻子杨小花说他满口是道理，没有经济来源，那点儿存款用完了怎么办呢？杨新其无言以对。但他还是下定决心先治好病再说。

治疗了将近 6 个月，大三阳终于转成了小三阳，算是取得了初步疗效。当然，他也吃掉了 3000 多元药费。每月去钟村医院检查一次，结果当然大同小异，小三阳再也没有消失的迹象。但这 6 个月里，杨新其个人的经济处境无异于雪上加霜，所有存款都花光了。看来，他治好病才去找工作的想法只能是一个梦想了。

杨小花虽然再没抱怨过什么，但杨新其可以想象她的心理压力。她的脸上现出大块大块的黑斑，暴露出与这个年龄极不相称的衰老，常常令杨新其莫名的心痛。妻子没有多少文化，看不懂化验单上的字母和数据，每次拿回新的化验单她总是充满期待地问："新其，这回如何？"

杨新其无奈地摇摇头。每到这时，他都感到特别泄气，想放弃治疗。但妻子却劝他坚持下去。她总是对他说："不治我们也治了，不如多熬一程，或许会有奇迹。"杨新其这时就有想哭的冲动。疾病常常不仅仅是身体折磨,更是一种精神折磨。疾病折磨的不仅仅是病者本人,还包括他们的亲人、亲戚和朋友,那种无奈真是难以言说。

杨新其决定重新寻找一份工,边治疗边工作。虽然医生说休息对于乙肝病人很重要,但他已经休息不起了。后来,杨新其干脆放弃了治疗。他说到异乡来千辛万苦本来是为了挣钱,现在却如数交给了病魔这个吸血鬼,他心有不甘。妻虽然仍劝他不要终止治疗,但他知道她显然力不从心。对于杨新其来说,放弃治疗倒让他感到从未有过的轻松。治病本来需要轻松乐观的情绪,但当治病成为不能承受的沉重负担之时,谈何轻松乐观? 这种治疗对疾病康复非但没有好处,反倒会加重它。就像杨新其现在,推掉这副担子,瞬间像变了一个人,不再觉得治疗费压得他喘不过气来。

杨新其的妈妈了解到他在异乡苦苦挣扎的情况,建议他回家去治疗,她说家里的医院药费比较便宜,又不用房租水电。妻子也很赞成,她说如果那样的话,她一个人挣的钱就够他吃药了。送他上车回家那天,杨新其看到妻子暗暗长舒了一口气。他感到深深的愧疚:拖累她实在太苦了。

回到家里,主要是注射干扰素和吃中草药,花费也的确比广州减少很多,如果再算上房租生活费什么的,就节省大半开支了。杨新其真后悔没有早些回来治疗。

2002 年正月初八,数年前跟我们一同出去打工的周小群死了。她是春节前回家的。记得正月初二,她还曾来我家做过客。她当时说有位做医生的朋友告诉她,她的病没事,比杨新其的症状轻多了(她患的也是乙肝)。不料小别几日,她竟然化作了一把黄土! 杨新其看着用她几年青春换来的钱修造的新房,想起她舍不得吃穿,舍不得不加班,更舍不得去看病,如今却什么也不带地走了,便深感命运的悲凉。

病不起的日子也病过了,而且还活了下来。活下来就可以挣钱,活下来,就有希望! 经历一场病痛折磨的杨新其早已悟透了生活。他觉得,人只要活着,就会有希望;无论多苦多累,都要咬紧牙,挺过去。

杨新其的心里装着一个要在广东买房子的梦,然后把女儿接过来,户口转过来,让一家人好好在广东团聚。

然而，当这个梦重新点燃时，女儿阿娇让杨新其和杨小花再次陷入了人生的另一个陷阱。

■ 阿娇跑了

这一年，是女儿阿娇高中毕业的一年，也是她高考落榜的一年。杨新其打回电话对女儿阿娇说："考不上就算了，过几天来广东玩一段时间再说吧。"阿娇说要得，就挂了电话。

几天后，杨新其接到家里的电话时，不是女儿阿娇打来的。是杨新其的妈妈打来的，说阿娇跟一个男的跑了，不知是不是到广东来了啊。

杨新其和杨小花一听，都傻了，因为他们一直没接到女儿来广东的电话。

杨新其马上跟女儿的同学联系，同时让家里的亲戚帮忙找找。

"狗日的，你们想都想不到，阿娇去了哪里吗？"几天后，杨新其的一个亲戚打来电话说，阿娇把家里的钱偷了些，跟读初中时的男朋友一起跑到县城了，说玩几天后就去广东打工。这个亲戚是在报了警后，在一家旅店里才把阿娇给找出来的。

杨新其和杨小花一听，顿时都晕过去了。醒来后，第一时间就打电话给他们的亲戚，让他们有人来广东时一定把阿娇带过来。

几天后，阿娇被带到了广东。杨新其和杨小花很想打死她，可是后来连手也没抬一下，只是轻描淡写地说了阿娇几句，然后带她去找了份工作，到一家电子厂当了一名插扦工。

阿娇进厂后不久，一天下班后，她跟杨新其和杨小花说她要去厂宿舍里住，因为天天加班，太晚了回家不安全。杨新其和杨小花都同意了阿娇的建议。

日子似乎开始平淡如水的过着。

事情的发生是阿娇进厂几个月的时候了。这一天是周末，阿娇回到父母杨新其和杨小花租住的家里，那时她正在煮饭，不知怎么搞的，阿娇老是咳嗽，而且是不停的咳。杨小花以为是她感冒了，就没在意，可是不到几分钟，阿娇老往洗手间跑去呕吐。杨小花是过来人，一见这个症状，马上跑过去问阿娇是不是怀孕了。阿娇说不是，但越来越呕吐不止。杨小花把这事跟杨新其一说，杨新其从工厂请假回来,硬带着女儿到医院检查。

检查结果出来的时候,杨新其和杨小花的脸都气得发紫。原来才 17 岁的阿娇真的怀孕了。他们的老脸都往哪里搁啊,于是,几经劝说,阿娇终于答应去流了产。

回到出租屋后,杨新其和杨小花对阿娇说,你才 17 岁,怎么做出伤风败俗的事情来呢? 这不仅是对大人不负责,而且是对自己的身体和人生不负责。你听阿娇怎么回答他们的话哦,阿娇说你们两个大人,对我负过责吗? 那个男孩最关心她最体贴她,而你们大人呢,就只知道挣钱存钱,可是钱也没存到,爱也没给我,你们还是我的父母亲吗?

杨新其和杨小花一听,气不打一处来,两个人同时出了手,把刚走出产房的阿娇打了一顿。第二天,杨新其请假来到阿娇打工的电子厂帮阿娇把工作给辞了。

不过这件事发生后,阿娇的男朋友没再跟阿娇联系过,听说阿娇怀孕的事后,早吓得跑了,去向至今不明。阿娇这时才后悔,外面的男人靠不住,于是当着杨新其和杨小花的面,承认做错了。

一周后,阿娇在杨新其和杨小花的带领下,从番禺钟村镇转到大石镇后进了另一家电子厂上班。

阿娇在大石进厂一个星期后,杨新其去她的工厂里找她。见面后,阿娇后面跟着一个男孩子,一直盯着杨新其看。杨新其问阿娇他是谁,阿娇说是一般的工友。杨新其说,你在这里要好好工作,不要把心思放在谈情说爱上,刚刚发生的事就是一个教训,千万不要再次发生啊,否则我打断你的腿。阿娇不耐烦地说,你回去吧老爸,我知道该怎么做了。

一个月后,杨新其见女儿阿娇没回过一次家,于是就跑到阿娇打工的厂里,却再也没见着她。一打听,原来阿娇几天前就辞工走了,走时还跟工厂里一个刚认识的男孩一起。

"天啦,真是造孽啊!"杨新其一听,眼前一黑,晕倒了。待他醒来时,是晚上了,被人送到大石医院后,一直都在输液。醒过来的杨新其马上拔掉输液针头,走出医院到公路边拦了一辆摩托车就回到了钟村。

杨小花听完丈夫杨新其对事情经过的陈述,再也不说一句话,眼泪一串一串的往脸上流，她也懒得用手去擦拭。

连续几个月，他们开始托人四处打听女儿阿娇的下落，但杳无音信。这期间，杨新其和杨小花一直过着人不人鬼不鬼的日子，两个人轮流病倒，轮流住院。

2010年春节很快就到了，女儿阿娇的下落一直牵挂着杨新其和杨小花的心。腊月二十八那天，杨新其接到女儿的电话，刚要高兴一下子，没想到女儿阿娇说他们没钱了，她在深圳某医院里剖腹产下一个儿子，但还差钱出院，希望杨新其两口子大人不计小人过，快点到深圳来帮忙缴钱吧。

杨新其和杨小花一听，马上就挂了电话。两个人同时说不要这个女儿了，这样的女儿让他们再也抬不起头来了。

不过，人心都是肉长的，更何况女儿阿娇还是他们身上掉下来的肉呢！

第二天，杨新其和杨小花去银行取了3000元钱，赶到深圳把女儿和她男朋友接回了广州。

直到现在，杨新其和杨小花不再多说话了，心头上总是像拴了一块石头，走到哪里，都抬不起头，仿佛后面有人跟着他们在背后指指点点的。

■ 杨其要读书

杨新其和杨小花都说，他们这一辈子就这样完了。老家威远是不能回去的了，广东这边要一生为奴。还有杨其这个小的，眼看就要读书了。杨其是杨新其和杨小花超生的儿子。他们为生这个儿子当了超生游击队员，吃尽千辛万苦，花钱求人，罚尽了打工储蓄。可是，我们没户口没关系没钱财，杨其的读书问题怎么办呢？说真的，大女儿被毁了，我们不能再让小的孩子也跟着毁了啊！

这几天，杨新其和杨小花一直为杨其读书的事跑上跑下，累得焦头烂额的。

"……外来工家长积分子女入读公校，积分申请需同时达四个条件：
○户籍不在广州市(含12区、市)至8月31日年满足6周岁且未满7周岁要求入读一年级，或小学六年级在校在籍要求升初中一年级；
○在番禺区连续居住满3年及以上；
○在广州地区合法就业、参加社会保险累计满3年及以上；

○符合国家计划生育政策,无政策外生育的外来务工人员。

除了符合"四大条件"之外,据了解,有两类外来工子女可以直接入读番禺的公办学校。

一是对于符合广州市政策性照顾的借读生,如"从事承担政府环卫作业工作服务连续两年以上的环卫临时工子女(其中 1 名)"等 14 类外来务工人员子女,按照地段生的入学方式解决。

二是对于获得省、部级以上政府部门认可的发明创造、技术创新等专项奖励及获有关荣誉称号的、获得广州市人民政府授予优秀称号的、获得番禺区"金雁之星"荣誉称号的优秀外来务工人员子女,也可入学公办学校。"

……

2010 年 7 月 17 日,《南方日报》在 A07 报道了这样一则新闻:广州番禺区在全市率先引入"外来工家长积分子女入读公校"的教育新政,引来在番禺的外来务工人员广泛关注。

对于"积分新政",家长大多表现出兴奋而期待的心情,既可以解决他们过去一直以来担心的子女受教育质量问题, 又可以省去不少读民校需要缴纳的昂贵学费。

杨新其和杨小花知道这一消息后,也高兴了一阵子,还专门跑到了番禺教育局去问了此事。对于"积分新政"这一政策本身,杨新其追问得十分细致:我来番禺已经七八年了,但没办暂住证,会不会因此影响孩子? 如果人数超过了学位数,剩下的适龄孩子怎么办? 他更担心的是,录取过程中的公平性问题。

番禺教育局对此表示,在具体考核方面有严格的标准要求,将根据《外来务工人员子女入读番禺区义务教育阶段起始年级积分申请办法》,对外来务工人员本人文化程度、技术职称、在番禺工作年限、购买社保、是否自购(建)房、是否符合计划生育政策、纳税情况、户籍情况、子女是否在番禺区接受学前教育、是否获得荣誉或参加义工服务等 10 个方面进行量化和积分考核,结合当地镇(街)公办学校能提供的学位数进行排序,从而划定进入公办学校就读的人数。

在咨询现场，杨新其也了解到，不少家长遇到了让他们尴尬而后悔的难题，在番禺居住多年但没有去办暂住证，这样也就无法证明他们在番禺居住了多久。而按照番禺的"积分新政"要求，"在番禺区连续居住满3年及以上"是申请条件之一。这让家长们担心，如果其他三个条件都合格，是否会因为这一项而卡住小孩无法入读公校。

对此，番禺教育局相关负责人表示，4个必达条件是外来务工人员子女"积分申请"入读公校的基本条件，暂住证就是其中之一，缺少这项也不行。对于这种确实居住了3年以上时间的情况，还是要等到最终排序公示后，如果还有剩余学位，再考虑特殊情况进行特殊办理。

在咨询现场，杨新其提出，从现场咨询的人数就看得出学位紧张，如果达到条件的人数超过了这次番禺提供的实际学位数量，将怎样录取，怎样保证公平录取？

相关部门表示，此次外来务工人员子女"积分申请"入读公校，并不与孩子的成绩挂钩，不管符合条件的人数多少，首先将严格按照规定，按照积分高低来排序录取。如果达到条件的学生数超过了目前提供的3500个学位数量，将按照积分从高到低录取；而如果还有剩余学位，再考虑特殊情况进行特殊办理；对于未能通过积分办法入读公办学校的，将引导到区内已领证的民办学校就读。

咨询完后，杨新其心里却沉重起来。因为，"外来工家长积分子女入读公校"的教育新政，他一个条件也不符合。在广东打工二十几年，十年前早在东莞办过一次，那是厂里要求办的，说是防备公安部门检查。后来到了广州，进厂后至今一直未办。特别是以下这些："对外来务工人员本人文化程度、技术职称、在番禺工作年限、购买社保、是否自购(建)房、是否符合计划生育政策、纳税情况、户籍情况、子女是否在番禺区接受学前教育、是否获得荣誉或参加义工服务等10个方面进行量化和积分考核。"杨新其说："我们没啥文化，一直都是做员工，工厂每天都加班加点的，哪有时间参加义工啊，社保，这两年工厂里才帮忙买。"

哎，杨其的读书梦，还要等多久呢？杨新其走在回来的路上，一点也高兴不起来。他想，回到出租屋的家里后，该怎么跟老婆杨小花说呢？

123456789 10 **11**……

没有城市户口的"蛙"

在拔地而起的城市森林里，我和我的农民工兄弟，渐渐地蜕化成了一个没有归属感，漂泊流浪的"蛙"。

■ 富士康的"连环十二跳"

据报道，2010年以来，深圳龙华富士康园区已连续发生多次坠楼事件，成为举世瞩目的工厂员工"连环十二跳"。生命如此之轻，轻于鸿毛。生命如此之重，亦重于泰山。然而，这"十二个连环跳"，笔者虽未亲临到富士康目睹，但从媒体的相关报道中的案情分析或专家们的意见，我作为一个南下广东打工近18年的老员工的亲身经历发表看法——我们打工人缺少的不仅是文化娱乐和心理辅导。

我是属于生于20世纪70年代的"第二代"南下广东打工的外来员工。1992年年底到2010年，已有18个年头，历经过盲流和被当作"三无人员"（无暂住证、无身份证、无毕业证）关进收容所的遭遇，睡过荔枝林、"老鼠屋"、天楼阳台等，然后做过工厂员工、组长、主管、交警部门文书、记者、杂志副主编、报纸主编等职，一路走来，起起伏伏的人生，在困境中越挫越勇，就这样，我和千千万万的所有同龄打工人一样，把人生中最美丽的青春献给了老板和广东这个改革开放的前沿阵地。然而，随着中国整体经济水平的不断提高，我们这群已远离故土、远离农民本身的"老员工"，在他乡越来越多的有了后顾之忧，路越走越迷惘。

比如户口和住房，让我们望而却步。我们这些老员工，在忙忙碌碌的打工生活中也有了爱情和婚姻，有了孩子，却没有一个真正的家。房价猛涨，工资却不涨，辛辛苦苦奋斗了好十几年，却在广东买不起一个"家"；孩子也在长大，却因户口问题不能在父母身边求学读书，就算有民办学校，高昂的择校费和建设费却让打工人阶层望而生畏；还有户口，比如我，在政府部门和事业单位工作了十几年，就算拉个关系把户口给转过来了，还是转不了事业编制。如果工资不水涨船高，没房没稳定工作，有个户口又怎么样呢？还有"五险""一金"，有几个老板给我们打工人按政策买完了的？别说一般员工，就是我本人，都还没有买全呢！就说"富士康"这样一个福利较好的大工厂，娱乐设施应有尽有，可是，作为一般的工厂员工，经常加班加点，他们有多少空闲时间去这些所谓的娱乐场所呢？就说员工培训，这是一个让你走进工厂就给你洗脑的活动，所做的一切，就是让员工做听话的机器，因为所培训的内容，大都是厂规厂纪，吓得你不得不做一个不停运转的机械。然而，领到工资呢，又被昂贵的物价和医疗费用剥夺了。就这样一个只需要打工人奉献却得不偿失的打工生活，有几个员工不是过得人心惶惶的？出头的日子几时才盼到头啊。

这是客观存在的，我们第二代打工人的生存状况如此，我们的这代打工人的孩子也已青春不在了，成为 80 后和 90 后的有农民工身份却从未干过农活的新时代"农民工"也来到了广东。他们的父辈如此，而他们挣扎在大时代进步发展的环境里，他们的生存状况是怎么样的呢？我想，他们缺的不是文化，更不是钱，而是缺少磨炼和抗压力，这一点，仅靠后天的心理辅导是不够的，富士康的"连环十二跳"就说明了一切。

要想解决和防患于未然，最根本的是要解决以下几个问题。

一是培养他们的能吃苦的精神和抗压生存能力，正确树立优越不等于优秀的意识和信仰。这点应从娃娃抓起，并常抓不懈。

二是要让打工人特别是 80、90 后的新型农民工，不要因为书读的多文凭比别人的高，就好高骛远，应脚踏实地，注意经验积累，抓住机遇，寻求发展。因为这代人大都是独生子女和留守孩子,缺少亲人特别是父母的关爱,个性偏激,在这时,更需要社会和工厂的管理人性化。

三是提高工人待遇,让打工人活得更有尊严。

四是重点关爱第一代和第二代打工人的生存状态,根据个人工作成绩和表现,给予转编和买全"五险一金",解决户口和子女读书等等问题,因为第一代和第二代农民工的学历不高,大都是小学、初中毕业,高中的就很少,所以,他们工资普遍很低,跳槽频繁,出门在外打工十几、二十年,大多只能在农村老家买了房,可是又不能回家居住,所以,这一代人的存款并不多,只能算是够应付生活和日常开支,生活的重担比80、90后更沉重,生存压力最大,他们的苦更无法向人诉说,因为随着年龄增长,他们是有田不能耕,有地不会种,在工厂打工却不再受欢迎的弱势群族!所以,政府和专家学者们,千万别忽视了命运多舛的第一和第二代打工人,尽管他们经得起千锤百炼,但他们付出的多,收获最少,如果不及时解决他们的工作、户口、住房等一切问题,我想,以后"连环十二跳"的就是这群人了,或许更猛于此跳。

因工作太忙,余言未尽,但我坚信,那些所谓专家们的观点,绝对没我更了解当前打工人的生存状况和精神状态,因为,他们没有像我这样,深入打工这个底层,我知道,根本在哪里,我们最需要什么!

■ 民工荒实质只是"廉价劳动力荒"

2010年春节后,按以往,在广东应是民工潮涌的日子。然而,那种"风光的日子"不再到来。

后来,某报针对今年省职业介绍服务中心最新发布的节后深圳最缺工行业和岗位情况,分别对餐饮、酒店、清洁和保安等4个行业的用工状况进行了调查,并推出系列报道。报道见报当日上午即引起强烈反响,不仅有众多网友针对话题留言,特区内外的一些保安员、清洁工等底层外来务工人员也根据本报留下的联系方式来电发表自己的看法,其中大多数问题都集中在底薪尚未够全市最低水平、加班没有加班费、房租高、子女上学问题难解决等方面。

舒圣祥的一篇题为《民工荒实质是廉价劳动力荒》的文章也让我耳目一新,

他的"不是民工荒，只是廉价劳动力荒"的观点让我非常赞同，与伊歌的文章真是相得益彰，在此也全文引用，并一并致谢。

与逐渐回升的经济数据几乎同步，沿海地区的"民工荒"正在加剧。浙江省人力资源市场 7 月供求报告显示，企业需求总人数 60.3 万人，求职总人数 35.4 万人，用工缺口达 25 万人。深圳市 4 月用工缺口 2.3 万人，到 6 月份用工缺口超过 6 万人。这么多空缺的工作机会等着大家，农民工们愿不愿意再次出门呢？央视《经济半小时》对此进行了调查和分析。

"现在全国各地好像都缺人，广东缺，浙江缺，上海缺，苏州缺，天津也缺，那人都到哪去了？"———企业人事经理们感叹。同时，又有很多报道在强调，找不到满意工作的民工依然很多，而一些紧俏的工厂从来都不担心招不到工人。两相对照，也许不难发现问题的本质：眼下真正呈现的不是"民工荒"，而是"廉价劳动力荒"。

我以为，所谓"民工荒"只是一个纯粹站在企业视角说话的伪问题。至少在当前，中国依然不会缺少劳动力。一味炒作"民工荒"概念，不仅是对公众的一种误导，对广大的农民工群体而言也非常不公。所谓"民工荒"，本质不过是"工人日益增长的物质文化需要同落后的企业生产之间的矛盾"。

劳动力还是那么多，为什么有的企业会招不到人？关键的原因在于，廉价工资的吸引力减小了，农民工的选择更多了：家乡有了长足发展，就近就业成为可能；西部有了长足发展，西部就业成为选择的一种；创业更为便捷，创业式就业日趋热门；农业上有了奔头，重回农业本行不再是纯粹的无奈……我想说的是，因为农民工选择的多样化和理性化而出现的"廉价劳动力荒"，既是社会进步的应有表现，更是经济均衡发展的必然要求。

劳动力回报率过低，资本回报率过高，劳动力与资本的回报率严重失衡，长期以来一直是中国经济的一个重要特点。有经济学家表示，投资过快、顺差过大、人民币升值、流动性增加、房价上涨过快、高污染高耗能等社会经济问题都可以从这个失衡上得到解释。因此，一旦劳动力价格处于一个上升周期，则很多没有核心竞争力的企业，特别是那些仍紧抱落后产能的企业，难免会受到冲击。与之相对应的则是，劳动力价格的提高必然反馈为国内消费需求的增强，国内消费市场日见起色，会给很多准确把握市场动向的企业带来无穷机会。农民工收入之所以会出现"在沿海一带减少,在内地省份增加;在外向型企业减少,在内需型企业增加",并不是没有原因的。

这个意义上,以廉价劳动力紧缺为重要特征的"民工荒",应该是中国经济升级转型的必然反应,同时也是中国经济纠偏劳动力与资本回报率失衡,从而走向良性可持续发展的应付代价。"民工荒"的出现,不仅是农民工在用脚投票,同时也是看不见的市场之手在发挥作用。

■ "用工荒"背后实际是"民工权利荒"

千万不可将"用工荒"的警号误解为政府可以放弃积极的就业政策,恰恰相反,劳动力的短缺正因存在制度约束,还不能完全自由流动。"用工荒"实际上是"民工权利荒",民工短缺实际上是权利和制度的短缺。前不久,在《羊城晚报》上,一篇题为《"用工荒"背后实际是"民工权利荒"》的时评文章让我感同身受,于是我把原文抄了下来,这次又把它全文引用到这本书里,只是希望更多的读者能读到原作者伊歌的精彩言论,算是为民工们做点实事。

> 经济学中有"刘易斯拐点"之说,意指劳动力从无限供给到短缺的临界点。半个世纪前,美国的经济学家刘易斯创立了"二元经济发展模型",指出发展中经济体工业化的初始条件是资本稀缺、劳动力过剩,在工业化过程中,工业部门会不断吸收农村中的剩余劳动力,工资水平并非取决于劳动力的供求关系,而是取决于农民的收入水平。当工业化将剩余劳动力都吸纳干净,工资水平就取决于劳动的边际生产力——如果不提高工资福利,不改善劳动条件,就雇请不到所需的劳动力。
>
> 简而言之,在"刘易斯拐点"之前,是人求工作,不涨工资也会有源源不绝的劳动力;在"刘易斯拐点"之后,是工作求人,不涨工资就找不到合适的员工。春节后,沿海地区和内地同时出现严重的缺工现象。其中,广东珠三角地区用工缺口达 200 万。常年约有 1200 万农民工外出打工的人口大省、民工大省安徽,如今也出现了"用工荒"。"有专家指出,中国经济发展的"人口红利"正在枯竭,用工荒正成为内地普遍现

象,传统劳动密集型产业将加速丧失优势"。这是否说明中国已经出现"刘易斯拐点"?

早在 2007 年,中国社会科学院的一份报告就曾提醒:我国的劳动力正由过剩向短缺转变,拐点将在"十一五"期间出现,确切的时间可能是在 2009 年。当时从珠三角到长三角出现的"招工难",也为这种观点提供了部分验证。没料到随后爆发国际金融危机,外部需求萎缩,出口加工业收缩,大批农民工被迫返乡,有机构预测就业岗位缺口达千万个之多。一时间,"刘易斯拐点"之说似乎不攻自破。

可是,随着经济强劲反弹,"保增长"大局已定,"用工荒"又浮出水面,而且大有从沿海地区向内陆省份蔓延之势。其实,如果不是将"刘易斯拐点"的出现机械地设定在某个时间点,而是将其视为一个过程,经济危机等因素有可能提前或延后"拐点"的出现;那么,判断中国正在或即将出现"刘易斯拐点"是基本符合实情的。

民工大省的"用工荒",可看做是劳动力市场为"刘易斯拐点"拉响的警号。对于这一警号,在劳动力市场中交易的企业和农民工的反应敏感而迅速。比如,在地处安徽的广德开发区,"我们这里的工资水平基本跟江浙一样,待遇并不差";开发区内企业给工作中的年轻工人播放流行音乐;新一代农民工选择在家乡打工;等等。倒是身处市场之外的政府官员和专家学者,千万不要误解了这一警号。

"用工荒"并非意味着传统劳动力密集产业加速丧失优势。且不说中国制造业的工资水平还不到美国的十分之一,劳动力的相对价格优势不会立刻丧失;更不用说中国的劳动人口总量巨大,到 2030 年仍有9.7 亿,比现在的总量还要大,届时劳动人口占全国总人口的比例约为67%,仍高于现在的绝大多数发达国家。因此,中国社会科学院人口与劳动经济研究所所长蔡昉虽然断言"刘易斯拐点"已经出现,却仍认为"我国在劳动力供给方面的优势会长期保持"。

中国拥有世界上最大的劳动就业群体,就业是最大的民生。千万不可将"用工荒"的警号误解为政府可以放弃积极的就业政策,恰恰相反,劳动力的短缺正因存在制度约束,还不能完全自由流动。"民工荒"实际上是"民工权利荒",民工短缺实际上是权利和制度的短缺。政府应将"用工荒"作为完善劳动力市场的契机和动力,改革税收制度、户籍管理制度和社会保障制度,提供农民工子女就学、职业技能教育等公共产品;而不是通过修改法律等手段将政府责任转嫁给企业。

■城市,也是我们的

2007年夏天,我带着老婆姚玉兰、儿子何谐,一家三口把生命之舟,再次从长江划向了珠江沿海,来到了广东。

这一年,我辞去东莞某打工刊物副主编的职务,受聘到另一家杂志做策划总监,几个月后,我又转聘到中国新闻社某支社文化传播中心任主任。直到2008年,汶川大地震后,尽管我给灾区筹集了近10万元的善款和物资,但自己一家人仍然过着无家可归的日子,漂泊不定的不安全感随着我的年龄增长而焦虑不安。

岁月不饶人啊!

夜把一地寂静抛进珠江的水深处。华灯初放,城市的骨骼突起,我站在岸边,目光穿过夜的柔弱部位,走进城市的大街小巷,我的心颠簸不平,起伏翻滚。我对站在身边的老婆和儿子说:"城市,也是我们的。城市,更是一座永建不完的工地啊!"

老婆点了点头,说是的,然后就不再说话。因为她知道,这个时候是我诗性大发的时刻。我庆幸自己找到了这样一个善解人意的女人伴我一生,从农村到城市,再从一座城市抵达另一座城市。这些年头,她跟我一样,从没把自己当做是一位卑微的打工妹,相反,却因成为一座大城市的建设者和服务者而自豪。

今夜,我又重复着"城市,也是我们的"这句话,不禁诗意大发,一口气写下了以下这首题为《城市,一座永建不完的工地》的诗歌:

城市,犹如海滩上的涨潮

一层一层地追赶

又一层一层地后退

每一层的追赶和后退

却都不是原来的那一层
城市，是一座永远无法竣工的工地
一片一片的建筑物
一片一片地漫延
又一片一片地拆迁

一片荒地
万家灯火
成群结队的建筑工人
从唱着民谣到唱着都市流行歌曲
这种错落有致地撞击
恰似这个城市
看不见　却挡不住的生机
……

　　写完后，我念给老婆和孩子听。老婆听懂了，眼睛里情不自禁胀满了泪水，却没有流下来。可是才三岁的儿子没听懂，但他看出了我的自豪兼悲愤的表情，于是用手扯了扯我的衣袖，说："爸爸你快看，江上有一轮大船，正朝前方开去呢。"儿子的话，在他心里，只有对新鲜事物向往的喜悦和兴奋，但对于我，却再一次陷入沉思……

我是农民工

这十八年来，在命运的迁徙中
我是乡巴佬
我是农民工

我是盲流
我是游民

我是外来工

我是打工仔

我是进城务工青年

我是城市建设者

我是新客家人

我是新莞人……

可我,心里最清楚

至今还是一个

不会犁田种地　不会插秧打谷的

农民工　我已渐渐明白

在拔地而起的城市森林里

我和我的农民工兄弟,渐渐地蜕化成了

一个没有归属感的

一个不知去向的风　……

那一村又一村的乡音四起

那一庄又一庄的炊烟缭绕

那一垄又一垄的田园牧歌

那空气一样渐渐消失的青春

那花瓣一样被岁月灼痛的爱情

那一个接着一个远逝的生命

和远离了的亲情

一想　就是荡气回肠

一望　就是泪流满面

父亲,您听到了吗

这十八年来,我最幸福的梦

是突然能听到你在我身后

　　轻轻地喊我一声

　　我儿时的乳名

　　这时，我一手牵着老婆的手，一手牵着儿子的手，站在珠江岸边，望着长江那头的故乡，一起大声地喊道："我是重庆人！我来自重庆万州！我来自重庆万州武陵镇——朝阳村——"我们一家人，反复地喊叫着，是自豪？还是心酸？一行热泪滚了出来，模糊了我脚下回家的路……

　　也就在这时，我脑海里又回想起我曾写过的一首《没有城市户口的蛙》的诗歌，不禁大声地背诵出来，那声音，来自大山，来自长江，却久久地回荡在他乡城市的上空——

　　　　楼群　喑哑在夜色里

　　　　街道　迷失在霓虹灯中

　　　　插入高楼钢筋水泥路的水塘

　　　　蛙声瑟瑟回响

　　　　是乡愁唱响的夜晚

　　　　孤独的寂寞　叹息的沉重

　　　　蛙鸣　一声又一声

　　　　一声又一声　不尽的酸楚

　　　　遥远的乡村　挂满了

　　　　它们的梦

　　　　这些没有城市户口的蛙

　　　　谁能负载它们的苦痛

　　　　夜色来临　蛙鸣声响

　　　　常使一颗心瑟缩

　　　　如冬日挂在枝头的残叶

总坠着晶莹的泪

每一滴都是沉重

背诵完毕，我、老婆、儿子，一家人似乎都累了，于是并排但不规则地坐在岸边的草地上，再次陷入沉默不语。

不知过了多久，老婆对我说："广东昂贵的房价，我们的城市梦无法实现，即使我们拿到了户口，但没有自己的房子，还是一个无根的人。"

我说："是的。"这时我再次想起船，在浩瀚的水天之中，船是渺小而又孤独的。船不喜欢停在安全的岸边，船在岸上只能枯裂，只能使润泽的脸上过早的爬上衰老的皱纹。所以，船的价值在于远行，船的命运在于漂泊。前路还有多远？风浪还有多大？对于一艘船的命运来说，这是个永恒不变的心曲。何处是归期？今又向哪里？船载着乡思，走向大海……

其实，我又算什么呢？我说："比起中国三亿多的农民工，我只是沧海一粟。从改革开放那天起，我国就有了农民工，就产生了农民工问题。日复一日，年复一年，农民工问题没有得到彻底的解决，已经制约着我国经济发展和社会进步，影响着社会的和谐与稳定了啊。"

"是啊，是啊。"老婆姚玉兰紧接着说，"虽然农民工在城市做着服务城市的事，但在城市没有户口，没有住房，没有公共服务，无论在城市打工了多少年，仍然是城市的匆匆过客。城市不要钱的公共服务农民工享受不到，需要钱的地方农民工又消费不起。农民工不能融入城市融入社区，后果是非常严重的啊。"

听了老婆的话，我不禁对她有此认知感到有点刮目相看。像她这样一个没有高学历的中专生女人，今天像是变了一个人似的。我寻思着，她今天思考问题怎么这样有深度啊？于是我问道："农民工不能融入城市融入社区，后果怎么个严重啊？"

姚玉兰说："你是不懂还是装不懂呢？你看你，在广东 18 年了，你给我和孩子带来了什么啊，工作跳来跳去，漂无定所的。当然不是你的工作能力差，人缘不广，也不是单位领导不重视你，而是你活做的多钱拿的少，这点，我毫没有瞧不起老公你的工作能力哈。再说住房，从恋爱到现在，我一直跟你住在简陋的出租屋里，冬冷夏热……"

"快别说这些了，我都惭愧死了，要不，我现在就跳到珠江里去，让你重新找个大老板嫁了算了。"我一边开玩笑阻止老婆对我的奚落，一边追问她农民工不能融入城市融入社区的后果有哪些？

姚玉兰说："我给你指出几点哈，农民工不能融入城市融入社区的后果嘛，一是不能成为城市稳定的劳动力。农民工在城市居无定所，始终在漂泊，稳定不下来。城市经济要继续发展，又需要稳定的劳动力。近几年广东各地开始出现了程度不等的'用工荒'，有可能会愈演愈烈。二是不能成长为优秀的产业工人。农民工不是城市的一员，城市不是他的家，他就始终受着小农意识的束缚，认识上落伍，行动上掉队，职业技能提不高，整体素质起不来，直接影响着产业升级和经济质量。三是给城市带来不稳定。大量的农民工在城市不能安居乐业，又没有家的约束，他自己不能安定，城市也难稳定。四是导致农民工交流范围狭窄，心路堵塞。农民工蜗居在厂区，长年累月重复车间——宿舍——车间的生活轨迹，与城市没有交流，又没有亲情的支持，很容易造成心理障碍，一遇心中有事就化解不开，走向极端。在闹得纷纷扬扬的深圳富士康跳楼事件里，恐怕也不能排除这个因素吧。听说有人在上海、福建打工的农民工中调查得知，从四十几岁的老一代农民工到二十岁左右的新生代农民工都有一个共同的想法：今后不会再回到农村居住。"

听着听着，我的眼泪不知怎么就从眼眶里滚了出来，心里难过极了。于是就说："老婆，你真是太深刻了。是的，今后我们也不会回农村居住了！"

"肯定不会在农村了，我们不是在重庆万州买了房嘛！哎，只是，我们却习惯了在广东的生活"听老婆这么说，我的心里飘过一种难以言状的疼痛。

这时，我想起一篇文章写到：社会将 60 后、70 年后出生的农民工称之为第一代和第二代农民工；80 后、90 后出生的农民工被称为"新生代农民工"，目前有近 1 亿人，约占农民工总数的 60%。在广东约 2600 万农民工中，比例更高达 75%，这个群体目前已成为城市劳动力市场的主力。新生代农民工新的人生观、价值观，改变着他们的就业观，为企业、社会提出一道全新的命题。老一代农民工属于生存型农民工，他们没有多少技术，到城市打工，仅凭强壮体力劳动养家糊口，过着像候鸟一样的生活，属于城市的"过客"。

与老一代农民工相比，新生代农民工属于发展型农民工。改革开放使农村生活相对改善，八九十年代出生的新生代农民工不必像老一代农民工那样担负养家糊口的重任，与父辈们比较，衣食基本无忧、文化水平也相应较高，这为他们自由选择职业创造了条件。因此，在岗位的选择上，新生代农民工更加理性。知识水平的提高以及法律意识的提高，也使得新生代农民工维权意识增强，拒绝血汗工厂，认为个人的成长与发展比"饭碗"更重要。这从目前各地遇到的民工荒可以间接印证。

城市的吸引力使得新生代农民工更渴望扎根城市。为寻求更好的发展，脱离"农门"跳入"城门"，新生代农民工对技能培训消费的欲望强烈。他们希望通过培训，掌握技能，在城市得到技术性强、收入高的工作，并希望能够在城市安家落户。

然而，与父辈们一样，新生代农民工也有很多的迷茫与无奈，他们不甘心回老家种地，对土地缺乏依恋。对城市生活方式的认同以及希望成为城里人的他们，又缺乏有力的经济支撑，这就促使他们处于城市与农村的边缘境地。现实情况中就形成目前既无法退回农村，又因没有被城市完全接纳而享受和城里人同等待遇的他们，也很难融入城市的尴尬境况。这个缺乏归属感的庞大人群，正在成为一个同时疏离于城市和乡村的夹心层。

想到这些,我对老婆说:"城市离不开农民工,农民工也盼望着融入城市。顺应这个趋势,政府应为农民工融入城市创造条件。农民工融入城市最直接最有效的办法就是变成市民。这也是发达国家走过的一条成功道路。"

"为农民工提供更多的公共服务,企业是要讲成本的,企业是要追逐利润的,我们不要指望企业为农民工提供更多的服务。很多服务性的事情本来就应该由政府来承担,只因我们一些地方政府懒于服务,造成了公共服务的极不到位。或因减税让利招来企业,最后无力提供公共服务。"姚玉兰说。

"是的,政府应把为企业为农民工提供公共服务纳入城市的总体规划,与经济社会发展相适应,让农民工获得和城市居民一样的平等待遇,让他们能够融入城市,与城市发展步调一致,建设好配套设施,提供与市民无差别服务。"我应和着说。

"嗯,我同意这个观点。前几天我看到一篇文章,作者窦小嵘说,进城就业的农民工已经成为产业工人的重要组成部分,而且大批农民进入城市,变农民消费为市民消费,有利于提高农民收入水平,改善农村消费环境,使农村潜在的消费需求变为现实的有效需求。所以应该逐步让他们在教育、医疗、社会保险、住房等方面享受与城市居民相同的权利,降低他们进城的门槛和成本。"姚玉兰回答说。

"如果真是这样,这座城市,也是我们的啦。"我说,"其实,除了我们农民工,现在城市居民也开始四处打工,打工一族也面临着与我们一样的社会问题。我们国家的稳定与发展,必须要解决所有打工人员面临的问题啊。"